Le Dernier des fous

DU MÊME AUTEUR

Aux éditions Le Serpent à Plumes

Guerres, collection Motifs n° 13, 1994
Le Chasseur de têtes, 1996

Aux éditions Robert Laffont

Le Grand Elysium Hôtel, 1981

TIMOTHY FINDLEY

Le Dernier des fous

Roman

LE SERPENT A PLUMES

MOTIFS n° 34

Références des citations :
Pp. 56-57 : Oscar Wilde, *La Ballade de la geôle de Reading*,
traduction de Christian Jamet, éditions Verdier
P. 295 : Shelley, Odes, *poèmes et fragments lyriques choisis*,
traduction d'André Fontainas, Librairie Garnier Frères

Titre original : *The Last of the Crazy People*
Publié par Penguin Books, New York

N° ISSN : 1251-6082
N° ISBN : 2-908957-95-7

LE SERPENT A PLUMES
20, rue des Petits-Champs - 75002 Paris

À PROPOS DE L'AUTEUR

TIMOTHY FINDLEY est né en 1930 à Toronto, au Canada. Il partage son temps entre le Canada et le sud de la France. Best-sellers aux États-Unis et au Canada, ses romans et ses recueils de nouvelles sont traduits dans une quinzaine de langues. *The Wars (Guerres)* a reçu le Governor's General Award et le Book Award de Toronto. *Headhunter (Le Chasseur de têtes)* et *The Piano Man's Daughter*, ses derniers romans parus à ce jour, l'ont définitivement installé comme l'un des auteurs les plus importants du Canada anglophone. *Le Dernier des fous* est son premier roman.

Pour William Whitehead

Prologue

TOUTE LA NUIT, Hooker Winslow avait gardé les yeux ouverts.

Insensiblement, les premières ombres du matin quittèrent les angles de la chambre, montèrent derrière les fauteuils. Le rideau – ou quelque chose dans le rideau – ondula, s'agita, fit signe. Hooker regardait.

Sur son lit, Little Bones, la chatte, gisait, étalée et tiède, en proie à un rêve. Ses pattes se contractèrent. Hooker observait le rêve très attentivement. Il ressemblait au sien, celui qui finissait toujours par l'éveiller en sursaut, les yeux grands ouverts.

Il faisait chaud. On était déjà en septembre. Il n'aurait pas dû faire chaud, mais il faisait chaud – continûment, semblait-il, depuis le printemps.

Quand donc avait-il plu ?

La pluie n'était pas venue. On était déjà le 15 septembre et il n'avait pas plu. Pas une seule fois de tout l'été. Les gens se plaignaient. Il faisait si sec qu'on ne transpirait pas – ou alors, d'une sueur maladive. Il faisait si sec que les feuilles des arbres s'étaient flétries, l'herbe jaunie. À quoi bon la venue de l'automne, tout était si parfaitement desséché... Le genre de sécheresse absolue capable de pénétrer même les cerveaux humains.

Plus loin, dans les autres chambres de la maison, la famille dormait entre les draps rêches – sans sueur, à bout de forces. Une mère... un père... une tante. La bonne. Ailleurs, les chats que Hooker avait recueillis dormaient aussi, en boule, en quête de la fraîcheur du ciment ou de la pierre.

Quelqu'un toussa. Hooker sursauta.

Il ne fallait pas qu'ils s'éveillent. Pas encore.

Son cortège de silences se remit en place. Personne ne s'était réveillé.

Hooker s'étendit à plat et repoussa le drap.

Il contempla son corps, flottant dans un tricot et un caleçon trop lâches. Il était petit pour ses onze ans, mais ses pieds lui parurent très lointains. Il les distinguait à peine, dans la lumière grise. Il les fit bouger d'avant en arrière. Oui. Ils fonctionnaient. Mais le reste de son corps paraissait endormi. Il retourna ses mains. Les yeux fixés sur le bout du matelas, il se mit à fredonner l'air de « Frankie et Johnnie ».

Alors, les bruits commencèrent.

Au début, ce ne fut que le souvenir de la voix de son frère, qui se balançait légèrement dans sa tête comme une fumée sonore. Imperceptible, muette, s'enroulant autour du nom de Hooker – sans toutefois se décider à le prononcer tout haut ; fragments rebondissant au ralenti, d'arrière en avant, le plongeant dans un supplice d'incertitude.

Un jour… une nuit… un soir… Gilbert avait parlé si longtemps, et d'un ton si monocorde, que Hooker n'était pas sûr que son frère ne fût pas encore en train de parler quelque part, peut-être dans sa chambre, ou dans la bibliothèque, ou dehors, près de l'écurie. Hooker ne pouvait plus attendre.

Il se leva, écarta les ombres et traversa la pièce. Un rêve de libellules au parfum de sueur sèche flotta autour de lui, doux et invisible comme un nuage de poussière. Bourdonnantes de chuchotements, elles s'insinuèrent dans ses oreilles. Hooker atteignit la fenêtre et, d'un geste de la main, essaya de chasser le bruit.

Little Bones le regardait.

Hooker mit ses baskets, son short de gymnastique, souleva la boîte qu'il avait cachée dans les rideaux sous la fenêtre. Elle était en bois, un bois frais au toucher, dont il s'efforça de conserver la sensation un instant.

Sa tête carillonnait.

Il ferma enfin les yeux et imagina son parcours.

Il irait de chambre en chambre.

Il marcha vers la porte et l'ouvrit.

Le couloir était gris, silencieux, mais Iris le traverserait bientôt pour aller à la cuisine commencer sa journée habituelle. Il ne voulait pas la rencontrer.

Il se tint complètement immobile, serrant la boîte contre sa poitrine.

Il surveilla l'enfilade de portes. Ses yeux brûlaient si fort qu'il en était comme aveugle.

Il pouvait passer de chambre en chambre. Non.

Non. Ils l'entendraient. Il ne fallait pas qu'ils l'entendent.

Il irait dans l'écurie. D'une façon ou d'une autre, ils seraient forcés de venir à lui, dans l'écurie.

Il s'engagea dans le couloir et descendit le grand escalier courbe, laissant derrière lui chacun des dormeurs qui, inconscients de sa présence, remuaient dans un sommeil sans rêve.

Les portes de l'écurie ne firent aucun bruit en se refermant.

Dehors, une volée d'oiseaux gazouillant s'étaient posés dans le jardin, en quête d'insectes et de vers, s'affairant dans un bruit léger, lointain.

Hooker portait un chapeau de paille blonde avec des rubans qui flottaient sur ses épaules.

La lumière du jour se fit plus forte, même à l'intérieur de l'écurie. Elle éclaira Hooker, révélant un garçon au visage bronzé, aux cheveux brun-roux et raides, aux yeux verts. Il était petit et lisse, et, lorsqu'il se déplaçait, pareil à un chat preste, agile, silencieux. Il marchait les pieds en dedans, les bras pendant le long du corps et légèrement pliés aux coudes et aux poignets pour se servir très vite de ses mains s'il le fallait.

Dans la vieille écurie qui avait jadis abrité la calèche et les chevaux de son grand-père, il resta debout sur le sol de ciment, immobile, à l'écoute. Une tache de graisse à essieux, large, d'un brun presque noir, dégageait une odeur sèche.

Il y avait aussi l'odeur du foin coupé, celle, huileuse, des toiles d'araignées, l'odeur de métal rouillé, humide, des barres et des fixations des stalles des chevaux. Chaque stalle avait sa porte, vieille et abîmée. Mais l'intérieur des stalles n'abritait plus aucun cheval depuis longtemps. Pas même l'odeur. L'écurie était un lieu solitaire et toujours vide, à présent.

Hooker grimpa dans le grenier à foin dont la trappe, donnant sur l'extérieur, était à moitié ouverte. À travers les rais lumineux de poussière et de soleil, il pouvait surveiller l'arrière de la maison. Il se coucha et s'efforça de dominer la sensation de vertige qui tourbillonnait en lui. Il posa la boîte sur le sol, la déplaça de telle sorte qu'elle fût à la hauteur de ses yeux. Puis il n'y prêta plus attention.

Soudain, la porte arrière de la véranda s'ouvrit

en grinçant, se referma d'un coup sec. L'air s'emplit d'oiseaux.

Deux chats sortirent dans le jardin. Ils avaient dormi sous le vieux canapé au fond de la véranda à moustiquaire, du côté de la cuisine, là où étaient rangés un tas de vieux meubles qui ne servaient qu'aux siestes d'été.

Un instant, ils s'attardèrent, nonchalamment, sous l'unique marche de bois. Puis, lançant leurs pattes dans la poussière, soulevant des petits nuages bruns, ils se dirigèrent vers la partie herbeuse du jardin avec des bruits identiques à ceux des oiseaux ou des souris, sans paraître se prêter mutuellement attention, mais avançant vers l'écurie à l'unisson.

Hooker lança un morceau de bois mort dans leur direction. Surpris, ils freinèrent des pattes arrière, puis se remirent en marche, souplement, prudemment. De toute évidence, ils voulaient voir ce qui avait atterri près d'eux. Mais Hooker lança un autre morceau de bois. Détalant comme des lapins, ils s'enfuirent l'un et l'autre au plus profond de l'abri au-dessous de la véranda. Et cette fois, disparurent.

Hooker se remit à attendre.

La rosée s'évapora.

Hooker cligna des yeux pour mieux voir. Les oiseaux reparurent, pointant du bec, à l'affût de la multitude de proies, autour d'eux.

Un défilé de syllabes sans paroles – stridentes, âpres, absolues – s'entrechoquèrent à l'intérieur de son cerveau, comme des galets ronds et doux roulant dans une boîte en bois.

Du fond d'un long corridor sombre, des visages gris s'approchèrent, montèrent lentement vers ses yeux. Leurs lèvres remuaient, ils dérivaient...

Hooker dériva... Il fut pris de vertige et d'une envie de vomir.

Il se mit à genoux. La nausée remonta, pleine de bruit et de douleur et de peur. Il sentit qu'il urinait dans son pantalon. Il dériva encore... puis s'arrêta.

Progressivement, il reprit ses esprits, s'allongea sur la paille – trempé, à peine conscient de l'être.

Sur la pelouse, les oiseaux remuèrent comme pour une danse. Dans une symphonie de chants.

Lentement, les yeux de Hooker se fixèrent sur la fenêtre de la chambre de sa mère. Des petits rideaux pâles, couleur de sable, se gonflèrent de l'intérieur, comme poussés dans sa direction par une main qui lui ferait signe. Tissés dans une mousseline si légère qu'on eût dit des atomes de fumée.

De l'autre côté du jardin tout était calme, et il y eut un moment d'immobilité parfaite avant qu'un nouveau souffle de brise ne soulève et n'étire les rideaux. Désespérément, Hooker regarda le ciel.

Les Cieux...

Ils étaient si propres. Comme lavés à l'eau de Javel, décolorés… restés trop longtemps au soleil. En fait, ils semblaient prêts pour autre chose – comme un changement de lune.

Au-dessous de lui, dans l'écurie, il y eut un bruit.

Il tendit la main vers la boîte. Est-ce que ça commençait… ?

Ce n'était que Little Bones.

Elle tournait en rond sur le sol de ciment, battant l'air de la queue avec un cri de colère bas et méchant. Lorsqu'elle aperçut Hooker, elle s'élança sur le poteau.

Il lui caressa la tête. Ils s'allongèrent tous les deux au fond, à l'abri des regards.

Elle posa sur lui son regard de bronze pâle. Pendant un moment, Hooker la regarda aussi. Elle avait des yeux bizarres, étranges, dilatés, qu'il avait déjà vus quelque part. Des petites sphères d'innocence et d'éternité aux couleurs éparses, qui scintillaient nerveusement. Meurtriers, vibrants, et pourtant opaques – denses. C'étaient des bombes – comme les siens. Exactement comme les siens. Voilà. À présent, immobiles, l'enfant et le chat attendaient.

CHAPITRE I

En juin, le dernier jour de classe, Hooker avait regardé la cour de récréation pleine de monde et d'agitation, et poussé un soupir de soulagement. Plus personne, maintenant, ne pourrait l'obliger à y retourner. Il aurait douze ans cet automne, et son père l'enverrait dans un internat. Il n'aurait plus jamais à revoir ces enfants qui vivaient dans la même ville que lui et savaient, au sujet de sa mère. Il pourrait les oublier. Et il les oublierait.

Une fois passée la grille de fer, il sourit à cette dernière image brillante, à ces bruits ultimes. Les élèves et les professeurs de Markham College seraient des étrangers pour lui… et il ne leur dirait jamais rien. Jamais.

Il était libre.

Il marcha vers la maison, lentement, sous le dôme d'ormes très haut au-dessus de sa tête – vert pâle contre le ciel. Il sentait ses livres rebondir dans son dos, à droite ou à gauche, et leur poids lui donnait la sensation d'être plus grand, plus fort. Il salit ses chaussures dans une flaque d'eau. Il regardait les maisons d'un air hautain, sachant que bientôt pour elles aussi il serait un étranger – et que personne, où que ce fût dans cette ville, ne le connaîtrait plus.

Il était deux heures de l'après-midi.

Hooker ramassa une branche d'arbre et la traîna derrière lui le long des clôtures. Elle claquait doucement, rythmiquement, contre les piquets de bois.

Il pensa à sa mère et à leurs problèmes.

Quelques-uns des événements qui les avaient provoqués s'étaient passés en dehors de lui. Ainsi, il avait souvent entendu des disputes. Très souvent aussi, il avait entendu quelqu'un pleurer quelque part. À de nombreuses reprises, Iris, la bonne noire, l'avait brusquement emmené en promenade. Il avait entendu des phrases comme « Je ne peux pas, oh, je ne peux pas... » et « Ne m'oblige pas à faire ça... » qui venaient du haut de l'escalier. L'automne dernier, pendant deux mois, c'est à peine s'il avait vu sa mère. Puis, de décembre à février, il ne l'avait plus vue du tout – tout en continuant à l'entendre. Pleurer... sangloter... gémir... Faire du bruit, dire des choses qu'il ne comprenait pas. Au mois de mars, elle était entrée à l'hôpital, en avril elle était revenue à la maison. Après avoir accouché d'un enfant mort.

Partout dans la maison les portes furent fermées, les stores baissés.

Son père choisit une nouvelle chambre à coucher, celle qui avait été autrefois un petit salon à l'étage, et il s'y installa seul. Tante Rosetta prit en charge la totalité des problèmes domestiques. Iris suivit des cours d'infirmière, une fois par semaine, à l'hôpital Saint-John... Et Gilbert, son frère, passa de plus en plus de temps dans l'embrasure des portes, ou au pied de l'escalier, un verre à la main, l'air bizarre, gros et inutile.

En tant qu'êtres humains, ils se pétrifièrent – en vérité – et devinrent l'absolu de toutes les petites choses qu'ils avaient été un jour en partie seulement. Ils se « figèrent », comme disait Hooker. Ils devinrent taciturnes, ne cessant de se regarder et de se parler des yeux au-dessus de la tête de Hooker. Sauf Iris Browne, la bonne, qui l'écoutait et lui parlait dans la cuisine.

Hooker, pour sa part, savait qu'il s'était attendu à voir un bébé et que le bébé n'était pas venu. « Mort-né ... », avait dit quelqu'un. Il en avait eu du chagrin car dans sa tête, il connaissait déjà son visage. Il l'appelait Patrick parce qu'ils avaient dit qu'il s'appellerait Patrick, à cause du père de son père et de Tante Rosetta, qui était mort. Et un temps, il s'était mis à croire – sans y croire vraiment – que tous les gens prénommés Patrick devaient mourir de manière bizarre. Ainsi à l'école, pendant deux semaines, il s'était attendu à ce que Patrick Farley meure sur place dans la cour de récréation ou s'étrangle lui-même en cours de gymnastique. Mais il s'était finalement arrêté d'attendre tout cela et avait concentré toutes ses craintes, toutes ses appréhensions, sur sa mère.

Elle revint à la maison. On était en avril. Il ne la vit qu'une seule fois, le jour de son arrivée.

« Ne reste pas là, sur le pas de la porte, mon cœur, dit Iris. Laisse le passage. »

Dans l'allée, vêtue d'un manteau de fourrure pâle, aussi pâle que sa peau, sa mère, soutenue d'un côté par Gil et de l'autre par Rosetta, avançait pas à pas vers la grande porte de la maison et l'obscurité du vestibule. Sa pâleur l'effraya. Elle ne semblait pas réelle. Comme morte. Peut-être l'était-elle vraiment.

Mais elle ne s'affaissa pas ainsi qu'il s'y attendait. Au contraire elle se tint très droite et laissa les voisins la regarder. Puis elle parla.

« Oui. Je l'ai perdu », prononça-t-elle d'une voix forte.

Hooker fronça les sourcils.

« À qui parle-t-elle ? demanda-t-il à Iris.

– J'en sais rien, répondit Iris. J'en sais rien, mon cœur. Pousse-toi d' là. »

Jessica Winslow se lança dans une diatribe vulgaire, hargneuse, repoussa violemment ceux qui la soutenaient en essayant de la retenir et leur échappa.

Hooker courut au salon. Il fixait derrière les vitres l'autre côté de la pelouse détrempée

« C'est Mrs. Gaylor, dit-il. Elle regarde par-dessus la haie, elle a un sac à la main.

– Reviens ici, dit Iris.

– Mais Maman crie après elle. Pourquoi crie-t-elle comme ça ? Ce n'est que Mrs. Gaylor !

– C'est que Mrs. Gaylor est impolie, et curieuse », dit Iris en entourant de son bras jaune-brun l'épaule de Hooker pour le faire tenir tranquille. « Tiens-toi droit. »

Le cortège de bruits et de souffrances s'approcha, monta les marches du perron.

« Bon sang, j' voudrais bien savoir où s' trouve ton père », murmura Iris.

Hooker la regarda. Sur son visage, il lut à la fois l'expression aiguë de l'inquiétude et la grimace annonciatrice de larmes.

Il tourna son regard vers le trio. Tous les trois se découpaient dans l'encadrement de la porte.

Un moment, il espéra qu'ils n'entreraient pas.

Toute la maison chuchota dans sa tête. Une image – quelque chose à propos d'une peur ancienne d'être laissé seul – le pinça à l'intérieur, le tira comme une algue cherche à se détacher du rocher pour suivre la marée.

La porte resta ouverte.

Le soleil entoura d'un trait de lumière les silhouettes arrêtées sur le seuil. Elles flottèrent un moment dans l'espace.

« Tiens-la, Gilbert », dit Rosetta.

Laissant son halo derrière elle, une petite forme se détacha, voleta vers le guéridon du hall, enleva ses gants et son chapeau et, chose inouïe, jeta son manteau en tas sur le sol. Puis elle retourna vers les deux autres.

« Tu vas monter, dit-elle en prenant la voix pointue de Tante Rosetta. Maintenant.

– Oui, Rosetta. »

Une voix différente. Plus du tout la voix qui avait parlé dans l'allée. Creuse et fatiguée. Quasiment méconnaissable.

« Gilbert va t'aider.

– Oui. »

Gilbert dit : « Oui, Mère. Viens... Je vais t'aider. »

Quittant la lumière du soleil, les deux formes entrèrent dans l'ombre et marchèrent jusqu'au pied de l'escalier.

« Jessica ?

– Oui ? Qu'y a-t-il, Rosetta ?

– Monte bien les marches une par une, chérie. »

La mère de Hooker se retourna et sourit.

« Ma chère Rose..., dit-elle. Au nom du ciel, y a-t-il une autre façon de monter ? »

Rosetta s'efforça de sourire. Sans y parvenir.

Gilbert commença à monter avec sa mère.

Hooker, qui regardait – pas une seconde il n'avait cessé de regarder – se pressa instinctivement contre le bras d'Iris. Elle le retint violemment.

« Non, chuchota Iris. Reste tranquille. Elle n'a pas envie que tu la voies en ce moment. » Il se rejeta en arrière et accepta le support de ses seins desséchés, qui s'écartèrent doucement pour recevoir sa tête. D'une main elle lui enveloppa le front, de l'autre elle le serra contre elle.

« C'était injuste, disait Jessie à Gilbert en montant les marches. La façon dont ils m'ont tenue, et déchirée. » Hooker tendit l'oreille. « ... tout le temps ils l'ont frappé, et il était mort, et je priais, tu sais... J'ai rêvé de ces marches, Gillie, et des couteaux de la cuisine, aussi... J'ai rêvé d'oreillers et de baignoires et de toilettes... Depuis le jour où il est né, chaque fois qu'ils m'ont laissée dormir j'ai fait ces rêves... »

La branche cahotait derrière lui. Il changea son cartable de côté et se demanda s'il verrait sa mère aujourd'hui. Probablement pas. Elle restait tout le temps dans sa chambre, couchée dans son lit, assise sur son fauteuil près de la fenêtre... Et même si c'était le dernier jour d'école, ça ne lui ferait pas franchir le seuil de sa porte pour le voir, ni même dire son nom. Il ne l'avait pas entendue le prononcer depuis des mois.

Quand il arriverait à la maison, il ne demanderait même pas de ses nouvelles, décida-t-il. Il parlerait avec Iris, tout simplement, dans la cuisine. Il lui tendrait son bulletin scolaire, elle serait fière de lui. Elle se mettrait à rire, c'était sûr, elle dirait : « Alors, p'tit calé, t'as encore réussi ! »

« Alors, t'as encore réussi, hein? Un bulletin parfait ! Ça mérite un café, ça ! Qu'en dis-tu ? » Iris étala le bulletin dans son enveloppe entre eux. Elle versa du café dans deux grandes tasses.

« Félicitations.

– Merci », dit Hooker.

Ils trinquèrent en silence et burent.

« C'est donc que t'es prêt pour Markham College, hein ? dit-elle. Hein ?

– Je crois, dit Hooker. J'espère.

– Tu vas me manquer », fit Iris.

Hooker dit : « C'est seulement pour octobre.

– Oui. C'est vrai. On a tout l'été. Et... Qu'est-ce que tu vas faire ?

– Oh... aller dans les champs. Je dois m'occuper des tombes.

– Ah ! là, là... Toi et ces oiseaux !

– Ben... Faut quand même que quelqu'un le fasse... »

Elle sourit. « T'as sans doute raison. »

Il faisait bon dans la cuisine. Frais, même.

Iris contempla ses bras longs, maigres et jaunes. Elle sourit, respira silencieusement, heureuse d'être en vie. Elle avait presque cinquante ans et elle en était fière. Elle n'aurait jamais espéré vivre aussi longtemps. Sa mère était morte à vingt ans d'une tuberculose. Son père avait été emporté par une pneumonie à l'âge de trente-neuf ans. Son frère Walter était mort à dix-neuf ans – encore la tuberculose – et sa sœur aînée, Hettie, à vingt-deux ans, d'une rupture de l'appendice, alors qu'elle était sur le point de se marier. Parfois, dans la quiétude de sa chambre à coucher, Iris comptait ses morts : Maman, Papa, Walter, Hettie, trois tantes, deux oncles, plus d'innombrables cousins. Il y avait eu aussi cinq autres frères et sœurs qui n'avaient pas vu la fin de leur première année d'existence. À la maison, une plaisanterie disait qu'une maladie vous était réservée à la naissance, et par conséquent une mort. Sa mère avait cru en l'acceptation digne de la couleur de sa peau, mais elle était morte. Le père d'Iris n'y avait vu qu'une malédiction, il avait vécu un peu plus longtemps – mais pas tellement. À vrai dire, c'était la pauvreté qui les avait tués tous deux – eux et les autres. Le père d'Iris avait interdit à ses enfants de devenir domestiques, ou d'accepter un emploi dans les chemins de fer. Iris avait désobéi, et elle avait survécu. Sa fierté ne lui interdisait pas de travailler chez les autres.

Finalement, grâce à l'instinct précoce de Rosetta qui lui avait permis de choisir avec art ses domestiques, Iris faisait pratiquement partie de la famille Winslow – mais cela remontait si loin que personne n'avait jamais essayé de compter. C'était bien avant le mariage de Nicholas et de Jessie, et même quelques années avant la fin de l'époque légendaire qui avait connu le personnage quasiment mythique du grand-père Winslow.

Le téléphone sonna.

Iris se leva, traversa la pièce. Le téléphone était fixé au mur près de la porte de la salle à manger.

« Résidence Winslow. Miss Iris Browne à l'appareil. Allô, oui ? »

Hooker regardait et écoutait.

« J' t'ai d'jà dit, Harry, dit Iris. Laisse-les dans la véranda et s'il faut, j' f'rai un chèque en mon nom. » Elle attendit. « C'est ça – des factures séparées, comme d'habitude. Très bien, Harry. Salut, à présent. Oui… au revoir. »

Elle raccrocha, retraversa la pièce.

« Encore un peu de café ?

– Nnnn… oui !

– Tu cherches toujours à m'avoir, hein ? dit Iris en riant. Non… non… non… et puis… c'est oui ! »

Elle lui versa le café, noir, dans son bol. Elle se rassit.

« Ta tante Rosetta m' tuerait si elle te voyait boire c't... »

Elle alluma une cigarette.

« ... ou que j' fais ça. Dieu nous protège si jamais elle arrivait par là, hein, Hook ? »

Elle chantonna doucement :

« Oh, amène ton corbillard déglingué,
Oh, amène ton canasson foutu.
Ils vont conduire ton homme à la tombe,
Et t' le rendront jamais plus... »

Elle regarda par la fenêtre en souriant.

Hooker l'observa, conscient de la teinte jaune-brun de sa peau cet après-midi-là, du contraste avec la blancheur de l'uniforme. Elle était fatiguée. Ses cheveux, qu'elle portait plutôt courts, frisottaient autour des oreilles, grisonnants par endroits. Elle parlait d'une voix fêlée, éraillée. D'aussi loin qu'il se souvenait, Iris avait été à la maison. D'aussi loin que Gilbert, son frère, se souvenait également – et Gilbert avait plus de vingt ans.

« Gilbert doit venir m'éplucher des patates... À quatre heures. »

Hooker sursauta. Leurs pensées s'étaient exactement croisées et ça l'ébahissait, chaque fois.

Souvent, l'après-midi, Gilbert venait aider Iris à la cuisine, « histoire de bricoler ». Grand et fatigué, il s'installait devant l'évier, mettait un tablier, parlait à Iris du monde et de ses problèmes. De ses théories personnelles, de ses plans, de ses solutions. De l'Histoire. Tout en discutant, il taillait de généreux rubans de peau de pomme de terre bruns, humides et sableux, au-dessus d'une passoire posée sous le robinet.

« Quelle heure est-il ? » demanda Hooker. Il espérait qu'elle allait lui dire de monter le plateau du thé à sa mère.

« J'en sais rien. À quelle heure t'as quitté l'école ?

– À deux heures. On est sortis plus tôt.

– Alors, tu dois l' savoir mieux qu' moi. »

Iris alla vers l'évier, éteignit sa cigarette sous le robinet et la jeta dans la poubelle.

Le problème du plateau de thé demeura en suspens dans leur esprit. Il y eut un bref silence puis Hooker se remit à parler

« Pourquoi tu te fais appeler *miss* Iris Browne ? demanda-t-il.

– C'est mon nom, Hook.

– Ton nom, c'est Iris. Harry Jarman aurait bien vu que c'était toi, si t'avais seulement dit Iris. Pourquoi tu dis toujours *miss* Iris Browne ? Personne ne sait qui c'est, ça.

– Et toi tu t'appelles comment ?

– Hook.

– Oh… je vois. »

Elle remua des choses sur la table, trouva l'enveloppe avec le bulletin.

« Tu vois, ça ? »

Elle souleva l'enveloppe.

Hooker fit oui avec la tête.

« M'est avis que ça dit quelque chose sur Hooker Winslow. Mais dans c' papier, y a rien sur quelqu'un qui s'appellerait Hook tout court. »

Elle lança l'enveloppe sur la table.

« Mais au *téléphone*, dit Hooker, la poussant dans ses retranchements, tu as ta propre voix. Qui ça pourrait être, à part toi ?

– Ça pourrait être Iris Merton. Ça pourrait être Iris Bailey. Ça pourrait être Iris n'importe qui, pour autant que le sache cette espèce de fou, ce bon à rien d'Allemand.

– Pas avec ta voix.

– T'entends quoi par là ?

– Tu parles nègre. »

Voilà.

Iris fut obligée de marquer une pause.

« J' pense que c'est vrai », reconnut-elle. Mais elle souriait.

« Et pourtant, tu dis toujours *miss* Iris Browne. »

Elle s'emporta. « J'ai tous les droits sur mon nom ! Et pour ce qui est d'être une personne de couleur, as-tu réfléchi, monsieur Hooker, au nombre de personnes de couleur vivant présentement dans cette ville ? Hein ? Y en a des tas ! dit-elle. Des tas, et toutes avec des noms différents ! »

Et des couleurs différentes, pensa Hooker.

« Y en a des tas, et j' tiens à ce que tout le monde sache laquelle je suis.

– Ben..., fit Hooker, c'était pour le *miss* que je me demandais...

– Et alors ?... J' suis pas mariée, qu' je sache ?

– Non.

– Alors... C'est mon droit de m'appeler *miss*, non ?

– Même pour Harry Jarman ?

– Même pour lui. Ta tante s'annonce bien comme miss Rosetta Winslow, non ?

– Si.

– Alors ! » Elle leva les bras au ciel, exaspérée. « J' vous jure !... » dit-elle.

Hooker se tint coi.

Quelque chose, inexplicablement, l'avait rendue furieuse. Il se sentit dérouté. Il avait seulement voulu qu'elle discute avec lui.

« Pourquoi qu' t'es fâchée ?

– Je suis fâchée parce que t'as la tête sacrément bourrée, bien qu' tu sois un innocent. La prochaine fois qu' t'auras envie de penser à toutes ces choses sur miss Browne et pas miss Browne, tu f'rais mieux de commencer par te poser les questions à toi-même, au lieu d'aller piquer ailleurs, et tout de travers, c' que même une moitié de cervelle te dirait !

– Qu'est-ce qui ne va pas ?

– Toi. Tu ramènes un bulletin plein de bonnes notes mais t'es complètement détraqué et t'as pas encore douze ans ! »

Hooker identifia le mot défendu mais resta tranquillement assis.

« Oh, je sais où t'as pris ça. T'as piqué ça chez ce Gilbert. Parfois, j'ai envie de le prendre et de le cogner si fort que ça le couperait en deux, d'un seul coup, tant il me fout en rogne ! Où c' qu'y croit qu'on vit, celui-là – aux États-Unis ? *Nous*, on n'a jamais été des esclaves, tu sais !

– Ce sont ses rhumatismes articulaires qui lui font dire ces choses-là.

– Ses rhumatismes articulaires, tu parles ! Ha ! ha ! Les rhumatismes articulaires n'ont jamais provoqué de pensées aussi vulgaires, dit Iris.

– Je voulais seulement dire qu'il dit que ça l'oblige à rester couché et à penser des choses.

– Tout ça, c'est des salades !

– C'est pas des salades. C'est lui qui le dit.

– Comme il a probablement dit que j' pouvais pas être miss Iris Browne ? Hein ? Juste parce que j' suis une négresse ? C'est lui qui a commencé avec ça, hein ? »

Hooker ne répondit pas.

Iris se moucha.

« De toute façon », dit-elle en se redressant et en fourrant son mouchoir dans la manche de son uniforme, « y a pas de quoi en faire un plat, entre nous deux. Pas maintenant. » Elle sourit, changea de sujet. « Quand ton père rentrera, porte-lui tout de suite ton bulletin. Il va être fier de toi mon chou ! »

Hooker pensa : « Pas si je suis complètement détraqué. » Il rougit.

« Je le lui porterai plus tard », dit-il.

La porte s'ouvrit. C'était Gilbert.

« Quand on parle du diable..., dit Iris. Aussi sûr que le bon Dieu existe. »

Hooker la regarda mais déjà, elle s'en allait vers le réfrigérateur. Il se dit que ses coudes avaient l'air vieux.

« Ah bon ? » fit Gilbert.

Il portait un pantalon de flanelle grise, une chemise rayée bleu et blanc, une cravate, des chaussures cirées – il avait les lèvres qui pendaient.

« Hé... t'es revenu de l'école ?

– Oui, dit Hooker.

– Il fait comment, dehors ?

– Chaud.

– J'ai entendu crier... T'es vraiment passé, ou quoi ?

– Oui, dit Hooker. Je suis passé. » Il attendit mais rien ne vint (de la part de Gilbert).

« Il a eu un bulletin formidable », dit Iris doucement.

Gilbert dit : « Ah... c'est bien. »

Au bout d'un certain temps il ajouta : « Je suppose que ça veut dire que Nick te donnera une bicyclette, non ?

– Oui, dit Hooker. Je crois.

– Ma première grande défaite ! dit Gilbert. Pas de bicyclette bleue. »

Ils rirent. Gilbert aurait voulu un vélo bleu. Mais cette année, il avait raté deux matières.

Hooker l'observa attentivement.

Gilbert sortit son tablier d'un tiroir, s'en enveloppa la taille, noua le haut derrière son cou. C'était un tablier à volant. Il se tint là, grand et gros, les cheveux clairsemés, les yeux petits et bleus, son double menton légèrement humide de sueur. Iris lui noua les cordons du tablier dans le dos. Il marcha vers l'évier d'un air lugubre.

« Voilà, dit-elle.

– Merci, dit Gilbert. Ainsi... », il commençait la conversation de l'après-midi, « l'école est finie, hein ?

– Oui, répéta Hooker.

– Et qu'est-ce que tu vas faire, cet été ?

– Je ne sais pas, dit Hooker. Je dois m'occuper du champ. De l'écurie aussi, je suppose.

– Pourquoi ne construirais-tu pas une maison, dans ce foutu champ ? Une maison pour tes foutus chats... Comme ça, lorsqu'ils tueraient quelque chose, t'aurais pas à le trimballer là-bas pour l'enterrer. T'aurais qu'à gratter un trou et l' balancer sur place.

– Ça ne me dérange pas, dit Hooker. C'est une jolie promenade.

– Avec ce chariot ! » dit Gilbert.

Iris ouvrit une bouteille de bière, en versa la plus grande partie dans un verre. Elle posa le verre sur le potager près de l'évier.

« Tiens, fit-elle.

– Merci, dit Gilbert.

– Ça ne me dérange pas, dit Hooker. Je l'ai fait si souvent qu'il y a un chemin, maintenant.

– Combien d'oiseaux as-tu enterrés ? Depuis le temps..., demanda Gilbert en faisant un clin d'œil à Iris.

– Je ne sais pas. Vingt, je crois... J'en sais rien. Et un tas de souris. »

Iris sortit un grand sac blanc poussiéreux plein de pommes de terre. Elle sortit un couteau de cuisine. Elle sortit la passoire à légumes.

« Tiens, dit-elle.

– Ils tuent très vite, dit Hooker. En réalité, je ne les vois jamais faire. Ils me les rapportent toujours, mais après. C'est très vite fait, il n'y a pas de bruit. »

Il réfléchit un instant.

« La seule chose, c'est que l'oiseau n'a plus

d'yeux. Il a seulement le cou brisé. Il ne manque pas une plume... il n'y a pas de sang. Rien... Alors je prend une boîte et ma cuillère, et je l'emporte dans le champ. »

Gilbert considéra cette tirade. Puis il dit : « Tu vas en avoir assez. Tu verras. Après, il y aura tous ces oiseaux morts, partout sur la pelouse. C'est même incroyable que Rosetta te laisse garder ces foutues bestioles autour de la maison – quatre chats !

– Mais ça ne dérange personne...

– Ils sont vicieux. Je préférerais un chien.

– Mais un chien, ça fait du bruit.

– Au moins, c'est humain », dit Gilbert.

Il finissait de rouler ses manches.

Iris s'approcha en silence d'un côté de l'évier. Elle ouvrit le robinet d'eau froide.

« Les chats, c'est humain aussi, dit Hooker. Ils ne dérangent pas Père.

– Sauf qu'il est allergique. En tout cas, c'est ce que dit Rosetta.

– C'est pas pareil du tout. »

Il y eut une pause.

Gilbert prit le verre, but, le reposa sur le potager, se mouilla les mains.

Il regarda Iris.

Elle laissa couler un peu d'eau chaude, réglant le robinet avec précision.

Elle s'éloigna.

« Merci », dit Gilbert.

Il prit le couteau et commença.

« Alors l'école, c'est fini, hein ?

– Oui. » Hooker soupira.

« Mais que vas-tu *faire* de tout l'été ?

– On pourrait jouer au croquet », dit Hooker. C'était leur habitude.

« Tu manques d'entraînement », dit Gilbert. Il posa sur la première pomme de terre un regard expert, fit sauter quelques yeux. Le couteau crissa.

« Mais tu ne t'entraîneras jamais avec moi.

– J'en ai pas besoin », dit Gilbert. Il se ravisa. « J' te ferai p't-être jouer demain.

– J'aimerais mieux ce soir. »

Iris dit : « Je jouerai avec toi. On f'ra une partie. Après le dîner. »

Elle avait dit ça presque mécaniquement, sans chaleur.

« Je vais aller préparer le jeu, alors, dit Hooker. Tout de suite. Comme ça je serai prêt.

– Très bien, mon cœur. Vas-y. »

Il quitta la cuisine et se dirigea vers le côté du jardin. En s'en allant, il entendit Gilbert démarrer la conversation, cette fois pour de bon.

« Écoute, Iris, dit-il. J' suis en train de lire *Les Lieutenants de Lee*. Et tu sais quoi ? Si le Sud… »

Hooker entendit Iris soupirer.

Il laissa la moustiquaire claquer. Dans l'air libre, printanier, il prit une grande inspiration

« Le sud de quoi ? » fit Iris avec une stupidité longuement pratiquée. Et encore autre chose, une chose sur laquelle Hooker ne réussit pas à mettre le doigt. Une autre chose longuement pratiquée.

C'était tous les jours pareil, maintenant, dans la maison fermée. Deux personnes qui parlaient, et tout le reste n'était que silence.

CHAPITRE II

UN PEU PLUS TARD ce même après-midi, Rosetta Winslow se trouvait dans le vestibule. Elle regardait autour d'elle d'un œil délicatement scrutateur.

Elle portait une paire de gants de travail en coton jaune, serrait contre sa blouse, à l'intérieur du coude, un vieux chiffon à poussière gris. Elle passa un doigt ganté le long de la rampe de l'escalier. Tout était parfaitement propre.

Rosetta avait un visage petit et rond, rarement souriant. Des années plus tôt, elle avait eu une attaque cérébrale qui l'avait en partie privée de l'usage de l'un de ses bras et avait pour toujours figé une moitié de son visage dans un masque juvénile. Elle restait jolie, bien sûr. Mais la joliesse était triste et tendue, à présent – incassable, comme certains verres.

Elle tendit l'oreille vers le palier supérieur. Il n'y avait aucun bruit là-haut. Au loin, on entendait Hooker enfoncer à grands coups de maillet les arceaux du jeu de croquet dans le gazon sur le côté de la maison.

« C'est vrai, se dit-elle. L'école est finie. Zut... »

Cette pensée la fit bouger.

Elle traversa le vestibule sous l'escalier et se dirigea vers les longues tentures de velours vert qui fermaient le salon. Elle les écarta, faisant résonner leurs anneaux de cuivre comme des dés dans le silence. Elle les fit glisser d'un coup sec pour les refermer derrière elle.

Le salon était frais, long, étroit, cossu. On y sentait l'odeur de deux cires différentes. Il se terminait par deux portes-fenêtres à la française. Elles étaient ouvertes, protégées par des moustiquaires de l'invasion des insectes de l'été.

« Cette pièce est vraiment très agréable », déclara Rosetta pour elle-même. Ajoutant : « Vraiment, vraiment... »

Ses mains gantées inspectèrent soigneusement la surface des tables cirées, soulevèrent des petits objets de verre, les replacèrent, allèrent jusqu'à la cheminée, glissèrent dessus, caressèrent un rayonnage de livres, un poste de radio, la menèrent jusqu'aux portes-fenêtres. Là, Rosetta s'arrêta. Elle regarda dehors.

Fraîchement tondue, la pelouse se déployait, verte, estompée par les écrans. Vers le nord, sur la droite, Rosetta aperçut Hooker. Il portait encore sa tenue d'écolier et paraissait ridiculement soigné pour quelqu'un occupé à un travail manuel. Elle réprima l'envie de lui recommander de ne pas abîmer son pantalon – mais elle n'avait plus le temps d'entamer quoi que ce fût. Le père de Hooker n'allait pas tarder à arriver, la pièce devait être prête à l'accueillir. Elle jeta un coup d'œil sur la montre qui pendait mollement à son poignet. Seize heures quarante-deux. Oui... Dans quelques instants, Nicholas, son frère, franchirait le seuil de la porte.

Elle se dirigea lentement vers le vestibule. Les cendriers étaient propres, les dessous de verres à leur place. Un petit tapis attendait qu'il y pose les pieds. Les portes étaient grandes ouvertes, quelques fleurs disposées dans des petits vases en porcelaine de Chine. Le pare-feu de la cheminée avait été frotté, le journal du soir de Toronto... les cigarettes, les allumettes...

Rosetta leva les yeux.

Elle pensait aux toiles d'araignées... Elle les avait enlevées avec un linge fixé à l'extrémité d'un bâton – oh, quand était-ce ? hier ? aujourd'hui ? Quelques jours plus tôt ? Quand donc ? Ah... bien.

Elle examina les angelots en plâtre moulé. Ils étaient mignons, se dit-elle, ils faisaient très bien dans cette pièce ancienne. Le plafond était haut, peint d'une nuance coquille d'œuf un peu surannée qui lui conférait la distinction supplémentaire de paraître « d'époque ».

« Dieu seul sait ce que fabriquent les anges, les chérubins, et toutes ces choses-là..., se dit-elle.

Mais ils sont jolis. Et mignons. Oui. Jolis et mignons. Père riait toujours lorsqu'il les regardait. »

En fait, angelots et chérubins étaient censés s'adonner à la danse. Dans leurs mains potelées, ils tenaient d'immenses guirlandes de fleurs nouées de rubans. Riant, flottant, ils les suspendaient en boucles autour de la pièce, boucles qui formaient un dessin continu le long des murs, et étaient reliées aux angles par des arabesques au relief plus accentué. Les anges portaient des robes. Les chérubins, grassouillets et pleins de fossettes, voletaient de-ci, de-là sans ailes. Ils étaient nus. Il y avait, semblait-il, deux chérubins pour une chérubine, nul ne savait pourquoi. Certains avaient le derrière ridiculement gras. Ils rappelaient à Rosetta le temps où elle baignait Hooker, et même Gilbert – il y avait des années de cela – dans la petite baignoire de toile que l'on posait sur une table, dans la nurserie, à l'étage.

« Quand ? se dit-elle. Quand – c'était quand ? »

Pas la moindre toile d'araignée. Seules étaient visibles les robes de plâtre arachnéennes des anges, les guirlandes de fleurs et de rubans coquille d'œuf, leurs boucles infinies.

Rosetta se dirigea vers le vestibule, tirant l'une des tentures derrière elle.

Elle fit glisser ses gants jaunes, les laissa tomber avec un bruit mat dans le tiroir de la table du vestibule, en même temps que le chiffon à poussière. Devant le miroir suspendu au-dessus de la table, elle resserra le nœud gris et maigre de ses cheveux sous l'austère filet noir.

« Bientôt, pensa-t-elle, même Hooker sera plus grand que moi. C'est ainsi. »

Elle se retourna.

Derrière la porte, en haut de l'escalier, elle crut entendre un bruit.

Jess ?

La moitié souple de son visage prit l'autre moitié pour modèle. Un peu de sang quitta les poches légères sous les yeux bleu pâle. D'un geste lent et précis, elle fit claquer le tiroir.

Elle marcha vers le pied de l'escalier, l'affrontant carrément et – c'était bizarre – presque bravement. Le soupçon de bruit se fit de nouveau entendre.

Rosetta gravit les marches dans un silence irréel.

Elle s'approcha de la porte. Ses ailes, si elle en avait eu, eussent vibré très légèrement afin de la maintenir immobile tandis qu'elle écoutait.

Derrière la porte, une voix éteinte, ténue, parlait d'un ton monocorde.

Silence.

Rosetta n'arrivait jamais à distinguer les mots.

Elle attendit.

Au bout d'un moment, un livre fut replié, les pages se remirent en place sous la pression de doigts tendus et nerveux. Le livre, refermé d'un coup sec, fut rangé. Un tiroir s'ouvrit, fut clos à son tour. Une clef l'effleura, cliquetant parmi d'autres clefs sur la même chaîne.

Plus rien.

Satisfaite, Rosetta recula doucement, redescendit les marches.

La porte d'entrée s'ouvrit.

CHAPITRE III

NICHOLAS entra.

Dans l'escalier, Rosetta ne disait rien, mais quelque chose fut transmis – comme avec des mots. Elle le regardait. Elle avait huit ans de plus que son frère, il était le seul membre vivant de sa famille.

Il resta debout sur le paillasson sans rien dire, dans l'encadrement de la porte d'entrée.

Un peu d'amour sincère, le sentiment d'une ancienne fierté, frémirent en elle.

« Père aussi aurait fait cela, pensa-t-elle. Se tenir comme ça, dans cette tenue, par une chaleur pareille. »

Elle s'avança vers lui.

Il portait un pardessus d'été gris pâle, un chapeau noir, un costume gris foncé.

Ses chaussures noires brillaient de manière quasi surnaturelle.

Elle le débarrassa de ses gants, de son chapeau, de sa canne de jonc (qui avait jadis appartenu à leur père). Sans bruit, elle alla vers la table, sous le miroir, y déposa les objets à leur place. Elle revint, lui effleura l'épaule du bout des doigts. Nicholas se retourna. Elle lui enleva son pardessus qu'elle suspendit dans le placard à un grand cintre de bois – le pardessus sentait l'odeur de la ville lointaine, du bureau – encre, papier, cigarettes. Il lui rappelait ce même vestibule des années auparavant : un autre homme grisonnant, fatigué, un autre col de pardessus imprégné de cette même odeur coûteuse et hautaine – son père. Son père, mort. Son père, qui l'avait abandonnée.

Elle revint vers lui encore une fois. Nicholas était si beau. Ses cheveux – qui passaient maintenant du gris au blanc – et ses beaux yeux fatigués avaient l'air de combattre les dernières images d'une journée difficile. Il sortit son mouchoir de la poche intérieure de sa veste, essuya d'un geste nerveux un peu de salive sur ses lèvres et sur sa moustache, renfonça le mouchoir à sa place.

Après avoir jeté un regard circulaire dans le vestibule, Nicholas dut admettre que la porte, en haut de l'escalier, était toujours là.

Rosetta contempla ses ongles et attendit.

Nicholas toussa.

Il toussa encore, une petite toux irritante de fumeur.

Rosetta attendit.

Enfin il bougea.

« Qu'as-tu fait aujourd'hui ? » demanda-t-il d'une voix basse, voilée par la toux.

Rosetta, suivant une longue pratique, ne répondit pas.

Ce qu'elle avait « fait » brillait et reluisait autour d'eux, tandis qu'ils se dirigeaient vers le salon.

« Combien y a-t-il d'années, se demanda-t-elle, que je n'ai pas répondu à cette question ? »

Ils passèrent à travers les tentures de velours vert. Rosetta s'arrêta à l'entrée du salon. Nicholas se dirigea vers son fauteuil habituel. Au printemps et en été, le fauteuil était orienté vers le jardin ; en automne et en hiver vers la cheminée. Il s'assit en tournant le dos à Rosetta. « Il me tourne toujours le dos, pensa-t-elle. Pourquoi ? »

« Comment va Jess ? » demanda-t-il, prenant le journal préparé par avance sur la petite table.

« Dans sa chambre », dit Rosetta, comme si c'était la seule réponse possible à cette question.

« Encore?

– Oui. »

Pause.

« Bien sûr, ajouta-t-elle. Elle lit ses vieux carnets.

– J'aimerais que quelqu'un...

– Oui... mais... »

L'un et l'autre, ils étaient prêts à continuer – mais aucun ne le fit.

Nicholas ouvrit son journal.

Rosetta dit : « Je vais te préparer quelque chose. Thé ou sherry, aujourd'hui ?

– Là… », dit Nicholas.

Sans se retourner, il laissa pendre une clef au bout d'une chaîne, dans le dos du fauteuil. Ce qui signifiait sherry.

Rosetta prit la clef. « Hooker passe, dit-elle.

– Passe quoi ?

– Au cours supérieur, Nick. C'était le dernier jour d'école. Il est en vacances, maintenant. Il a eu un très bon bulletin, mais je ne suis pas censée le savoir. Le bulletin est à la cuisine.

– Je vois. »

Rosetta attendit un court instant puis quitta la pièce.

Nicholas tenait le journal déployé devant lui. Il ne lisait pas. Il ne lisait pas car il n'avait pas mis ses lunettes. Il était là, simplement assis, toussant un peu.

Au loin, il entendit Rosetta :

« Hooker ! »

Il entendit un Hooker encore plus lointain :

« Oui, ma tante.

– Ton père.

– Oui, ma tante.

– Va te laver les mains, dit Rosetta.

– Oui. »

Nicholas soupira. Il palpa sa cravate. Il pensa à la chaleur et à la ville. Il essaya de ne pas penser à sa femme.

« Peut-être vais-je prendre un bain, pensa-t-il.

Ensuite, je ferai quelques balles... Boirai un thé glacé... Lirai quelque chose... Monterai... »

Jess.

En haut de l'escalier, Nicholas marqua une pause. Il contempla la porte fermée et ne put s'empêcher de penser : « C'est ma chambre. Pourquoi n'entrerais-je pas dans ma chambre ? » Cette pensée lui occupa l'esprit au moment précis où il souhaita être lui-même assez fort pour occuper l'espace situé au-delà de la porte.

Mais il ne le fit pas.

Il attendait encore lorsque Hooker entra dans le vestibule au-dessous de lui. Nicholas n'entendit pas son fils monter l'escalier. Pas même lorsqu'il arriva à mi-hauteur.

En route vers la salle de bains pour se laver les mains avant de saluer son père, Hooker ne vit pas tout de suite Nicholas – et lorsqu'il le vit, il faillit lui parler à voix haute. Mais il se retint. Au lieu de quoi, il s'immobilisa au milieu de l'escalier, écouta et regarda.

Nicholas s'approcha de la porte.

« Jessie ? » Sa voix était douce, méconnaissable.

Pas de réponse.

« Comment vas-tu, Jessie ? » Pause. « Chérie ? »

Hooker regarda le dos de son père – si tendu, si fortement pressé vers l'avant qu'on eût dit qu'il touchait l'os du sternum. Nicholas se raffermit, se redressa – pas comme une personne qui écoute ou qui est sur le point d'entrer, mais comme s'il s'adressait directement à la porte elle-même. Comme si la porte était la véritable destinatrice de ses paroles.

« T'es-tu reposée, aujourd'hui ? »

Pas de réponse.

« Je voudrais bien que tu me laisses entrer, Jess. »

À présent, Hooker commença à espérer une réponse lui aussi. Si Nicholas désirait cette réponse pour se rassurer lui-même, Hooker la voulait pour que son père ne se montrât pas sous un jour ridicule. Néanmoins, de toute évidence, Jessie n'était pas plus disposée à répondre que la porte elle-même.

Afin de s'éviter l'embarras d'une confrontation, Hooker commença à battre en retraite. Il trébucha – il avait commis l'erreur de se retirer à reculons. Il ne tomba pas mais ses talons heurtèrent la rampe. Lentement, Nicholas se retourna et le regarda.

« Que fais-tu ici ?

– Je vais à la salle de bains.

– En plein milieu de l'escalier ? » Réponse d'un humour desséché – celui de Nicholas n'avait jamais été très vivant – dont les mots tombèrent avec une sorte de calme mortel qui effraya Hooker.

« Non, Père. Je veux dire que je montais l'escalier pour aller me laver les mains. »

Vraiment, pensa Nicholas, cet enfant n'a aucun sens de l'humour.

« Bon, eh bien, vas-y, dit-il. Tu vas être en retard pour le dîner.

– Oui. »

Hooker reprit sa montée, passa devant son père, disparut dans la salle de bains. La porte se referma sur lui.

Avant de retrouver le petit salon où il dormait et où tous ses vêtements avaient été déménagés, Nicholas retourna vers la porte. Il posa la main sur le loquet.

En un sens, il espérait qu'il serait verrouillé. Mais son moi conscient savait qu'il ne l'était pas.

La porte était ouverte.

Il regarda, entra.

Il se sentait comme un enfant. Sa première pensée fut : si Rosetta m'attrape ici, elle me tuera. Puis, il regarda sa femme.

Près de la fenêtre il y avait un fauteuil, et Jessie, vêtue d'une robe de chambre bleue, y était assise, endormie.

Le bleu lui allait bien, depuis toujours. Cette couleur était convenable, et lui avait toujours convenu. Elle s'harmonisait avec ses cheveux, à ses yeux. Aujourd'hui, ses cheveux étaient attachés avec une espèce de ruban large et disgracieux, et ses yeux étaient clos.

Il la regarda.

Ils avaient passé plus de vingt ans ensemble. Le temps d'une guerre, d'une carrière professionnelle. Partagé trois enfants. Une vie. Pour toujours. Mais il ne connaissait pas vraiment la femme endormie dans ce fauteuil. Qui était-elle ? Elle n'était pas celle qu'il avait connue et épousée – belle, sensible, et même drôle, d'une certaine facon – quoique toujours avec bienséance. Qui portait bien la toilette, la richesse. Elle avait mené la vie convenable de l'épouse d'un Winslow. Sauf que ses parents avaient divorcé – elle était venue à lui, quittant le secret d'un foyer déchiré. Sa mère était devenue « bizarre » – comme disaient ses amies pour être aimables – et mourut assez rapidement d'ennui et de désarroi. Son père s'était remarié, et avait disparu. Mais Jessie avait su garder ses distances, elle ne s'était pas laissé impliquer dans les difficultés émotionnelles d'une telle situation. Du moins en apparence. En réalité, son sentiment de sécurité intérieure avait été sapé. Elle s'était secrètement éloignée de toutes les personnes auxquelles elle aurait normalement dû faire confiance. Il y avait un ou deux ans – était-ce alors que le problème avait réellement commencé ? – Nicholas l'avait trouvée un matin dans son lit, pleurant de façon irrépressible. C'était l'époque où elle avait cessé de se lever pour assister au petit déjeuner des garçons. Il avait dit : « Jessie. Jess. Qu'y a-t-il ? » Il était étonné, il ne l'avait jamais vue pleurer ainsi. Soudain, elle lui avait lancé un regard chargé d'une haine aiguë, imparable, une haine qui, précisément, n'était pas dans son caractère – elle avait dit : « Toi… Vas au diable ! Toi, et Gilbert, et Hooker, et mon père – et tous ! Vous êtes tous des ratés ! Des salauds ! » Elle s'était remise à pleurer – tremblante, mais étrangement silencieuse. Nicholas en était resté abasourdi. Parce qu'il n'était pas un raté. Parce qu'il lui avait tout donné. Mais elle l'avait de nouveau regardé, inexplicablement, d'une manière insensée – il se l'était toujours dit par la suite – cette fois avec des yeux fixes, sans couleur, étrangers, et elle avait dit : « Mes hommes. Mes hommes. Tous mes hommes. Désespérément ratés. Tous. Des inutiles. Des ratés. »

Après cela, elle était restée au lit. Iris lui avait monté ses repas pendant plusieurs jours, lui avait donné ses livres à lire.

Mais cette crise – ou quoi que ce fût d'autre – avait disparu au bout d'un certain temps. Jessie était revenue à sa famille, enthousiaste – la Jessie d'avant. De temps à autre, au cours des dix-huit mois suivants, elle avait fait quelques rechutes – elle se retirait dans sa chambre pour une raison ou pour une autre – en vérité pour n'importe quelle raison, inexplicable. Elle se retirait, tout simplement. C'est pourquoi un après-midi de la fin de l'été, au bord du lac, ensemble ils avaient décidé d'essayer d'avoir un autre enfant. Ils avaient pensé que Jessie avait besoin d'un centre d'intérêt, dans un autre contexte, solide, d'un nouveau départ. Mais au cours des semaines pendant lesquelles elle avait su qu'elle était enceinte, les rechutes s'étaient faites plus fréquentes, pour aboutir à un état chronique. Jessie ne voulait pas de bébé. La vérité était qu'elle n'avait pas envie d'avoir à s'occuper d'un bébé. En tout cas, c'est ainsi que Nicholas avait raisonné. C'est pourquoi il avait finalement renoncé.

L'heure du dîner approchait. Jessie allait se réveiller, agiter sa clochette de cuivre. Elle ne devait pas le trouver ici. Il se sentait incapable d'affronter une nouvelle crise de cris, de hurlements – quel que fût le nom que l'on pût donner à ce qui prenait possession d'elle toutes les fois qu'elle l'apercevait. Une réaction d'hystérie face à la réalité. « Ne montrez jamais la réalité », avait dit quelqu'un.

Il recula.

Avant de la quitter, il jeta un coup d'œil rapide au reste de la pièce. Il y avait ses livres – pour la plupart sur la religion, semblait-il –, Thomas à Kempis, saint Augustin, la vie de sainte Thérèse d'Avila. Il y avait aussi ses carnets personnels, le coffret dans lequel elle les enfermait. Aujourd'hui, il n'était pas fermé à clef, il était même ouvert. Elle avait dû relire des méditations anciennes.

Nicholas pensa : « Comme c'est futile. » Noter tous ces trucs – des bribes de poésie… des maximes… des versets… imaginer que Dieu vous guide – juste pour pouvoir se dire plus tard que jadis… jadis… jadis… jadis, il y a très très longtemps, il vous a été donné de converser avec l'esprit de l'humanité, de l'apprécier, de le savourer… « On met tout cela dans un carnet…, pensa Nicholas en refermant la porte de la chambre de sa femme, et ensuite… la question ne se pose plus jamais. »

Comme en de très rares occasions, Nicholas et Rosetta, après le dîner, regardèrent le journal télévisé puis un western. En règle générale, on n'allumait jamais la télé, Jessie se plaignant du bruit. Aussi pendant les soirées, Gilbert, Hooker et Iris se réunissaient dans la véranda derrière la maison. Ils s'asseyaient sur le vieux canapé ou sur les fauteuils d'osier et discutaient en buvant du Pepsi. Gilbert buvait de la bière. Ils jouaient aux charades (choix de Gilbert), aux cartes (choix de Hooker), ou restaient simplement assis (choix d'Iris). Cependant, certains soirs comme celui-ci, Iris chantait. Elle avait commencé à chanter lorsque Gilbert était petit et avait continué par la suite. Sa chanson préférée était celle de « Frankie et Johnnie », qu'elle chantait faux.

« Frankie et Johnnie s'aimaient !
Dieu, c' qu'ils pouvaient s'aimer !
Ils s'étaient juré d'être fidèles,

Comme les étoiles en haut du ciel.
Il était son homme,
Mais un jour, il lui fit du tort. »

« Continue, dit Hooker.

– Non. Ça fait du bruit et c'est trop long. Ta maman va descendre, elle va nous flinguer, dit Iris en riant. Comme elle dit qu'elle le fera pour la télé.

– Au moins ça la ferait descendre.

– Elle descendra un d' ces jours.

– Le jour où tu chanteras juste. Elle sera tellement épatée qu'elle descendra », dit Gilbert.

Ils rirent.

Puis Hooker dit : « Raconte-nous pour la chanson, Iris.

– Je te l'ai déjà raconté.

– Déjà..., dit Gilbert. Et déjà... et déjà... et déjà. »

Ils savaient tous que c'était vrai.

« Mais raconte-le encore », dit Hooker.

Gilbert fit un clin d'œil à Iris. « Au moins, dit-il, il ne réclame pas les trois petits cochons ou une idiotie de ce genre.

– Je n'ai jamais fait ça, protesta Hooker.

– Bon, vas-y, raconte-lui, Iris, dit Gilbert. Raconte-lui l'histoire de Frankie et Johnnie. Rien de tel qu'une bonne histoire de meurtre. »

Iris écarta ses doigts parcheminés et les posa sur ses cuisses par-dessus l'uniforme. Elle les examina d'un œil critique. Puis doucement, sans regarder ni Gilbert ni Hooker elle dit : « Oh ! Mais c'est pas ça, voyez-vous. C'est pas une histoire de meurtre.

– C'est quoi alors ?

– C'est une histoire d'amour.

– Une histoire d'amour !

– Oui.

– Beurk ! »

Les paupières de Hooker frémirent d'impatience.

Gilbert but sa bière à la bouteille.

Iris alluma une cigarette.

Elle commença lentement. « Cette histoire de Frankie et Johnnie, ça s' passe dans la ville d'où je viens, comprenez-vous. Carter's Bridge. Du côté de Niag'ra, par là-bas. C'était une de ces villes peuplées uniquement de gens de couleur, du temps de la filière : nous, les gens de couleur, on avait créé des villes libres, voyez-vous, lorsqu'on a fui l'esclavage, en bas, dans le Sud.

– T'as dit que t'avais jamais été une esclave.

– J'ai jamais été une esclave. Ni mon papa non plus. Ni son papa à lui, j' crois bien. Mais les premiers qui se sont installés à Carter's Bridge, eux c'étaient des esclaves échappés, ils étaient vraiment noirs. Pas jaunes comme moi.

– C'est bon... Continue.

– Frankie et Johnnie, ça se passe dans Carter's Bridge et dans les environs, en 1921. Ça parle d'une femme de couleur et d'un vaurien de mulâtre. »

Gilbert eut un ricanement incrédule.

« C'est l'histoire de deux bamboulas à Saint Louis, Missouri, dit-il.

– Dis pas "bamboulas" comme ça, Gilbert », dit Iris. Elle ajouta doucement.

« Et dis pas non plus Saint Louis, Missouri. Il se trouve que cette histoire est vraie. »

Gilbert sourit, lui piqua une cigarette, l'alluma. Il savait exactement quoi faire pour la mettre en colère. Il suffisait de la contredire.

Iris continua. « Ça parle de c'te négresse et d' ce mulâtre qui vivaient dans les environs de Carter's Bridge. Ma maman, elle m'a chanté cette chanson avant de mourir, alors tu la fermes, sur les bamboulas et sur le reste. Et aussi sur Saint Louis, Missouri. Si nous, les gens de là-bas, on avait vécu ici en 1921, à *Toronto*, et pas à Carter's Bridge, ça aurait aussi bien pu se passer ici même. Alors tu te tais.

– Bien, bien », fit Gilbert, feignant une acceptation résignée. Il savait foutrement bien qu'en réalité, c'était l'histoire de deux négros, à Saint Louis, et pas du tout sur quelqu'un de l'Ontario, mais cela n'intéressait sans doute pas Hooker à qui, de toute façon, la chanson était destinée. Juste parce qu'elle était une négresse et qu'elle avait grandi là-bas, près de Niag'ra, Iris essayait toujours d'instiller dans la tête de Hooker que le nègre était une figure noble, une figure de tragédie. Elle illustrait ceci non seulement en lui débitant son folklore personnel mais en glorifiant celui des Indiens, des Chinois et des Juifs. Même les histoires de la Bible, elle les racontait à sa façon. David était un jeune Noir, Goliath un Blanc. L'un habitait Carter's Bridge, l'autre Toronto. Job vivait en Afrique. Abraham et Isaac venaient d'Alabama ou quelque part par là. Le bélier qu'ils avaient trouvé et tué était un animal de plantation... Agar et Ismaël avaient erré dans un désert d'Amérique du Nord, etc. Elle ne réinterprétait pas le Nouveau Testament. Seulement l'Ancien. Cependant, de toutes ses histoires et de toutes ses chansons, celle de « Frankie et Johnnie » était la favorite parce que ça parlait d'alcool, de jalousie, de revolver et de meurtre. Et voilà qu'à présent, elle prétendait que c'était une histoire d'amour ! On aurait tout entendu ! Cependant, il resta là à écouter, en buvant sa bière, ce qu'Iris racontait à son petit frère, assis sur la véranda dans le canapé, au crépuscule, tendu de tout son corps vers la conteuse tant l'histoire le captivait.

Hooker, se dit Gilbert avant de se mettre lui-même à écouter Iris, croyait tout ce qu'on lui racontait. Même si vous lui disiez que la fin du monde était pour demain, il vous croirait.

*

« Frankie, commença Iris, était une fille de couleur. En réalité, elle s'appelait Frances Gaylor. Elle était intelligente. Elle achetait de la terre, voyez-vous, et elle la revendait ensuite à des Blancs. Si bien que Frankie avait de l'argent. Elle tomba amoureuse de ce mulâtre – Jonathan White. C'est là que les ennuis commencèrent. Les autres gens – les nègres, les Blancs – ils n'aimaient pas la voir faire l'imbécile, dépenser son argent avec un métis qui buvait, qui foutait rien. Mais Frankie disait : Johnnie est un homme bien. Il m'aime et je l'aime, et si j'ai envie de lui acheter des habits et de l'alcool, et une montre Bulova, c'est mon affaire, pas la vôtre. Ainsi continua-t-elle à l'aimer. Jusqu'au jour où elle découvrit que Johnnie avait une autre femme planquée quelque part dans une chambre d'hôtel. C't hôtel, disons qu'il était en plein centre de Carter's Brigde. Frankie entend parler de ça chez le trafiquant d'alcool. Alors elle file à c't hôtel, et là, elle trouve Johnnie avec une fille blanche. C'était ce qu'on appelle une prostituée. Il buvait, voyez-vous, il embrassait cette fille blanche. Et il disait à Frankie de s'en aller, de le laisser tranquille. Alors... Frankie a vu rouge. Elle s'est rappelé comment elle l'avait défendu devant les autres. Elle s'est rappelé les habits qu'elle lui avait payés, l'alcool qu'elle avait acheté chez le trafiquant, et la Bulova. Elle s'est rappelé aussi combien elle l'avait aimé. Frankie avait la fierté des Noirs. Et un revolver. Alors elle a pris ce revolver et sa fierté, et elle est allée en ville. Elle est entrée dans c't hôtel à Carter's Bridge, elle est montée dans la chambre de Johnnie et là, elle l'a tué d'un coup de revolver. Mais avant de mourir, Johnnie a dit à Frankie : Frankie, crois-moi, c'est toi que j'aimais vraiment. Cette fille blanche, c'était rien pour moi. Juste quelques baisers. Et Frankie a dit : Oh, Johnnie, t'étais mon homme et tu m'as fais du tort, mais j' te pardonne. Et Johnnie a dit : roule-moi sur le côté, Frankie – il était étendu le long du mur, voyez-vous, là où il était tombé lorsqu'elle avait tiré – et il a dit : roule-moi sur le côté, très doucement, parce que ça fait mal, là où tu m'as tué. Laisse-moi te regarder une dernière fois. Alors Frankie l'a roulé sur le côté gauche, très doucement. Elle l'a embrassé pour lui dire adieu, et il a dit : Frankie, j'étais ton homme. Crois-moi. Je l'étais. Mais je t'ai fait du tort. Je sais que tu m'aimais, alors ça va. Et il est mort en lui pardonnant, comme ça.

– Il ne lui a foutrement rien pardonné du tout, dit Gilbert. Ni de près ni de loin.

– Il lui a pardonné. Et la raison pour laquelle il lui a pardonné, c'est que Frankie l'aimait. Lorsque les juges et le jury ont entendu l'histoire, ils lui ont pardonné eux aussi, ils ont dit : Frankie, parce que tu l'aimais tant, tu as tué Johnnie White. Nous savons qu'il était ton homme, mais il n'y aucun doute là-dessus – il t'a fait du tort. Tu l'as tué par amour. Et ça, c'est la fin de la chanson. »

Gilbert eut un grognement de désapprobation générale.

« Personne ne tue quelqu'un qu'il aime, dit-il.

– Peut-être pas, dit Iris. Mais on peut tuer *à cause* de l'amour. Peut-être qu'on peut tuer quelqu'un parce qu'on l'aime si fort qu'on peut pas supporter de le voir faire des choses pas bien. Ou peut-être qu'on supporte plus la souffrance que ça vous cause.

– Quelle souffrance ?

– La souffrance d'aimer quelqu'un qui fait des choses inutiles – ou qui est mauvais. »

Ils réfléchirent en silence.

Le crépuscule s'était installé, il commençait à faire sombre à l'extérieur, derrière les moustiquaires.

Il y eut un long silence.

Puis Hooker dit : « Qu'est-ce c'est, une prostituée ? »

Gilbert rit.

« C'est : tant pour l'amour », dit-il.

Mais au fond de lui, là où il amassait tellement de mots et de citations, il se rappela :

« Et tous les hommes tuent l'être
[qu'ils aiment,
Que chacun l'entende bien !

Certains le font avec un regard froid,
Certains avec un mot flatteur,
Le lâche avec un baiser,
Le brave avec une épée ! »

Dans les dernières lueurs venues du ciel, il regarda son frère et Iris. Oscar Wilde était un pédé, Frankie une bamboula. Le monde était fait d'étrangeté, de folie et de peur. Les gens les plus bizarres se retrouvaient dans l'amour.

Il se leva pour aller se chercher une autre bière. Iris dit : « Pour moi aussi, j'ai soif. »

Hooker se mit à fredonner :

« Frankie et Johnnie s'aimaient !
Dieu, c' qu'ils pouvaient s'aimer !
Ils s'étaient juré d'être fidèles
Comme les étoiles en haut du ciel... »

Au refrain, ils chantèrent tous ensemble.

Gilbert entra dans la cuisine.

L'été avait commencé.

CHAPITRE IV

AU COURS de l'hiver et du printemps, Hooker s'était souvent promené avec Iris. Chacune de ces promenades était survenue précipitamment, à la suite d'un événement qui se déroulait derrière la porte fermée de la chambre de sa mère.

Hooker pouvait deviner avec précision l'instant du départ. Sans dire un mot, il décrochait alors son manteau ou son anorak de la patère, le posait sur le fauteuil du vestibule, s'asseyait patiemment en attendant qu'Iris vienne le chercher pour l'emmener.

Là-haut, les bruits étaient toujours les mêmes – pleurs... coups sourds... simples disputes. La première galopade était inévitablement celle de Rosetta. Elle se précipitait hors de son bureau au fond du vestibule, courait vers l'escalier, écoutait – puis appelait Iris.

Iris venait de la cuisine en s'essuyant les mains. Entre-temps, Rosetta avait monté les marches. L'une après l'autre, elles entraient dans la chambre à coucher. Parfois elles devaient téléphoner au docteur – en ces occasions, les bruits persistaient, se prolongeaient plus longtemps. Assis dans le vestibule, Hooker regardait le tapis. Souvent il priait, car sa mère lui avait appris à s'en remettre à la prière dans les moments de désarroi. Autrefois, elle aurait prié avec lui.

Plus maintenant.

Un silence total finissait par s'installer. La porte s'ouvrait. Iris redescendait tout en continuant à parler vers les hauteurs.

« Oui, miss Rose, disait-elle. Entendu, miss Rose. Sur-le-champ, miss Rose. Oh, j' suis sûre qu'y va être ravi. »

Hooker était toujours présumé être aveugle, et sourd.

« Allons-y, alors. » Même Iris faisait semblant d'y croire en le disant. « Aujourd'hui, on va visiter le zoo. »

Hooker se mettait debout, son manteau déjà à moitié enfilé.

Iris était non seulement très maigre mais très longue, et elle avançait à grandes enjambées énergiques. Une fois qu'elle avait démarré, elle se montrait impitoyable et ne s'arrêtait que lorsqu'ils avaient atteint et dépassé le carrefour le plus éloigné. Hooker devait sautiller et courir pour rester à son niveau. Alors, elle ouvrait son vieux porte-monnaie de cuir, tirait ses cigarettes et un paquet de chewing-gum.

« Je vais fumer, maintenant, disait-elle. Toi, tu pourras mâcher. »

Le paquet de chewing-gum était toujours neuf, et non entamé. Hooker ne savait jamais quand elle en finissait un et en achetait un autre. Elle retirait la cellophane. En réalité, cigarettes et chewing-gum étaient livrés avec l'épicerie par Harry Jarman – c'était cela qu'Iris payait avec ses chèques personnels.

« Tiens », fit-elle.

Hooker accepta la petite tablette de gomme parfumée. Il commença à mâcher d'un air solennel, tandis qu'Iris allumait sa cigarette.

« À présent, nous pouvons marcher lentement », dit-elle en inspirant une grande bouffée de fumée.

Ils se mirent à se promener pour de bon, en « marchant lentement ». C'était la partie importante du trajet. L'endroit était tranquille pour marcher. Loin derrière leurs jardins, les maisons étaient comme des aveugles, calmes et indifférents. Ils ne rencontraient jamais personne sauf, de temps à autre, un chien assoupi.

« R'garde-moi cette journée », dit Iris.

Elle eut un grand geste vers tout ce que ce jour contenait de ciel, d'arbres, de temps, et de neige, car en l'occurrence, c'était l'hiver.

« Que tu en aies conscience ou non, le seul fait d'être en vie est une bonne chose », dit-elle, serrant son manteau autour d'elle.

Ils avançaient lentement, apparemment peu pressés d'arriver là où ils étaient censés aller. Leur haleine était visible. La rue était si tranquille qu'il était facile, ici, de croire que le monde était différent, calme et ordinaire.

« Est-ce que Maman va toujours continuer à avoir du chagrin ? demanda Hook. À faire des choses comme ça ?

– Non, mentit Iris.

– Elle le fait depuis longtemps.

– Depuis... quelque temps. Mais y pas d' quoi s'inquiéter.

– Iris ?

– Oui ?

– Avant d'être comme ça, elle restait en bas tout le temps ?

– Exact. »

Hooker essaya de se souvenir.

Ça paraissait si loin, le temps où sa mère avait véritablement fait partie de la famille. Autrefois elle était drôle, autrefois elle était gaie – bien qu'elle eût toujours été une personne calme. Il se souvenait des prières qu'ils disaient ensemble : « Doux Jésus, clément et miséricordieux... » Sa mère avait été comme cela, douce, clémente et miséricordieuse...

« Iris ?

– Oui ?

– Raconte-moi comment naissent les bébés.

– J' t' l'ai déjà raconté.

– Dis-le encore.

– Bon, d'accord, mais fais pas tant de bruit en mâchant. Ça m'empêche de penser, ça s' met en travers de c'te histoire. »

Hooker roula son chewing-gum en une petite boule silencieuse qu'il nicha dans un coin de sa bouche.

« Par où est-ce que je commence ? Laisse-moi réfléchir... Voyons, tu étais un bébé...

– Oui, dit Hooker. J'étais un bébé.

– Tu étais un bébé tellement beau que tu as fait gonfler ta maman. De fierté. Tu comprends ? Parce qu'elle savait combien tu allais être formidable.

– Comment le savait-elle, que j'allais être formidable ? »

Iris grogna.

« Ça vient dans la tête, j' crois. J' crois qu'on sait comment va être son bébé. Une vision qu'on a. Tu comprends ?

– T'en as jamais eu. Comment le sais-tu ?

– J'ai pas dit que j' le savais. J'ai juste dit que j' croyais que c'était comme ça. Quoi qu'il en soit, ta maman était toute gonflée de fierté. Le docteur appelle cette fierté être enceinte. »

Les yeux d'Iris obliquèrent en direction du visage qui cheminait à ses côtés. Elle souffla une bouffée de fumée, continua.

« À présent, lorsqu'on devient trop lourd à force d'être enceinte, qu' la maman n'en peut plus de porter cette fierté de quelque chose qu'elle peut pas voir, elle s'ouvre toute grande et elle se couche, comme a fait ta maman. Alors tout le monde se précipite, et le docteur sort le bébé pour qu'elle puisse le voir.

– Comment ?

– Il le *sort*.

– Mais comment ?

– Il le sort. Hors de ta maman.

– Pourquoi faut-il que ce soit hors de ma maman ?

– Et pourquoi pas ?

– Ben… et mon papa, alors ? Il ne pourrait pas gonfler, lui aussi ? »

Iris avala son chewing-gum.

« Non, fit-elle.

– Pardon ?

– J'ai dit *non* ! »

Ils avancèrent plus vite.

Un jour, Hooker dit : « Mon père a fait mal à ma mère. »

Iris stoppa net.

« Que veux-tu dire ? dit-elle.

– C'est comme ça que je suis né, dit Hooker, et c'est comme ça qu'ils ont eu le nouveau bébé. »

Iris se remit à marcher. Elle ne voulait pas prêter le poids de l'immobilité au tour nouveau que prenait la conversation.

D'un ton aussi naturel que possible, elle demanda : « Que veux-tu dire exactement, faire mal ?

– Il a obligé ma mère à faire des choses.

– Ben... mon chou ! Qu'est-ce que tu veux dire ? »

Hooker s'arrêta, effrayé.

Iris sourit d'un air encourageant. « Vas-y, dis-le-moi, fit-elle.

– Eh bien... il lui a fait mal en la mettant enceinte. »

Iris soupira.

« Et avec qui t'as parlé de ça ? demanda-t-elle. Harry Jarman ? » Elle s'exprimait d'une voix calme. « Gilbert ? Pas ton espèce de frère, tout de même ?

– Non. Je l'ai juste entendu dire comme ça », dit Hooker qui, véritablement, avait entendu dire quelque chose dans l'allée, de l'autre côté de la barrière.

« Oh ! les garçons ! gémit Iris.

– Moi, je ne ferai jamais de mal à une maman, dit Hooker.

– Tu ne tiens personne pour responsable de ce qui arrive à ta mère, n'est-ce pas ?

– Mais alors, qui lui a fait mal ? Il y en a qui disent qu'on leur enfonce des trucs...

– Personne ne lui a fait mal.

– On ne devient pas malade pour rien !

– J'ai pas dit *rien*. J'ai dit *personne*. C'est sûr, que quelque chose l'a fatiguée – et l'a rendue un peu malade. Mais tu ne dois en tenir personne pour responsable. Un jour, tu comprendras comment ça arrive. »

Un jour… un jour… un jour…

« Quand ?

– Quand tu seras assez vieux. »

Elle avança. À la façon dont elle prit de la vitesse, il comprit qu'elle ne répondrait plus à ses questions. Il accéléra le pas pour la suivre.

Un autre jour, plus récemment, Hooker s'arrêta au troisième carrefour :

« C'est pas juste, que je sois obligé de me marier avec une femme. »

Iris stoppa.

« Seigneur Dieu ! » Elle leva les bras. « Là, pourquoi qu' tu m' dis ça ? »

Le ciel du début de l'été était comme un couvercle blanc cerclé de bleu, très loin au-dessus d'eux. Brûlant.

« C'est tout le temps dans ma tête.

– Et qui te dit que tu s'ras obligé, de toute façon ? Y a aucune loi qui oblige à faire ces trucs-là. Tous les gens qui sont assez vieux ont le droit de choisir. Et si on n'est pas assez vieux, on peut pas s' marier, de toute façon.

– En Inde, les petites filles se marient à quatre ans.

– Ho !

– C'est écrit dans un livre de ma classe, Iris.

– Eh bien, c'est un livre horriblement démodé. N'y fais pas attention. »

Au bout d'une seconde, Hooker ajouta : « Maman n'aurait jamais dû se marier.

– Écoute, tu vas arrêter ça, maintenant. Tu dois pas parler de choses dont tu ne sais rien.

– Mais je sais des choses là-dessus. Maman n'aurait jamais dû se marier avec Père. Elle n'aurait pas été malade.

– Et comment, si je peux me permettre, comment sais-tu tout cela ?

– Gilbert le dit. »

Ils étaient arrivés devant l'allée des Harris. Les Harris étaient vieux, et ils avaient un chien. Une amie d'Iris travaillait chez eux.

Iris examina l'allée de gravier, marqua une pause avant de répondre. Une ride inquiète lui plissait le front entre les yeux.

« Gilbert, hein ? dit-elle. Bon. »

Elle se tut de nouveau. Puis : « Pourquoi est-ce qu'on irait pas dire bonjour à mon amie Alberta ? »

Pas de réponse.

« On boirait de la limonade, dit-elle.

– Non.

– J' t'invite au ciné.

– Non.

– Et si on allait en ville ? Si on essayait le nouveau métro ?

– Non. »

Elle scruta la maison, la main en visière, avec une attention exagérée. Mrs. Harris se montra à la fenêtre, fit un signe. Iris répondit.

Hooker commença à s'éloigner. Iris le regarda.

« Hook ? »

Il se retourna.

Elle s'abritait les yeux, la main au front. Hooker trouva qu'elle ressemblait à une publicité pour un produit contre le mal de tête.

« T'as pas envie d' voir le chien ? »

Il secoua la tête, recommença à marcher.

« Viens ici… Hooker ! »

Il se retourna encore.

« Quoi ? »

Elle le rattrapa. Iris souriait d'une façon qu'il ne connaissait pas. Un sourire solitaire, malheureux. Elle tendit la main vers lui.

« Un chewing-gum ? » dit-elle.

Il la regarda. Il prit la plaquette d'un air distrait. Il essayait de comprendre l'expression de son visage. Elle continuait à sourire.

« Gilbert parle beaucoup », dit-elle. Ils se remirent en marche.

« Je sais qu'il parle beaucoup, dit Hooker, mais parfois, il a raison.

– Pas toujours, j'espère, ajouta-t-elle pour elle-même. Parfois. »

À voix haute elle ajouta : « P't-être qu'on pourra revenir une autre fois voir le chien. »

CHAPITRE V

L'UNE APRÈS L'AUTRE, les soirées d'été venaient puis s'en allaient.

« J'aimerais bien jouer au croquet..., dit Hooker

– Chut ! Tais-toi... » dit Gilbert. Il tirait sur l'une des cigarettes d'Iris.

« Pourquoi ?

– Rosetta et Nick..., ils parlent de moi.

– Où ?

– Dans le salon.

– Comment peux-tu entendre d'aussi loin ?

– J'ai les plus grandes oreilles de la terre », dit Gilbert.

Et aussi la plus grande gueule, pensa Iris.

« Ben... faut pas écouter ! dit-elle à voix haute. C'est impoli. »

Ils étaient assis dans la véranda derrière la maison.

Hooker se leva. Il s'en alla, traînant des pieds, suivi de ses chats.

« Saletés de bêtes..., dit Gilbert. Regarde-moi

leurs foutus derrières ! Regarde-moi ça ! Et il les fait rentrer dans la maison, en plus !

– Le plus drôle », dit Iris, l'œil sur Gil qui venait de piquer une autre cigarette du paquet ouvert, posé sur les marches, « le plus drôle, c'est encore miss Rose – on dirait qu'ils ne la dérangent pas. Elle leur crie bien de décamper, mais je ne l'ai jamais vue les mettre dehors à coups de pied.

– Ils ont probablement quelque chose en commun, dit Gilbert. T'as qu'à voir leurs derrières.

– J' voudrais jouer au croquet… » dit Hooker, de plus en plus morose.

« Ben… joue ! dit Gilbert.

– Ne crie pas comme ça », fit Iris.

Hooker s'en alla du côté gauche du jardin, près des portes-fenêtres du salon.

« J' prendrais bien une bière, dit Gil à Iris. Et j' resterais bien là un moment, assis tranquillement. »

Iris se leva. Sans cesser de rechigner et de tousser, elle alla vers le réfrigérateur, reparut une bière à la main, s'essuyant la bouche avec le poignet.

« Tiens », fit-elle. Elle se rassit. « Tu d'vais pas sortir, ce soir ?

– Si, dit Gilbert. Plus tard. Pas avant une heure, au moins. »

Ils écoutèrent Hooker, qui tapait sur les balles de croquet.

« Eh bien, alors, dit Iris, vu qu' tu vas rester un

moment ici, de quoi vas-tu m' parler ? » Elle se cala dans son siège et regarda les arbres.

« Aucune idée, dit Gilbert. Si on se posait des questions ?

– Des questions ? dit Iris. Oh, oh… Tout ce que tu veux, toi, c'est faire de l'épate.

– Non, j'aime bien les questions, dit Gilbert.

– Pas moi, fit Iris.

– Très bien alors. Pas de problème. Restons simplement assis. »

Ils restèrent assis, respirant l'air du soir, attendant une nouvelle idée.

Il n'y en eut pas. Tout était silencieux.

De la pelouse où était installé le jeu de croquet, Hooker entendait des bribes de la conversation entre son père et sa tante.

« Je l'ai encore surpris aujourd'hui devant sa porte, la main sur le loquet.

– Ah ?

– Il était ivre, je pense. Il s'accrochait à la porte comme s'il avait peur de tomber.

– Qu'as-tu fait ?

– Je lui ai dit qu'elle dormait. Il m'a lancé un drôle de regard… horrible. Mordant… quelque chose de glacial. Avec les lèvres pendantes, tu sais, mais en souriant. Il m'a dit qu'il voulait lui parler. Que ça ne durerait pas longtemps. J'avais peur qu'elle ouvre la porte, il n'a pas arrêté de frapper tout le temps que nous étions là. Mais je crois qu'elle dormait *vraiment*. Grâce au ciel. J'aimerais qu'il la laisse tranquille. Hooker la laisse tranquille, lui. Hooker ne demande même pas à la voir, maintenant. Il a peut-être peur, mais au moins il se tient à distance. »

Nicholas s'éclaircit la gorge, continua à tousser d'une voix étouffée et molle. Rosetta se mit à enlever ses épingles à cheveux. Elle faisait cela lorsqu'elle savait qu'elle allait rester assise un certain temps, à discuter. Elle les enlevait, réajustait son filet, les replaçait soigneusement, le tout sans l'aide d'un miroir.

« Il passe son temps à essayer de la voir, Nick. Comme s'il avait une chose importante à lui dire. Mais il n'a rien à lui dire. Que pourrait-il lui dire ? C'est impossible. Personne n'a rien à lui dire. Pas même toi. Ni moi – ni Hooker, naturellement. Alors comment Gilbert… C'est à peine si elle prononce son nom. Sauf l'autre jour, lorsqu'elle m'a demandé combien de petites amies il avait. Combien de petites amies… Peuh ! Il passe son temps dans les soirées mais on ne l'entend jamais dire qu'il a rencontré quelqu'un, qu'il a dansé avec une fille. Je suis sûre qu'il n'a pas l'ombre d'une petite amie. »

Elle avait la bouche pleine d'épingles.

Dans son fauteuil, Nicholas se tourna, soigneusement.

« Parfois, commença-t-il, je me demande s'il n'a pas le même genre d'esprit… troublé que le sien. Je me souviens… » Il regarda le verre de thé glacé posé devant lui ; se passa le doigt derrière l'oreille ; tira sur sa cigarette ; se palpa la moustache ; après quoi il essuya soigneusement ses doigts qu'il considérait soigneusement tout en les frottant soigneusement avec son grand mouchoir blanc, nettement plié, replié, replacé ; puis but son verre de thé glacé et poursuivit : « Chaque fois », dit-il, époussetant à présent une trace de cendre grise sur l'accoudoir, « que je réfléchis la nuit, que je me dis que je dois faire quelque chose » – il fit glisser la cendre jusqu'à l'extrémité de l'accoudoir – « l'éloigner d'ici… me montrer inflexible, je me souviens… » – il pencha la tête en arrière, tira sur sa cigarette, eut une petite grimace malaisée – « du temps où il était enfant, lorsque deux ou trois fois, il est venu se coucher dans mon lit » – Rosetta se redressa soudain, se tint très droite. Nicholas n'en vit rien – « s'allonger près de moi » – Rosette se tint encore plus droite – « c'était à la maison de campagne, l'été – au lac Simcoe, à la maison de campagne. Il avait peur de quelque chose, la pluie ou Dieu sait quoi. Il était couché à plat, si raide que j'avais l'impression de le sentir des pieds à la tête… Alors, il avait ce petit frisson, ce drôle de petit frisson… »

Nicholas frissonna.

Il but, tira sur la cigarette, continua : « Je me

revois » – il secoua la tête à droite, à gauche – « étendu près de lui, pensant : ce n'est pas normal. Ce n'est pas normal. Il dormait... vois-tu. Et soudain c'était là... »

Rosetta se dressa encore plus haut, se tourna, très droite, pour le regarder.

« Tu pouvais le sentir. Clic ! » La main de Nick s'éleva, s'ouvrit avec un mouvement de torsion comme pour visser une ampoule électrique. « Comme une bulle. Dans sa tête. Ensuite ça se déplaçait, ça descendait jusqu'aux orteils, ses pieds se convulsaient. Puis il s'immobilisait. Il s'immobilisait et... » – Rosetta regarda – « se calmait. » Elle cilla, retourna à ses épingles. Son dos se relâcha doucement, montrant son âge. « Et au bout d'une minute, ça recommençait. »

Il se concentrait avec une attention cruelle sur l'exactitude du souvenir.

Elle dit : « Tu veux dire qu'aujourd'hui Gil te fait peur... ou que tu as peur pour lui ?

– Je veux dire que je ne sais pas quoi faire. Nous avons vu ce qui est arrivé à Jess. Ça s'est passé sous nos yeux. Ici même. La même chose va arriver à Gil. Il est temps de faire quelque chose. D'autant que nous ne devons pas courir le risque de la perturber davantage à cause de lui – d'une façon ou d'une autre. Mais je ne sais pas quoi faire. Je dois... tu dois... nous devons tous avoir peur. Il est peut-être exactement comme elle...

– Mais Jess va guérir, Nick chéri. Son trouble n'est que passager.

– Mon Dieu, Rose… Pour l'amour du Ciel ! »

Il sortit son mouchoir, le secoua.

Elle le regarda, rétracta mentalement son mensonge, parla.

« Eh bien… je pense, dit-elle, je pense que s'il est malade – de la même façon qu'elle, si tu préfères – dans ce cas, je pense qu'il faut les laisser être malades.

– Quoi ?

– Parce que nous aurons toujours peur. Peur de *faire* quoi que ce soit.

– Mais on ne jette pas un malade dehors. On ne met pas un malade sur un banc public, sans un sou. On ne peut pas faire ça.

– Si on a peur, on ne peut pas le faire. Non.

– Mais il n'est pas comme les autres ! »

Le regard de Nicholas avait changé. Sa peau avait pris une coloration légèrement plus rouge que celle d'une personne sous l'effet d'un coup de soleil.

Rosetta ne répondit pas.

« On ne peut pas le mettre dehors – aujourd'hui – et s'attendre à ce qu'il se conduise comme tout le monde.

– Tu ne lui as jamais donné l'occasion de se conduire *comme tout le monde*. »

Ils se regardèrent.

« Quoi ?

– Ne me réponds pas “quoi”. Et ne me regarde pas comme cela. Je ne fais que te dire la vérité, Nick. »

Il s'affaissa dans son fauteuil. Devant lui, ses jambes s'étalaient, enfantines, sans défense, les genoux serrés, les pieds écartés, comme un paraplégique qui attend de l'aide. Il serra les lèvres.

« Il faut bien qu'il devienne quelque chose. Qu'il *soit* quelque chose. Tout le monde est quelque chose. Je suis quelqu'un. Tout le monde est quelque chose – ou quelqu'un. Lui n'est même pas fichu d'être un clochard !

– C'est de ta faute. Pas de la sienne.

– Bon. Explique-moi comment le mettre à la porte, hein ? Au nom du Ciel, dis-moi comment le mettre à la porte de sa propre maison ? Personne ne m'a jamais mis à la porte, moi.

– Parce que tu es parti tout seul. Ce qui n'est pas normal, c'est de penser – et même d'avoir à penser – à le mettre à la porte. Tu ne devrais pas être obligé de penser une chose pareille. En d'autres circonstances – des circonstances différentes, normales – tu n'aurais pas à le faire. Il partirait, simplement. »

Rosetta regarda le visage de Nick. Lui-même avait l'air malade, se dit-elle. Ses yeux battus, pleins de larmes, semblaient s'accommoder de l'échec.

C'est anormal, pensa-t-elle. Tout ça dépasse le lot normal d'ennuis qu'on peut avoir. Nous sommes différents. C'est comme si nous étions marqués. Comme les Juifs à Auschwitz.

« Nous avons pourtant tout fait », dit Nick. Ses mots semblaient monter des méandres d'une pensée enfouie, ininterrompue. « Nous avons tout essayé, réessayé. Il a eu toutes sortes de boulots... Tu sais qu'il n'a jamais tenu le coup. Pas une fois. Nous jurions qu'il était au travail, nous le rencontrions par hasard dans la rue à Toronto. Je téléphonais, on me répondait : “Lui ? Il y a bien une semaine qu'on ne l'a pas vu.” Une semaine ! Puis il revenait à la maison. Progressivement, il revenait, il s'excusait d'une façon ou d'une autre. Il s'expliquait. Toujours, il était toujours, toujours, capable de s'expliquer. Il a le génie de l'explication – et ça me met hors de moi ! Il a le cerveau magnifiquement, extraordinairement, *plein*. Parfois je m'émerveille, je me dis que ce gars a un cerveau formidable. Un cerveau incroyable, je me dis – c'est un poète latent, tu sais ? Je me dis, voilà quelqu'un qui, certainement, un jour, va écrire, ou peindre – ou créer quelque chose. Qui attend, simplement. Qui attend le moment. Son moment. »

Rosetta regarda le visage de Nick se transformer tandis qu'il se laissait aller au rêve... le vieux rêve d'un Gilbert brillant, caché au sein de la famille.

« Oui, continua-t-il, sous l'effet d'une vision

précise. C'est exactement ce qu'il est. Un poète malade. Il est malade, lui aussi.

– Non. Ne commence pas à parler comme cela ! Il n'est pas malade. Il est victime des mauvaises habitudes que tu lui as laissé prendre – à savoir, traîner tout le temps au lieu de se remuer un peu.

– Il est malade ! Il a des rhumatismes articulaires. Cela peut être dangereux, très dangereux, lorsqu'on vit avec ça toute une vie. Une maladie de cœur…

– Mauvaises habitudes ! dit Rosetta.

– De cœur ! Il est malade, quoi... C'est la réalité. Il est malade ! Et puis il y a ce tic… Tu l'as vu conduire sa voiture ? Aucun réflexe. Ou alors, mal adapté. Pas de réactions. Note bien ce que je te dis. »

Nicholas entreprit de mimer un conducteur automobile tenant un énorme, un impossible volant, dans ses mains ouvertes.

« Ses temps de réaction dépassent les miens de minutes entières ! Ça se voit nettement lorsqu'il conduit. »

Il se débarrassa du volant, se leva, marcha vers la cheminée pour prendre des allumettes.

Rosetta regardait.

« Mauvaises habitudes, répéta-t-elle.

– D'accord. Mais si tu additionnes… un cœur en mauvais état, un manque de contrôle et de coordination… Tu mets tout cela ensemble, plus une tendance à être incapable d'aller à un rendez-vous – manie – ou phobie – des plus banales de nos jours, si tu mets tout cela ensemble, tu obtiens un être qui ne peut pas s'en sortir seul.

– Il est pathologiquement…

– Quoi ?

– Fainéant. »

Nick regarda sa sœur comme un enfant en colère.

« Nom de Dieu, Rosetta… »

Silence.

Il la regarda, devinant ses pensées.

Au bout d'un moment il dit : « On ne peut pas se débarrasser comme ça de son aîné ! De son premier enfant !

– Très bien, Nick. C'est parfait. »

Toutes les épingles avaient retrouvé leur place. Elle se leva, commença à s'éloigner.

Nicholas resta immobile dans son fauteuil.

Rosetta parla, presque pour elle-même.

« Quelqu'un, dit-elle, doit venir dans cette maison, sans s'émouvoir, et faire quelque chose. Je pense que nous avons besoin d'aide. »

Nicholas la regarda.

« Non.

– Très bien, alors, dit Rosetta. C'est tout. »

Elle quitta la pièce.

Hooker entra par l'arrière de la maison et croisa sa tante dans le vestibule.

« N'étais-tu pas en train de jouer au croquet ? » demanda-t-elle. Elle avait l'air surpris.

« Non, dit Hooker.

– Ah..., dit-elle. Eh bien... n'oublie pas. Tu dois être au lit à dix heures.

– Oui, Rosetta. »

Dans l'encadrement de la porte de son bureau, elle se retourna.

« Hooker ?

– Oui ?

– Quand retournes-tu en classe ?

– En octobre.

– Bien, dit-elle froidement. Octobre. Oui... Bien. »

Elle avait l'air contente pour lui qu'il s'en aille. Ou était-ce qu'elle était soulagée ? Il n'aurait su le dire.

La télévision était allumée, mais sans le son. Parfois, Hooker *regardait* ainsi, comprenant l'histoire sans l'entendre. Mais ce soir, c'était assommant. C'était toujours assommant, maintenant. Rien de réel n'arrivait jamais. Pas comme cet autre week-end, tellement excitant. « C'était quand ? se demanda-t-il. En novembre. »

Hooker remonta les genoux. Sur l'écran, un cow-boy tira sur un vieil homme et le tua. Hooker se lécha les genoux. Sa peau était sale, avec un goût de rouille.

Il ferma les yeux. Il essaya de se rappeler ce dimanche matin. Il revit l'ambulance, le long couloir, tous les hommes alignés... Il entendit la voix basse du reporter qui parlait de Mr. Oswald et de Mr. Kennedy. Et puis il y avait eu Mr. Oswald, et puis...

Mr. Oswald avait des yeux vraiment drôles, et il semblait toujours en colère. Une fois, le vendredi ou le samedi, il avait crié quelque chose très fort à la caméra. Ça avait plu à Hooker parce qu'il était question de prendre une douche, et quelqu'un, dans la télévision, avait ri aussi.

Et puis il y avait eu cette... bizarre, intense, fraction de seconde, lorsque l'autre homme avait échappé à la caméra et enfoncé sa main dans Mr. Oswald, et que Mr. Oswald avait fermé les yeux et poussé un cri... Les gens avaient fui dans toutes les directions, quelqu'un avait crié : « On a tiré sur lui ! On a tiré sur lui ! On a tiré sur Oswald » et dans la bibliothèque, Nicholas et Gilbert avaient commencé à se disputer, et Rosetta avait éteint la télé et dit à Hooker d'aller à la cuisine demander à Iris de faire du café...

Hooker ouvrit les yeux.

Il regarda l'écran. Une femme souriait et lui tendait un rouleau de papier hygiénique. Il cligna des yeux, toussa, regarda.

Il pensa : « On a tiré sur Mr. Oswald. Va chercher du café. »

Puis il pensa : « Je crois que je vais faire de la citronnade. » Il traversa la pièce pour éteindre la télévision. « En novembre, ils ont tiré sur Oswald. Il faisait froid. Nous avons bu du café. Mère est descendue. Maintenant c'est l'été, c'est la même vieille télé, il fait chaud, Mère... – Non, pensa-t-il, je ne boirai pas de citronnade. Je vais juste boire de l'eau glacée. »

Dans la cuisine il échappa à la foule, enfonça sa main dans Mr. Oswald, la planche à repasser. Il poussa lui-même le cri et s'affaissa sur le sol.

« On a tiré sur Mr. Oswald ! » cria-t-il.

Iris entra.

« Que diable fais-tu ici ? demanda-t-elle, ouvrant la porte du réfrigérateur.

– Je meurs, dit Hooker.

– Tu meurs ! La bonne blague !

– Je suis Lee Harvey Oswald », dit Hooker. Il poussa un gémissement.

« Hum, hum, dit Iris. Eh bien, Mr. Oswald, si vous ne vous levez pas, vous n'aurez pas de crème glacée.

– À quoi ?

– Fraise. Je vais en apporter à Gilbert, dehors. » Elle farfouilla dans le réfrigérateur.

« Très bien, dit Hooker. Si je réussis à porter les trois assiettes. »

Il se mit debout.

Il épousseta le fond de son short.

Assis en rang le long de la véranda derrière la maison, ils mangèrent la glace à la fraise. C'était froid et ils faisaient des grimaces en mangeant.

« Gilbert ?

– Oui ?

– Assassiner, ça veut vraiment dire quoi ?

– En général, tuer pour des raisons plus importantes que celle d'un simple meurtre. Comme pour Kennedy, Abe Lincoln, ou pour l'archiduc Ferdinand.

– C'était qui ?

– Un roi. Pas un roi, la chose juste en dessous. Ils ont tiré sur lui la veille de la Première Guerre mondiale.

– Qui a tiré sur lui ? Pourquoi ?

– Un type. Un étudiant, je crois. Plusieurs personnes avaient projeté de le faire, mais celui-là l'a vraiment fait.

– Mais pourquoi ?

– Eh bien... Il fallait qu'ils commencent, vois-tu, qu'ils obtiennent quelque chose. Mais ils n'y arrivaient pas. De toute facon c'étaient des trucs politiques, compliqués. En relation avec la souveraineté. Alors ils ont décidé que s'ils tuaient l'archiduc, ça ferait bouger les choses. Ça provoquerait l'attention, la division. Bon, c'était une raison politique. Comme pour Mr. Kennedy, et pour Abe Lincoln. »

Iris fit la grimace.

« Ils n'ont pas obtenu la division, dit-elle.
– Non. Mais je crois que c'est ce qu'ils voulaient. En tout cas, c'est ce que voulait John Wilkes Booth.
– Qui c'était ?
– Un acteur. Il a tué Abe Lincoln parce qu'il voulait diviser la nation à propos de la guerre de Mr. Lincoln.
– Et Mr. Oswald, lui, qu'est-ce qu'il voulait ? »
Gilbert regarda dans son assiette.
« Le bonheur, dit-il. Comme Booth. »
Iris et Hooker le regardèrent.
« Le bonheur ?
– Je crois, dit Gilbert. Il pensait que s'il tuait le Président, il pourrait être heureux, d'une manière ou d'une autre. Libre, si vous préférez. Certains disent qu'il l'a fait pour les nègres, par exemple. »
Iris grogna.
« D'autres disent qu'il l'a fait contre les nègres. Vous voyez ? Personne n'en sait rien. Certains disent même qu'il était communiste. Quoi qu'il en soit, je crois qu'en réalité il l'a fait pour son propre bonheur. Il ne pouvait pas atteindre le bonheur – n'importe quel bonheur – s'il ne tuait pas Mr. Kennedy. »
Hooker resta silencieux.
Sur la pelouse du côté de la maison, les oiseaux s'étaient rassemblés dans le crépuscule.
« On ne le saura jamais ? » demanda-t-il à Gilbert.

« Non, fut la réponse, jamais. Parce qu'Oswald lui-même est mort, maintenant. »

Au bout d'une minute, Hooker dit : « Je me demande si ça l'a rendu heureux. »

Iris faillit sourire. Mais elle lança un rapide coup d'œil à Hooker et vit l'expression de son visage.

« Mon cœur, dit-elle très vite, tu renverses toute ta glace à la fraise. »

Hooker redressa l'assiette posée sur ses genoux.

Gilbert dit : « Je n'en sais rien. Je pense que si on est quelqu'un, ça peut rendre heureux, d'être mort. Spécialement si c'est quelqu'un d'autre qui vous tue, qu'on ne se rend compte de rien. Je ne sais pas. Il faut que j'y réfléchisse.

– A-t-on déjà assassiné quelqu'un, par ici ? » demanda Hooker, espérant qu'il s'établirait une relation plus proche entre ce sentiment – le sentiment de personnes qui faisaient des choses importantes, donc l'Histoire – et lui-même.

« Pas le Premier ministre, ni le Gouverneur général. Mais un homme nommé d'Arcy McGee. Un homme politique.

– Où ça ? Où ça ?

– À Ottawa. Quelqu'un lui a tiré dessus devant l'immeuble du Parlement.

– Il est mort ? »

Il fallait qu'il y eût mort.

« Presque. Il est mort un peu plus tard.

– Et qui a fait cela ?

– Je ne le sais pas.

– Tu ne le sais pas ?

– Personne ne le sait. Oh… Ils le savent – mais ils n'en parlent pas.

– Alors, ce n'était pas important.

– Non, je crois que ce n'était pas vraiment important.

– Autrement on le saurait.

– Oui.

– En somme, il n'y a pas vraiment eu d'assassinat ici ?

– Eh bien… si…, il y en a eu un, oui. Sauf qu'il n'était pas important, voilà tout. » L'idée – la pensée… le rêve de proximité – s'évanouit.

Ils restaient là, assis.

« Je vais laisser ces assiettes ici lorsque nous rentrerons. Pour les chats, dit Iris. Pour l'instant, y vaut mieux pas les inviter sur la pelouse, à cause des oiseaux.

– Regarde-les, dit Hooker.

– Il doit y en avoir cinquante, ou même soixante.

– On ne croirait jamais qu'il y a autant de vers, dit Hooker.

– Ne t'inquiète pas, dit Gilbert. Il y en a. » Il posa son assiette à côté de lui, but dans son verre de bière.

« Ouhg ! » Il rota.

« C'est impoli de roter, dit Iris. Excuse-toi.

– Excusez-moi », dit Gilbert, et il rota de nouveau. « Je suis effroyablement désolé de devoir être si terriblement impoli tout le temps. Ce soir, chez les Parker, je tâcherai de me retenir.

– Oh Seigneur ! gémit Iris. Oh mon Dieu !

– Pardon ?

– Tais-toi ! Écoute les oiseaux.

– Je croyais que c'était impoli, d'écouter les conversations des autres, dit Gilbert.

– C'est pas impoli d'écouter, dit Iris, si on comprend pas ce qu'y s' disent. »

Ils restèrent assis sans rien dire dans la nuit tombante.

« Comme les oiseaux…, ajouta-t-elle.

– Chut… »

CHAPITRE VI

SI ON SUIVAIT l'allée au-delà du portail de bois de la barrière, on avait devant soi une piste en terre battue, pleine d'ornières poudreuses. Des poubelles et des seaux de cendres marquaient l'emplacement de chaque maison. Celle des Winslow était la dernière. L'allée continuait alors en pleine nature et se transformait en chemin de campagne, emprunté surtout par les enfants avec leurs vélos ou, une fois par semaine, le mercredi, par la benne à ordures qui allait à la décharge publique.

À l'endroit où elle cessait d'être une allée pour devenir une piste, il y avait un trou dans la barrière. En passant par cette brèche, en descendant dans le fossé et en remontant de l'autre côté, on se retrouvait dans le domaine des Winslow. C'était une bande de terre étroite, tout en longueur, qui avait servi jadis de pâturage pour les chevaux. À présent, ce n'était qu'un champ plein de bosses, avec un ruisseau, un bois, encore de la terre. Plus loin s'élevait une colline, suffisamment escarpée pour couper toute vue sur la ville lointaine.

Dans le passé, Hooker y allait en moyenne trois fois par semaine. Mais cet été, à cause du manque de compagnie – à moins que par miracle, Gilbert n'acceptât de l'emmener quelque part, ou de jouer avec lui – il s'y rendait chaque jour, seul.

Il y avait quelque temps, il avait créé un cimetière dans le champ qui s'étendait derrière le bois. Il enterrait là tous les petits animaux – des oiseaux et des souris pour la plupart – capturés et tués par ses chats. Il leur creusait une tombe à chacun. À présent, il y en avait près d'une vingtaine. Hooker jouait aussi derrière, dans le champ et dans le bois.

Lorsqu'il creusait les tombes, il les faisait peu profondes, et d'une longueur n'excédant pas une trentaine de centimètres. L'intention première de Hooker avait été d'ensevelir, pour les mettre à l'abri, hors de la vue et de la portée de ses chats, tous les animaux morts. Il avait l'impression qu'il leur devait cela, qu'il avait une dette envers eux. Mais il n'était pas vraiment sûr que ce fût la seule raison.

Un certain jour, Hooker arriva dans le champ, tenant dans la main un petit écureuil mourant. Phoebée, la plus petite de ses chats, celle qui avait de grands yeux vairons, le lui avait maladroitement rapporté, alors qu'il se trouvait dans le jardin derrière la maison. Elle s'assit devant lui, une patte posée sur la patte arrière de l'écureuil, mais le tenant de façon mortelle dans sa gueule, par le cou. Derrière ses crocs serrés, elle fit un bruit. Hooker ne bougea pas. Il avait l'habitude des souris et des oiseaux, probablement parce qu'ils étaient toujours morts. Mais là, il y avait quelque chose d'autre – quelque chose encore vivant, quelque chose qui le regardait.

Il essaya d'obliger Phoebée à poser l'écureuil sur le sol. Derrière la moustiquaire de la véranda, Gilbert observait.

« Belle, Phoebée. Merci, Phoebée. Va-t-en, maintenant, Phoebée. »

Phoebée le regarda.

Gil rota. Il mangeait un sandwich au beurre de cacahuètes et mâchait en faisant claquer ses lèvres, la bouche ouverte.

« Laisse-le, dit Hooker. Belle, Phoebée. »

Phoebée se tapit sur le sol et poussa des petits grognements.

« Allez...

– Tu crois qu'elle va le tuer ? dit Gilbert.

– Je n'en sais rien, dit Hooker. Elle ne m'a jamais rien rapporté de vivant.

– Je suis sûr qu'elle se croit très maligne. Regarde ses foutus yeux ! Bon Dieu ! »

Il se remit à mastiquer.

« Laisse-le, Phoebée. Allez. Laisse-le. »

Phoebée ouvrit la gueule et s'aplatit complètement, les oreilles pointées vers l'avant, les pattes posées sur l'écureuil, la langue dépassant légèrement entre ses crocs.

Ses yeux ne lâchaient pas ceux de Hooker. Ils avaient l'air surexcités – luisants, différents.

Hooker avança.

« Belle, Phoebée. Belle, Phoeb… »

Très vite il se pencha et prit l'écureuil.

Il le regarda.

Phoebée miaula.

« Fous le camp ! » cria Gilbert.

Phoebée ne lui prêta aucune attention et continua à se concentrer sur Hooker avec ce drôle d'air, différent, excité.

« Elle l'a cassé », dit Hooker.

Un des yeux de l'écureuil était sorti, il y avait une entaille longue et profonde comme si Phoebée avait enfoncé ses crocs sur toute la longueur du cou.

« Tu ferais mieux de le tuer », dit Gilbert.

Hooker regarda au loin.

« Il n'a pas besoin de mourir, dit-il.

– Sûr, qu'il en a besoin, dit Gilbert. Regarde son foutu cou. Il va saigner jusqu'à la mort, si tu ne le tues pas. »

Hooker se dandina d'un pied sur l'autre. Il avait brusquement besoin d'aller aux toilettes. Sa bouche était sèche.

« Je ne sais pas comment on fait… » dit-il en regardant Gilbert.

Gilbert paraissait complètement estompé, derrière la moustiquaire. Il s'essuya les mains sur sa chemise.

« Tue-le avec la hachette, dit-il. C'est le plus rapide.

– Fais-le, toi..., dit Hooker.

– C'est ton salaud de chat, après tout..., dit Gilbert, avec une logique apparemment impeccable.

– Mais je ne sais pas comment on fait ! gémit Hooker.

– Alors, c'est le moment, dit Gilbert, c'est le moment d'apprendre. »

Il disparut, mais sa voix s'attarda un instant après lui :

« Il est grand temps de se débarrasser de ces salauds de chats ! C'est comme si on patronnait le Syndicat du meurtre, qu'on entretenait une bande de tueurs pour l'amour de je ne sais quelle saloperie d'amusement... Pourquoi ne se tuent-ils pas entre eux ? Voilà ce que je voudrais bien savoir ! »

Hooker entendait Gilbert et Iris parler à la cuisine mais il lui était impossible de comprendre ce qu'ils disaient.

Il resta debout avec l'écureuil, essayant de se rappeler où était la hachette. Dans l'écurie.

Il alla à l'écurie, prit la hachette, la déposa soigneusement dans le fond de son chariot, avec un vieux morceau de toile déchiré récupéré d'un store mis au rebut. Il mit aussi la cuiller qui lui servait à creuser les tombes. C'était une cuiller dont Iris ne se servait pas depuis longtemps, expressément réservée, disait-elle, à « nettoyer derrière ces chats ». Il mit l'écureuil mourant dans une boîte, la boîte dans le chariot et commença à marcher.

Dans la cuisine, Gilbert annonça : « Démarrage du chariot.

– Hum… hum… »

Gilbert regarda par la fenêtre.

« C'est comme de vivre à Belsen, dit-il.

– Où c'est, ça ? »

Gilbert recula, alla prendre une bouteille de bière dans le réfrigérateur.

« Oh… ben… » fit-il. Il eut un long soupir désespéré.

« Juste un endroit, Iris. Nulle part. Juste un endroit…

– Hum… hum… Où c' qu'il va, maintenant ?

– Il est parti, dit Gilbert. Il va probablement attendre d'être là-bas pour le tuer.

– Pauvre agneau.

– Sûr, dit Gilbert. Pauvre petit Hooker. »

Il alla dans la bibliothèque, ferma la porte, écrivit « pauvre petit Hooker » sur une feuille de papier. Il regarda ce qu'il avait écrit et s'étendit sur le canapé pour y réfléchir.

Hooker atteignit les arbres.

Maintenant il allait devoir tuer l'écureuil. Il le regarda. L'œil unique, glacé d'épouvante, de l'écureuil, fixait attentivement Hooker.

Hooker se demanda s'il souffrait beaucoup. Ça avait l'air au-delà de la souffrance.

L'écureuil regarda Hooker. Il le regarda fixement et fit un petit bruit qui semblait sortir du haut de son nez.

Hooker réfléchit à ce qu'il allait faire.

Autour de lui, dans les arbres, quelques oiseaux observaient en silence. D'autres écureuils regardaient. Même les insectes semblaient s'être tus pour regarder et écouter.

Avec la cuiller, Hooker prépara une place dans la terre pour l'écureuil et le déposa, vivant, dans le trou.

Lorsqu'il alla chercher la hachette dans le chariot, deux corneilles quittèrent un sapin à la lisière du bois et piquèrent très bas en direction de la tombe. Hooker courut après en faisant du bruit.

« Partez ! Partez ! PARTEZ ! » hurla-t-il.

Les corneilles s'envolèrent.

« Partez, partez ! Partez ! Partez, partez ! PARTEZ ! »

Mais elles continuèrent à claquer du bec autour de lui, nullement effrayées, agitant leurs ailes dépenaillées tout près de son visage, tandis qu'il s'accroupissait au-dessus du trou, où l'œil de l'écureuil le regardait avec un calme terrible, et alors il pensa : « Il est mort », puis il vit qu'il bougeait, et parce qu'il fut surpris, il frappa d'un seul coup. De haut en bas. Avec la hachette. Et les corneilles revinrent – whouch ! – et encore – whouch ! – et encore… Puis elles s'élevèrent, s'en allèrent plus haut, plus loin, bruyantes, jusque dans les endroits où le ciel était bleu et sans nuages, pour raconter aux bois, là-bas, ce qu'elles avaient vu sur le sol pendant que Hooker frappait très fort, et comment il s'était arrêté pour regarder dans le trou, ce qu'il avait fait.

Il n'y avait plus qu'une bouillie informe. Il la recouvrit avec le morceau de store, remit la terre en la tassant doucement avec la cuiller, très doucement, parce qu'il ne voulait pas qu'on reconnaisse cet endroit plus tard.

Puis il recula, s'assit, resta parfaitement immobile.

Il cligna des yeux vers les arbres où les corneilles s'étaient posées. Elles avaient l'air de discuter avec beaucoup d'animation.

Il les regarda.

Elles battaient des ailes, croassant de façon discordante, se reprochant sans doute mutuellement d'avoir laissé échapper le repas si soigneusement présenté, étalé sur le sol. Leurs ailes s'agitèrent avec irritation puis se calmèrent. Elles continuèrent à l'épier de leurs yeux aigus.

Hooker soupira.

Il avait envie de se coucher. Il avait envie de dormir, mais le regard des corneilles l'en empêcha.

Sur le sol, au-dessus de la terre fraîchement remuée, un grouillement d'insectes en procession s'entrecroisait devant lui.

À l'extrémité de la tombe, il aperçut deux libellules, l'une posée sur la queue de l'autre.

Leurs ailes étaient bleues comme une résille d'argent et d'acier, leurs corps minces et noirs.

« Elle doit être très faible, pensa Hooker, pour être obligée de se poser ainsi sur l'autre et se laisser porter. »

Les huit ailes se mirent à battre. Une vibration basse, élastique, se fit entendre. Collées jusqu'à n'en faire qu'une, les deux libellules se soulevèrent dans les airs.

Hooker s'agenouilla sur la moiteur de la terre et les regarda s'éloigner.

Il eut envie de leur faire signe, leur voyage paraissait si vaste.

Alors il se leva et se prépara à rentrer à la maison.

Autour de lui, le champ et la forêt s'étaient mis à fumer. Il prit conscience de la chaleur du soleil. Il lui brûlait les omoplates et lui donnait soif.

La nuit précédente, il avait plu.

Dans le bois, la hachette, roulant d'un côté à l'autre du chariot, faisait parfois jaillir des étincelles en cognant contre le métal.

Ce fut le premier des jours sans pluie de cet été, qui resta dans l'esprit de chacun comme le pire et le plus chaud qu'on eût vu de mémoire d'homme.

CHAPITRE VII

UN SOIR, après le dîner, vers le début de l'été, Nicholas se retira au salon pour lire. Rosetta alla dans son bureau et, laissant la porte ouverte – chose inhabituelle –, elle s'assit à sa table de travail pour faire les comptes du mois de juin. En cette occasion, elle chaussait des lunettes à monture d'acier.

Par la porte ouverte, Hooker vit que le dos de sa robe était mouillé bien qu'elle fût assise et parfaitement immobile.

Il continua le long du couloir jusqu'à la bibliothèque. Il avait entendu le poste de télévision – allumé malgré l'interdiction... Gilbert. Il entrouvrit la porte.

« L'un des chats est-il ici ? » demanda-t-il.

Mi-assis mi-couché sur le canapé, un verre dans une main, un crayon dans l'autre, Gilbert le contempla un moment. Puis il dit : « Non. Fous le camp.

– Que fais-tu ? demanda Hooker.

– Je regarde la télé. » Gilbert avait parlé en séparant soigneusement chaque mot.

« Avec un crayon ?

– Tu décampes, Hooker ? Je dois sortir, je n'ai que quelques minutes à moi.

– Qu'est-ce que tu regardes ? »

Pour toute réponse, un soulier vola dans l'espace.

Hooker referma la porte.

Il marcha jusqu'au pied de l'escalier, leva les yeux, regarda la porte de la chambre de sa mère. Quand se rouvrirait-elle ? Il s'assit sur une marche.

Iris apparut. Elle sortait de la chambre, tenant d'une main le plateau du dîner.

« Tu veux pas v'nir avec moi ce soir ? » demanda-t-elle. Elle avança prudemment vers la première marche puis, se tenant de côté, les descendit l'une après l'autre.

« Où ça ?

– On est jeudi, hein ? Je vais chez Alberta.

– Quand ?

– Dès que j'aurai lavé ces assiettes et que j' me serai changée.

– D'accord, dit Hooker. Je t'attends ici.

– Ne bouge pas, alors. Parce que j' s'rai prête en un rien de temps. »

Elle s'enfonça dans l'obscurité en direction de la cuisine, dans un bruit de vaisselle à moitié pleine du repas de Jessie.

Hooker regarda son père, assis au salon.

Derrière les tentures vertes, la pièce paraîssait fraîche, accueillante. Son père avait l'air absorbé dans son livre. Hooker se mit debout. Autour de lui, tout était silencieux.

Il grimpa les marches et resta là, devant la porte. Il était sûr qu'elle n'était pas verrouillée. La clef n'avait pas tourné lorsque Iris était sortie.

Il essaya d'actionner la poignée.

« Maman ? »

La pièce avait la couleur de la lumière du soir. Ombreuse et verte.

Sa mère était assise dans le fauteuil, près de la fenêtre.

« Qui est là ? Hooker ?

– Oui, maman. »

Jessica ne se retourna pas. Il vit, sur ses genoux, le très ancien crucifix sur lequel elle laissait ses mains errer. Bien qu'elle ne fût pas de religion catholique, elle avait toujours possédé un crucifix. Soudain, ses mains s'immobilisèrent et retombèrent, recouvrant la croix et la forme qui y était accrochée. Le calme s'installa.

« Que fais-tu hors de ton lit ? demanda sa mère.

– Je ne suis pas au lit, dit Hooker. Pas encore.

– Va au lit, alors. Il ne faut pas que tu tombes malade. »

Hooker la regarda. Avait-elle oublié ? Se pouvait-il qu'elle eût réellement oublié qui il était – quel âge il avait – quelle heure il était ?

« J'ai dit : *vas-y*, Hooker.

– Oui, maman. »

Il se tourna et, laissant la porte grande ouverte, demanda :

« Veux-tu que je t'apporte un verre d'eau ou autre chose, maman ? »

Elle remua très légèrement. Son cou pivota.

« Non. Ferme la porte », dit-elle.

Il la regarda une ultime seconde.

Elle avait fermé les yeux. Elle était blême.

« Va... Va-t'en ! » dit-elle. Sa voix monta, elle se redressa soudain. « Va au diable, Hooker ! Sors d'ici ! »

Les doigts serrés sur le crucifix, elle fonça sur lui comme si elle était en colère.

Pourquoi était-elle en colère ? Qu'avait-il fait ?

Des pas résonnèrent dans le vestibule. Le visage de Jessica reflétait la confusion la plus totale. Hooker tira brusquement la porte et se retrouva sur le palier.

À l'intérieur, le verrou fut immédiatement mis, la clef tournée.

Rosetta se précipita, se tenant la poitrine à deux mains comme pour forcer l'air à y pénétrer. Elle avait les yeux exorbités.

« Es-tu entré ? chuchota-t-elle d'une voix rauque.

– Oui.

– Oh ! Sois damné, Hooker ! Sois damné ! »

Elle regarda la porte, puis Hooker.

« Descends immédiatement. Va-t-en avec Iris. Va au diable – mais ne remonte jamais ici.

– Oui, Rosetta. »

Il descendit quelques marches.

« Tu as bien compris ?

– Oui, Rosetta. »

D'en bas, il leva les yeux et vit sa tante, qui s'appuyait, impuissante, contre la porte fermée. Elle parlait doucement :

« Jessie... Jessie... Est-ce que ça va, Jessie ? »

Derrière lui, son père se tenait près des portières de velours vert. Il eut un grognement désapprobateur mais ne lui adressa pas la parole. Il retourna en silence à son fauteuil, reprit son livre.

Iris apparut.

« Alberta doit nous attendre. Viens vite. »

Hooker se laissa entraîner par la main. Il ne voyait plus rien. Sans mot dire, ils quittèrent la maison et avancèrent dans le soir. Le trajet n'était pas long mais il leur sembla interminable, quelque chose comme des millions de kilomètres.

« Je ne la reverrai plus jamais, alors, Iris ?

– De temps en temps.

– Mais quand ?

– Quand le moment sera venu. »

Quand le moment sera venu. Quand le moment sera venu ! Ça voulait dire quoi ? Ça ne voulait rien dire du tout. Ça voulait dire : rien du tout. Plus jamais. Plus jamais ?

Ils allaient tels des étrangers sous les arbres. Les étoiles avaient commencé à briller mais elles n'étaient pas belles. Elles avaient l'air trop lointaines. Et dangereuses – comme les stalactites de glace, l'hiver.

Alberta Perkins était une femme de couleur, très grande, et très noire. Dans ses veines, le sang coulait sans mélange. Elle avait été diaconesse, jadis. Comme la plupart des domestiques noirs de la région, elle avait été recrutée aux États-Unis par une famille canadienne lors d'un séjour là-bas.

Alberta manquait de ce qu'on appelle la classe, et s'en passait fort bien. Elle n'en avait pas besoin. Pour Iris, elle était une sorte de mastodonte... installée dans une splendeur gigantesque, portant le poids de la tristesse de l'exil sur un dos d'une largeur colossale, presque monstrueuse. Le fait d'avoir été diaconesse conférait à Alberta une grandeur biblique. Mais elle avait changé. Elle ne vivait plus aux États-Unis. Elle n'appartenait plus à l'Église. Elle n'était plus la même. Elle buvait.

Cependant, Iris aimait Alberta quoi qu'elle fasse.

Alberta possédait une force tranquille qui venait de ce que, jadis, elle avait cru en Dieu.

Alberta travaillait chez les Harris, dans une grande maison victorienne située un peu en retrait sur Gate Street, complètement dissimulée par une haie de cèdres. Les enfants du voisinage croyaient volontiers que Mr. et Mrs. Harris avaient mangé toute leur progéniture – et aussi un grand nombre d'autres enfants qui s'étaient aventurés dans leur propriété et qu'on n'avait plus jamais revus. Les Harris n'avaient pas d'autre famille que des parents morts, enterrés au cimetière, et un fils, « tombé » pendant la Première Guerre mondiale. Mr. Harris était à la retraite. Mais il avait été un homme puissant, à Toronto, dans le temps. Il siégeait toujours au conseil d'administration d'une importante société. Mrs. Harris portait des vêtements à la mode de 1912. On pouvait l'apercevoir certains jours d'été, promenant son chien Teddy dans l'allée, protégée du soleil par le double écran d'une ombrelle orangée et d'un chapeau à fleurs.

Elle avait quatre-vingt-cinq ans – peut-être plus.

Pour l'heure, les Harris étaient en vacances, et Iris et Hooker, arrivés devant la grande maison obscure, traversèrent la pelouse et montèrent les marches du perron principal sans faire le tour comme d'habitude.

Alberta les accueillit et les fit entrer.

« J'ai du soda pour Hooker, dit-elle. À la cuisine. »

À sa suite, ils traversèrent le vestibule puis la maison, tandis qu'elle allumait les lumières au fur et à mesure sur leur passage.

« L'obscurité garde la fraîcheur », expliqua Alberta.

À la cuisine, elle donna une bouteille de Pepsi à Hooker. Ils retournèrent dans la salle à manger.

Ils s'assirent autour de la table, où attendait une bouteille de gin et deux verres.

« Bon sang ! Mes patrons, dit Alberta en s'installant commodément une fesse après l'autre, sont, comme tu sais, au bord de ce lac... Ce lac – Muskoka, ou je n' sais quoi...

– Ah, oui ?

– Parfaitement. »

Hooker regarda furtivement, écouta.

« Ils m'ont laissée ici à cause de c' chien. Tu t' rends compte ?

– Oh ! dit Iris. Quel dommage.

– Dommage ! dit Alberta. Dommage ? J'appelle ça un sacrifice humain, moi. Voilà comment j'appelle ça.

– Il fait si chaud ici. Ça doit être rudement joli, Muskoka, avec ce lac et tous ces bateaux pour ramer », dit Iris.

Alberta rit. « J'ai besoin qu' du lac, dit-elle. Dans un bateau, j' me noierai. »

Ils rirent.

« Laisse-moi te raconter, pour le chien », dit Alberta.

Hooker but son Pepsi lentement en écoutant.

Iris alluma une cigarette.

« Vois-tu, dit Alberta, Mr. Harris s'est imaginé que Teddy d'venait vieux et qu'il allait être malade là-bas, ou s' perdre – ou s' faire mordre par un serpent, ou s' faire attaquer par un lapin et enfermer dans un terrier… C'est pourquoi ici – ici, en pleine ville ! – s'étale la vieille Alberta Perkins, dans les vapeurs tropicales de l'été ! Pendant ce temps, où crois-tu, bonté divine, où crois-tu que ce teigneux de chien s' trouve ? Hein ? Peux-tu me dire où il est ? Devine. Vas-y. Je t' le donne en mille ! Hooker ?

– J' sais pas, dit Iris.

– Je ne sais pas », dit Hooker.

Alberta prit le ciel à témoin, donna un grand coup de poing sur la table.

« Où ? cria-t-elle. Où ça ? »

Ils ne répondirent pas.

« Chez ces foutus gens de la fourrière ! Voilà où il est ! Dans une cage ! »

Elle eut un geste de désespoir vieux comme le monde.

Teddy – à l'image d'Alberta, qui le servait, allait le chercher à la fourrière, se plaignait de lui, sifflait pour l'appeler, mais cependant l'aimait – était vieux, gras et laid. C'était un bouledogue gris foncé et geignard, qui avait environ une douzaine d'années et adorait se coucher sur les pieds des gens. Lorsque la personne honorée décidait de se lever et de partir, Teddy levait les yeux au ciel et poussait un profond soupir comme s'il avait le cœur brisé. Alberta avait toujours dans la poche un kleenex prêt à éponger la bave laissée par les baisers de Teddy. C'était un chien triste, qui n'avait pas vraiment envie de quitter Alberta, mais que sa curiosité conduisait régulièrement chez les gens de la fourrière... et pour finir, grâce à l'apparition comme magique d'Alberta Perkins, dans la véranda d'où commençaient tous les voyages destinés à la fuir. Comme des esprits obstinément liés, ils semblaient destinés à s'aimer en dépit du fait que la nature n'eût pas décidé de les marier.

Alberta tira à elle la bouteille de gin à travers la table.

« Dans le temps, c'étaient les chiens qui *nous* couraient après ! »

Les lampes étaient coiffées d'abat-jour Tiffany. L'acajou ancien luisait autour d'eux – dossiers massifs des chaises sculptées, surfaces cirées de la table, du buffet, d'une desserte.

« Chaque jour que Dieu fait, continua Alberta en se versant un verre de gin, chaque jour que Dieu fait j' descends à la fourrière, et j' dis : "Eh bien... me v'là, m'sieur le Responsable-Chien – où qu'il est, ce petit Teddy ? Et t'nez vos deux dollars." Alors apparaît Teddy, la queue comme une moulinette, l'œil émoustillé et ouah-ouah-ouah ! » Elle se mit à aboyer. « À quoi je réponds : "Salut,Teddy, t'es un vrai casse-pieds, espèce de p'tit salopard", et à l'autre, par-dessus l'épaule je jette : "À demain – Sûr, qu'y m' répond, à demain, Alberta", et je le ramène à la maison – Teddy, j' veux dire – et je lui donne ses biscuits. Je lui donne du lait. Je le caresse en haut d' la tête, et il boit le lait. Il mange les biscuits. Il jappe. Il pisse sur le tapis. Alors j' lui dis : "Pas dans ma maison, Teddy – non, pas dedans. Dehors." Ha ! ha !... Jardin ? Maintenant faut qu' je vous dise que dans c' jardin-ci, y a une clôture d'un mètre cinquante de hauteur ! Sur trois côtés, voyez-vous, le quatrième étant celui de la maison. Eh bien... Ce foutu de chien est dehors dans les trois minutes. Pile. Trois minutes. Pas une de plus. J' vous le dis... » Elle marqua une pause, réfléchit. Peut-être se rappelait-elle quelque chose. Puis elle reprit : « C'est comme un gosse, voyez-vous. Toujours à cavaler. Les chiens et les gosses, c'est pareil. Ni les clôtures, ni l'amour, ni *rien* ne peut les retenir. C'est pour ça qu'ils s'entendent bien. Tu t'es déjà taillé d' chez toi, Hooker ? »

Hooker secoua la tête.

« Non ? Alors... Un jour ou l'autre... » Elle fit un clin d'œil à Iris. « Un jour ou l'autre, mon garçon... Rappelle-toi bien c' que j' te dis. »

Elle soupira, calmée.

Iris la regarda.

« Pas Hooker, dit-elle. Pas Hooker.

– C'est un garçon, non ?

– Pour sûr, que c'est un garçon.

– Ben alors… C'est aussi naturel que d'aller au p'tit coin. Comme ça, chhh… ! » Elle “tira la chasse”.

« On a tous besoin de prendre la clef des champs un jour ou l'autre.

– Sans doute. » Iris acquiesça. Elle regarda Hooker.

« Drôles de gens, ces Winslow. Celle que j'appelle Le Congélateur… La Rosetta, elle vient ici tout le temps, savez-vous. Jouer au bridge avec les Harris. »

Hooker toussa.

« Va jouer », dit Iris. Lorsque Hooker fut parti, elle ajouta : « Alberta ! Franchement ! Devant lui.

– Il s'en fiche, dit Alberta. Bon Dieu ! Il le sait, non ?

– Tout de même, dit Iris.

– La mère de c' petit garçon – elle a quelque chose, elle aussi, non ?

– Oui. »

Iris ne s'étendit pas.

« Ça m'a l'air d'être un chouette endroit, hein ? Extra.

– Un vrai chez-soi, plaisanta Iris, s'efforçant de ne pas être en reste.

– Ouais. Un chez-soi. Humm… »

Alberta prit le verre d'Iris, y versa du gin.

« Vide-le, dit-elle. Raconte tes problèmes à Alberta. »

Iris joua avec le verre, avala une gorgée de gin.

« Ce petit garçon, Hooker, il est différent. Voilà.

– Tu m' l'as déjà dit. Qu'est-ce que c'est ? Une sorte de saint ?

– Bien sûr que non. Mais c'est vraiment étrange, maintenant que j'y songe, qu'il ait jamais fugué.

– À cause du problème ?

– Oui. »

Iris but.

« C'est sûr, dit-elle, qu'il aime ses chats, et son champ, et… moi aussi, je crois. »

Elle sourit.

Alberta eut une sorte de hennissement. Elle se carra sur son siège, toute secouée de rire.

« Il t'aime, ha ! ha ! Il t'aime vraiment, hein ? dit-elle

– Oui », dit Iris. Pour elle-même elle ajouta : « Pas moi… c'est pas moi qu'il aime, c'est ma *présence.*

– Ho, ho ! fit Alberta. C'est comme qui dirait moi et Teddy. » Elle se remit à rire.

Iris n'y prêta pas attention. Elle continua à parler.

« J' donnerais beaucoup pour que tu saches à quoi ça ressemble. J' donnerai beaucoup pour qu' tu l' saches.

– Là… là… mon chou. Là… là…

– Oh, si. J' le voudrais bien. À quoi tu crois

qu' ça ressemble, d'être la bonne chez des gens que tout le monde considère comme des cinglés ? D'être obligée de dormir dans une maison comme ça ? De laver les caleçons d'hommes qui sont franchement bizarres ? De recevoir des ordres de quelqu'un qui sourit jamais et en plus, qui te regarde toujours comme si t'avais fait… Dieu sait quoi !

– C'est la condition, dit Alberta. C'est la condition des gens de couleur, mon chou. J' dis toujours…

– Oh ! Seigneur ! dit Iris, au comble du désespoir et de la colère. J' parle pas de ça ! »

Le regard d'Alberta se fit lointain.

« T'as jamais eu d'ennuis, là-bas, j'espère ? »

Ce fut au tour d'Iris de souffler.

« Ho !…

– Non, je veux dire des vrais ennuis, mon chou. Comme ce jeune homme, ou Dieu sait qui…

– Gilbert ? Gilbert !

– J' me fous de son nom. Oui. »

Iris pensa : Elle voit pas de quoi je parle. Elle vit dans le passé, quelque part aux États-Unis. Elle a aucune idée de ce que je dis. Gilbert est tout le temps saoul… Gilbert est tout le temps sorti pour des soirées, ou en train de ronfler dans la vieille bibliothèque… Gilbert est tout le temps…

« Alberta, tu es vieille, et j' crois que tu es sage. Je t'ai rendu visite toutes ces années, dans cette maison. Peux-tu me dire comment je dois faire pour tenir, là où je dois rester ? Je vis là-bas depuis plus de trente ans. Et j' peux pas m'en aller – je me dois à eux. À miss Rose. Je-dois-vivre-avec-eux. Chaque jour. Des gens qui… » Elle avait recouvert son visage de ses mains, ses doigts tremblaient. L'une des mains finit par retomber, elle martela les mots sur la table. « Ces gens-là dorment, ils dorment tous, dit-elle. Ils dorment le jour et la nuit. Ils sont enfermés dans une infinité de vieilles chambres. Toute leur vie tourne autour de choses mortes. » Elle respira. « Dans cette espèce de bureau de Rosetta, il n'y a que des photos de vieilles personnes mortes… Et Gilbert… il ne parle que des choses du passé. Toujours ce qui est vieux. Toujours à essayer de refaire les choses anciennes… Et le vieux monsieur ! On se parle pratiquement jamais. Alberta, est-ce que tu parles avec Mr. Harris ? Sûr, que tu le fais. Moi jamais, jamais j' parle avec Mr. Winslow… On m'appelle à table – fais ceci fais cela – mais j'arrive jamais à lui dire un mot. Et c'est lui qui paie mes gages ! Du moins c'est son argent. Mais c'est Rosetta qui m' le donne. »

Elle s'arrêta, pressa les yeux très fort.

« Et je suis là, avec toujours dans la tête l'idée que l'un va mourir tout à coup, que l'autre va tomber malade… Que Gilbert va se retrouver en prison, que miss Jess va bloquer sa porte d'une façon ou d'une autre et qu'on pourra plus jamais y entrer, qu'elle va se blesser – Mort ! Maladie ! Miss Rose et moi, on est leurs infirmières... Et Hooker... il n'a que moi... La seule fois où je l'ai vu heureux – la seule fois... y a tellement longtemps que j' m'en souviens plus... »

Son visage était sillonné de larmes. Alberta la regarda attentivement. Elle ramassa un paquet de cartes et se mit à les étaler pour une partie de rami.

« Tu peux toujours venir ici, dit-elle. Les Harris sont pas là. Et leur gin est excellent.

– J'ai pas envie de me saouler. J'ai pas envie d'être comme toi, vieille et pleine de gin, sans Dieu, à boire l'alcool des autres. J'ai pas envie de m'asseoir autour d'une table de salle à manger dégueulasse, et de jouer aux cartes – oubliée ! »

Iris se leva.

« Je veux Hooker, je veux la paix, je veux *comprendre*. Je veux comprendre les choses ! »

Le gin qu'elle avait bu tournait et retournait en elle. Elle réalisa qu'elle disait des choses dangereuses.

« J'ai plus envie de vivre avec des fous. »

Elle se remit à pleurer.

« Mais j' suis obligée parce que j' suis obligée. J'y peux rien. J' suis ici, dans cet endroit pourri, et y se passe rien. J' suis là, c'est tout.

– Assieds-toi et regarde tes cartes », dit Alberta. Elle-même examina son jeu, jeta une carte. Elle était si calme, si grande, si inébranlable, que la vue de sa silhouette assise exaspéra Iris.

« Va au diable ! cria Iris. N'es-tu pas censée tout savoir ? Pourquoi qu' tu restes assise là ? »

Alberta frappa sur la table.

« J' reste assise là parce que je suis vieille, cria-t-elle.

– Vieille ? dit Iris. Vieille ! Qu'est-ce que ça veut dire ?

– Assieds-toi », dit Alberta.

Iris s'assit.

« Prends tes cartes.

– Non.

– Prends-moi ces cartes ! »

Iris prit les cartes.

« Joue.

– Alors, y a pas de réponse, dit Iris. Y a pas de réponse.

– Bois ton gin. »

Iris obéit comme une automate. Elle examina ses cartes, jeta un as. Elle alluma une cigarette. Ses mains tremblaient.

Alberta regarda l'as.

« T'as les yeux en face des trous, ma vieille ?

– J' sais ce que je fais, répliqua Iris. J' sais ce que je fais. J' sais ce que je fais.

– Jouer un as comme ça, ça s' fait pas.

– J'en avais pas besoin, dit Iris. Laisse-moi tranquille. Allez, jouons. »

Il y eut un silence.

Au loin, une horloge sonna. Il était neuf heures.

Alberta émit un grognement, soupira.

« De toute façon, c'est quoi, la folie ? » demanda Iris.

Alberta ne leva pas les yeux mais souffla dans sa cigarette. Elle regarda ses cartes, marmonna.

« Prends les gens comme ils sont, mon chou, dit-elle. Laisse la folie derrière eux, là où tu peux pas la voir, et vis ta vie.

– Mais…

– C'est pas ton affaire, Iris. Laisse-les brouter tranquillement.

– J' peux pas voir ça sans savoir c' que j' dois faire. J'ai peur, Alberta.

– T'es qu' la bonne, mon chou. Rien qu' la bonne. La bonne ! Et une négresse, par-dessus le marché. Tu peux pas lutter contre les faits. Laisse tomber. »

Les lampes Tiffany chauffaient, diffusaient des couleurs chatoyantes, brillantes, dures – orange… bleu… vert… rouge… violet…

Ouais…, pensa Iris. Je joue le rôle de la bonne noire « qui dit qu'elle n'a pas peur ». Ha ! Exactement comme eux, les Winslow, jouent leur rôle – quel que soit ce rôle, leur rôle à eux.

« Tu vas finir par ramasser ces deux piques ? »

Il restait encore beaucoup de gin.

Elles étaient là.

Le salon était une pièce carrée et sombre. Les fenêtres donnaient sur deux côtés de la maison. Les meubles des Harris, leurs rideaux, l'odeur de leur maison – toute leur atmosphère était complètement différente de celle de la maison de Hooker. Sauf, peut-être, dans le bureau de Rosetta.

Les fauteuils, le canapé chesterfield, une table étaient recouverts de draps froissés, grisâtres. Hooker n'avait jamais vu cela. Sur une table découverte, il y avait une photographie et un coffret en bois ancien posé sur un napperon chinois. Le couvercle du coffret était éraflé, plein de poussière. La photographie représentait un jeune homme au regard doux, vêtu d'un uniforme. Il ne devait pas avoir beaucoup plus de dix-huit ans. Ses cheveux étaient bruns et bouclés. Ses yeux, même à la faible lueur qui filtrait du vestibule et de la salle à manger, étaient grands, lumineux. Il avait une bouche petite, des lèvres pleines. L'expression de son visage était celle de quelqu'un qui ne peut se rappeler que la tristesse.

Hooker ouvrit le coffret.

Un revolver était posé au fond, à demi enveloppé dans un morceau de soie violette.

Hooker regarda la photographie. Ce devait être John Harris, le soldat tombé pendant la Première Guerre mondiale. À sa ceinture, soigneusement maintenu dans son étui par un petit crochet de cuivre, le revolver même qui reposait maintenant dans son coffret, froid et propre, efficace.

Bien sûr, John Harris s'en était servi. Mais le

revolver ne lui avait pas sauvé la vie. L'arme à la main, John Harris était tombé le dernier jour de la guerre. De la Grande Guerre. La première. Tout le monde savait cela. Tout le monde savait aussi pour Mrs. Harris et pour le télégramme. Tous se rappelaient comment elle avait frappé le télégraphiste, comment le gars était tombé dans la véranda. Arnold Barnsdorf. Aujourd'hui, il occupait un poste supérieur dans la Compagnie des Télégraphes. C'était une des histoires de la ville, on la racontait toujours à ceux qui voyaient Mrs. Harris pour la première fois, lorsqu'elle promenait son chien Teddy dans l'allée. Les gens disaient : « Voilà Mrs. Harris, celle qui a frappé Arnold Barnsdorf parce qu'il lui a apporté le télégramme sur son fils, le dernier jour de la guerre. » Hooker regardait le revolver.

« Il a tué quelqu'un, pensa-t-il. Ce revolver a tué un Allemand. »

Il tendit la main, le souleva.

Il était plutôt lourd. Sur la soie, il y avait une petite boîte de cartouches.

« Mrs. Harris doit le garder ici à cause des voleurs », pensa Hooker. Il était huilé, impeccable, prêt à servir.

Hooker le souleva des deux mains, le tint à bout de bras. Il fit avancer la gâchette. L'arme oscilla. D'un mouvement tournant, il visa les fauteuils, dans l'ombre. Puis, appuyant jusqu'à faire retomber le chien, il tira sur la photographie de John Harris.

Le barillet avait tourné.

Hooker reposa le revolver.

Une seconde, il sursauta à l'idée qu'il n'avait pas commencé par vérifier s'il était chargé ou non. Ses mains devinrent moites. Et si le coup était parti ? Eh bien… il n'était pas parti.

Il promena son doigt sur le canon.

« J'aimerais bien avoir un revolver. »

Il pensa à l'écureuil que Phoebée avait blessé, comment il avait été obligé de le tuer avec la hachette. Il pensa aux corneilles, aux libellules, au champ.

« Si j'avais un revolver, je pourrais les tuer sans leur faire mal. »

« Que fais-tu là, mon chou ? »

C'était Alberta.

« Je regarde le salon.

– Mais on n'y voit rien, mon garçon », fit-elle en allumant un lampadaire.

Le revolver rayonna traîtreusement, comme pour raconter à Alberta comment Hooker l'avait sorti de sa boîte.

« Ne touche pas ça, Hooker. C'est dangereux. Mr. Harris le garde pour Armageddon… » Alberta gloussait et tanguait, pleine de gin, dans l'encadrement de la porte.

« Qu'est-ce que c'est ? demanda Hooker.

– C'est le jour où tout le monde va mourir. T'es pas au courant ?

– Non. Quand ? C'est pour quand ? »

Du fond de sa mémoire, elle revêtit la robe imaginaire qui lui conférait la dignité de diaconesse – d'un blanc imaginaire, en soie imaginaire (en réalité, une robe de satin) et, rassemblant dans ses mains vides des plis imaginaires, elle se balança comme devant le lutrin, à l'église. Elle commença sa lecture.

« Dieu est en colère », gronda-t-elle.

La pièce recueillit ses paroles, les retint dans l'atmosphère confinée. Sous les housses, dans l'ombre, les fauteuils parurent se tourner pour écouter.

« Personne ne sait rien ! Personne ne sait rien ! Sauf que ça va arriver... Armageddon... » Elle fit rouler le blanc des yeux.

« Dieu est en colère, répéta Alberta d'un ton théâtral. Le soleil... la lune... les étoiles... tout devient noir ! Les nuages envelopperont la terre mais il ne pleuvra pas. Et tous – Mr. Harris, ton papa, et même ton frère Gilbert – tous nous aurons peur ! Et toi aussi tu auras peur... » ajouta-t-elle, se penchant vers lui. « Et moi aussi... Moi aussi, j'aurai peur... »

Les anneaux des rideaux cliquetèrent sur la vieille tringle de cuivre. Alberta leva la tête. Ses mains s'étreignirent en une prière d'épouvante.

« Dehors, continua-t-elle, par les fenêtres, on ne verra que du noir. Les portes seront fermées à double tour mais ça ne servira à rien. » Sa voix devint un murmure, rentrant dans sa gorge. Ses orbites s'agrandirent. Hooker prit peur. Il la regarda de tous ses yeux.

Elle prononça : « Nous serons assis tous ensemble. Toi. Moi. Tout le monde. Nous serons assis dans les maisons et nous attendrons. Un tout petit oiseau s'approche en piaillant... » Il était là, dessiné par les mains. « Nous nous jetons tous sous les tables, nous sommes morts de peur, nous nous cachons. » Une pause. « Chut ! Le vent arrive, la poussière... C'est l'ouragan ! La terre s'ouvre... Alors les morts sortent – ceux qui sont déjà morts – et nous serons forcés de rester avec eux, qu'on le veuille ou non. Et nous mourrons encore une fois, tous ensemble. » Elle toussa. Dans ses yeux, la malédiction recula, s'évanouit. « Un par un. Mais tous. »

Elle s'arrêta, se redressa, lissa sa robe.

« C'est un fait bien connu, dit-elle. Certains mourront dans la douleur. D'autres dans la gloire... Les malades glisseront doucement dans leur mort, et ils ne connaîtront plus... », un soupir, une pause ; elle ferma les yeux, « la souffrance... La Bible dit quelque part – j'ai oublié où mais elle le dit – que tous, nous rencontrerons Dieu. Dieu en personne. Et que la plupart d'entre nous irons au

Paradis. La plupart. Voilà. Pour un moment, ça sera vrai, mon chou, terriblement vrai, soupira-t-elle. Mais pour ceux qui sont en perdition *ici-bas*, ça sera sûrement un sacré soulagement, un glorieux jour de délivrance !

– La perdition ?

– L'enfer. Comme si c'était l'enfer, ici, sur terre. je veux dire. » Elle le regarda fixement. « Comme c'est pour nous. Pour moi et pour les nègres, Hooker. Ou comme c'est pour ta mère, et pour les femmes. Comme c'était pour John Harris, et pour les soldats. » Elle fit un signe vers la photo. Elle paraissait revenue à elle, parfaitement dégrisée.

Alberta examinait le salon, les yeux plissés.

Que voulait-elle dire ?

Elle se mit à dresser une liste.

« Comme c'est pour Mrs. Harris, commença-t-elle d'un ton monocorde, après que John Harris soit mort si jeune. Comme c'est pour Teddy et pour moi, et pour tous les chiens malheureux. Comme c'est pour les gens qui... » Elle rota. « ... tournent en rond dans la ville, ou n'importe où ailleurs, en proie à la souffrance. Comme ce doit être pour les fous emprisonnés dans leur folie. C'est ça, la perdition. Et la réponse à la per-di-tion... » Elle ralentit comme une horloge dont le ressort se relâcherait. « ... c'est une mort miséricordieuse, Hooker – soudaine et inattendue... » Elle le regarda. « Parfois je prie pour que dans la rue, en ville, une brique me tombe sur la tête. Pour que j' n'aie pas besoin d'y penser. Pan ! Morte. Comme ça. » Elle regarda à l'extérieur de la maison. « Bon. Et maintenant, pourquoi je te raconte tout ça ? »

Elle regarda Hooker, cligna des yeux. Son visage noir et luisant avait pris une teinte pourpre, dans la lumière bizarre. Elle transpirait. Hooker sentit l'odeur du gin.

« Tu n'y comprends rien, hein, mon chou ? dit-elle. Tu n'y comprends rien du tout. »

Hooker la regarda. Elle sourit.

« Je comprends un petit peu », dit-il.

Il mentait. Il avait tout compris. Même pour la brique, en ville. Même pour Teddy.

CHAPITRE VIII

LE JOUR de l'anniversaire de Jessica, vers la fin juillet, ils décidèrent de voir si elle accepterait finalement de descendre pour la soirée. Il y avait maintenant trois mois qu'elle s'était enfermée dans sa chambre.

Iris avait commandé une glace, qu'Harry Jarman avait livrée dans un emballage de neige carbonique, et confectionné un grand gâteau de Savoie saupoudré de sucre glace.

Ils expédièrent le dîner puis se réunirent au salon pour le dessert et le café. Nicholas avait allumé un feu dans la cheminée. Une tradition.

« On dira ce qu'on voudra mais c'est la meilleure façon de se débarrasser des emballages des cadeaux », déclara-t-il.

Cependant, Rosetta s'arrangeait toujours pour récupérer les papiers et les cartes de vœux, et elle gardait tous les rubans.

Ce soir, les présents de Jessie étaient disposés à l'extrémité du canapé. C'est là qu'elle s'installerait pour ouvrir ses paquets.

Il y avait deux cadeaux de Nicholas, deux de Rosetta, un de chacun des garçons, un autre d'Iris. Deux ou trois amies de Jess, quasiment oubliées, avaient téléphoné le matin et apporté des cadeaux, mais elle ne leur avait pas parlé et avait refusé de les laisser entrer dans sa chambre. Elle repoussait ses amies qui, à leur tour, commençaient à la rejeter.

« Ce feu est ridicule, dit Rosetta. Nous allons griller.

– Mais nous faisons toujours du feu, dit Hooker. Pour chaque anniversaire.

– Jess aimera ce feu, dit Nicholas. Elle aimait cela, autrefois. Nous voulons qu'elle soit bien.

– Ne rajoute pas de bûches, dit Rosetta. Sans quoi nous serons tous mal, y compris Jess. »

Ils s'assirent.

Rosetta sonna pour qu'Iris apporte le plateau du café. Pendant qu'ils attendaient, elle dit : « À présent, Gilbert, va frapper à la porte et dis "Bon anniversaire". »

Nicholas rit.

« Il sait ce qu'il doit dire, Rose, ne t'inquiète pas. »

Hooker se trémoussa sur sa chaise.

« Puis-je y aller aussi ?

– Non. Nous ne voulons pas de bruit, pas de va-et-vient. Si elle voit que nous sommes calmes, silencieux et décontractés, elle descendra.

– Mais moi, je ne la vois jamais…, dit Hooker.

– Tu la verras en même temps que nous tous, chéri. Vas-y, Gilly. Et n'oublie pas : rien n'a changé, tout est comme d'habitude. »

Gilbert fit la grimace, se leva, alla dans le vestibule, s'arrêta au pied des marches. Il n'avait pas bu de tout l'après-midi, il avait pris un bain. À présent, il portait un costume d'été d'un blanc immaculé et une cravate neuve. Il commença à monter les marches.

Tous tendaient l'oreille.

Gilbert frappa à la porte.

Des mots.

Nicholas tritura son mouchoir, alluma une cigarette et regarda la flamme. Distraitement, il cassa l'allumette en plusieurs petits morceaux.

Iris arrivait, portant un grand plateau d'argent qu'elle posa sur la table devant le fauteuil de Rosetta.

« Autant rester, maintenant, lui dit Rosetta. Dès qu'elle aura déballé ses cadeaux, vous apporterez la glace et le gâteau.

– Bien, dit Iris. Je vais me tenir ici. »

Elle se mit à côté du canapé, près de la porte – là où Jess devait s'asseoir.

Ils entendirent du bruit dans le vestibule et se tournèrent tous pour regarder.

« Elle arrive ! dit Hooker. Elle arrive ! Elle arrive !

– Chéri, tiens-toi tranquille », dit Rosetta.

Nicholas serra les accoudoirs de son fauteuil.

Dehors, sur les marches, ils aperçurent Jessica. Elle portait une robe verte et ses cheveux étaient noués en arrière par un ruban.

« Je ne vais pas tomber..., dit-elle. N'est-ce pas ?

– Non, Maman. Je vais t'aider.

– C'est trop excitant, dit-elle. Beaucoup trop excitant...

– Elle sourit..., dit Hooker.

– Iris, faites-le tenir tranquille.

– Allons, Hook ! Tais-toi... Nous voulons que ta maman puisse se détendre. »

Hooker ne dit plus un mot.

Gilbert et Jessica atteignirent la dernière marche et se dirigèrent vers le salon.

Nicholas se leva. Guidé par Iris, Hooker lui emboîta le pas. Même Rosetta se mit debout.

Gilbert amena Jessie jusqu'à la porte et s'effaça afin de la laisser entrer seule au salon.

« Nicky ! » dit-elle.

Sa voix était étonnamment faible, comme celle d'un ermite – dont la voix ne doit porter qu'à ses propres oreilles.

Nicholas traversa la pièce, embrassa sa femme sur la joue. Elle eut un léger recul, presque imperceptible.

« Rosetta..., dit-elle. Un feu !... Comme c'est

charmant... » Elle était pratiquement inaudible. « Comme c'est charmant... »

Ils attendaient.

« Bonjour, Iris.

– Bonjou' Mrs. Winslow. Nous sommes heureux que vous soyez descendue. »

Jessica tendit les mains. Iris l'aida à marcher jusqu'au canapé. Elle s'assit.

Ils attendirent encore.

Soudain, Jessica leva les yeux et prononça d'une voix extrêmement forte : « Gilbert. Gilbert est monté jusque là-haut et m'a fait descendre. Saviez-vous cela ? »

Rosetta sourit et dit : « C'est très gentil, ma chérie. »

Jessica regarda la petite pile de cadeaux placée à ses côtés et s'écria : « Comme c'est joli ! Des paquets... J'aime ça... J'adore ça ! »

Rosetta dit : « Pourquoi ne les ouvres-tu pas, chérie ?

– Je vais le faire, dit Jessica. Je vais le faire. »

Mais elle n'y toucha pas. Pas encore.

Elle sembla se perdre un instant dans une sorte de rêverie.

Tout le monde la regardait. Finalement, Rosetta parla :

« À quoi penses-tu, Jess ?

– Quoi ?

– Tu rêvais, ma chérie. À quoi pensais-tu?

– Je ne rêvais pas, Rosetta. Ne m'accuse donc pas tout le temps ! Je ne rêvais pas, j'étais juste assise, là. Simplement assise. Ne puis-je le faire, si j'en ai envie ? »

Hooker, dont la présence n'avait pas encore été mentionnée, se rapprocha d'Iris.

Jessica dit : « Nicholas... Je ne rêvais pas. N'est-ce pas ? J'étais juste assise, là. C'est tout. Dis-le-lui...

– Rosetta ne te critiquait pas, chérie. Elle était seulement intéressée...

– Elle a dit que je rêvais !

– Eh bien, elle ne voulait pas te blesser, Jessie. Elle n'en avait pas l'intention. Vraiment pas. »

Jessica inspira profondément. Ses yeux rétrécirent.

« Tu es toujours de son côté. Hein ? Elle ne fait jamais rien de mal. Comme ta garce de mère, d'ailleurs. »

Elle regarda Rosetta.

« Ce service à café m'appartient, dit-elle.

– Oui, chérie. Bien sûr.

– Cette maison aussi.

– Oui.

– Et alors ? Et alors ? Pourquoi mon service à café est-il posé devant toi ? Je ne suis pas impotente, que je sache.

– Bien sûr, Jess. Tu peux servir, si tu le désires. Nous avions simplement pensé que tu serais contente de déballer tes cadeaux sans autre préoccupation… C'est tout.

– Je ne veux pas servir. »

Ils attendirent, mais elle ne dit plus rien. Jessica sembla se retirer momentanément de la situation et demeura parfaitement immobile, contemplant ses pieds chaussés de mules. Son visage trahissait une confusion secrète, subtile.

Elle dit finalement : « Qu'y a-t-il dans les boîtes ?

– Ouvre-les. Regarde, dit Rosetta.

– Êtes-vous sûrs que tout cela est pour moi ?

– Bien sûr. C'est ton anniversaire. »

Jessica tendit la main. Elle choisit le paquet de Gilbert. Très lentement, elle dénoua le ruban, ouvrit la boîte.

« Oh, Gilly. Ce sont des bas… Mais je n'en porte plus ! »

Gilbert sourit.

« Ils sont faits pour être portés au rez-de-chaussée, dit-il.

– Au rez-de-chaussée ?

– Oui.

– Mais… »

Rosetta dit très vite :

« Ouvres-en un autre, Jess.

– Lequel ? Lequel ?

– Celui-là. Pourquoi ne pas ouvrir celui-là ?

– Il est si petit… »

Jessica ôta délicatement le papier d'une petite boîte au couvercle de celluloïd.

« Des boules », dit-elle.

Il y eut un moment de silence gêné. Nicholas rougit.

« Des boules pour le bain..., ajouta Jessica. À l'huile. Comme c'est joli ! Comment sont-elles venues ici ? Qui les a achetées?

– Moi, dit Rosetta. Elles sont merveilleuses. Elles sont parfumées. Il suffit d'en mettre une dans l'eau du bain, elle se dissout... Elle colore l'eau, aussi. Des parfums délicieux. Comme... la lavande, la rose... »

Jessica regarda Rosetta, tenant avec précaution la boîte de boules pour le bain.

« J'utilise du savon. »

Rosetta eut un rire léger... incertain.

« C'est aussi efficace que le savon, chérie. Il n'y à que le parfum en plus, c'est tout.

– J'ai aussi un savon parfumé.

– Je le sais, chérie.

– Alors, pourquoi m'as-tu donné ces boules ?

– Parce qu'elles sont jolies, chérie. »

Jessica les mit de côté.

« Oh ! dit-elle. Et ça ? »

Rosetta se rassit avec un soupir de soulagement.

« Je crois que ça vient de Nicholas. »

C'était une grande boîte avec un bel emballage, un ruban rouge et brillant. Jessie la souleva, la posa sur ses genoux.

« Et ça ? »

Rosetta se pencha pour regarder.

« Oh ! Juste une petite chose de ma part, chérie.

– Encore ? Deux cadeaux ? Vraiment, Rosetta ! »

Elle déchira le papier.

« Du rouge à lèvres. »

Elle eut une expression de culpabilité enfantine.

Elle enleva le capuchon doré, décoré et ciselé, regarda le petit bâton rouge. Elle tourna pour le faire sortir.

« Ça me rappelle quelque chose... » dit-elle. Elle manipulait le cercle à la base. La petite langue colorée montait et descendait.

« Comme c'est amusant ! » dit-elle. Elle sourit à Nicholas.

Soudain, le tube atteignit son visage et dessina une bouche incohérente autour de ses lèvres.

Rosetta suffoqua.

« Voilà..., dit Jessie. Oh ! Ça sent tellement... dit-elle.

– Ne... »

Gilbert baissa la tête. Ils attendirent. Mais le reste ne vint pas.

Elle laissa tomber le tube de rouge sur ses genoux. Sans plus tarder, elle ouvrit le paquet de Nicholas.

Gilbert ne regardait plus. Il penchait la tête et laissait ses mains pendre entre ses jambes.

Nicholas fronça les sourcils. Il avait envie de regarder Rosetta mais n'osait pas tourner la tête dans sa direction. Il garda les yeux fixés sur sa femme qui, maquillée comme un clown, ouvrait son paquet. Il savait qu'elle allait y trouver son cadeau traditionnel, une chemise de nuit bleue avec un col de dentelle blanche. Les mains de Nicholas, garantes de la pureté de ses intentions, se tendirent involontairement pour protéger son présent de ce que tous, à présent, allaient en conclure.

« Nick ! Oh ! Nicky ! »

Elle la sortit de la boîte, la présenta aux regards.

Hooker la trouva jolie.

« C'est... Pourquoi as-tu... Pourquoi as-tu ? C'est... »

Accusée, la chemise de nuit se mit à s'agiter entre ses mains.

« ... une chemise de nuit de mariée. » Les mots roulèrent dans la pièce, incohérents... sauf pour Nicholas.

Elle laissa tomber la chemise de nuit et parla d'une voix devenue l'ombre d'elle-même.

« Qu'essaies-tu de me faire ? demanda-t-elle plaintivement. Qu'essaies-tu de me faire ? Ne comprends-tu pas pourquoi je suis malade ? dit-elle. N'est-ce pas clair ? »

Elle les dévisagea l'un après l'autre. Même Hooker... qui la regarda à son tour, alarmé, effrayé, ignorant.

Jessica détourna violemment la tête.

« Je ne coucherai pas avec toi, Nicky, dit-elle. Plus jamais ! Tu le sais ! Tu le sais ! Et je te hais pour cela. »

Gilbert fut pris d'une toux involontaire.

Ils le regardèrent.

Jessica se leva.

Nicholas dit : « Jessie… Jessie, je t'en prie… » Il voulait dire : « Je t'en prie, assieds-toi », mais elle retourna vers lui, prête à interpréter tout ce qu'il dirait de l'autre façon.

« Non ! » Sa voix monta. « Non ! Pas de bébé ! Pas de bébé ! Pas de bébé ! »

Elle s'élança. Rosetta l'arrêta. « Iris. Emmenez Hooker. Appelez le docteur Deems », dit-elle.

Iris échappa à l'étreinte de Jessica, courut à la cuisine en entraînant Hooker.

« Gilbert, aide ta tante », dit Nicholas.

Gilbert dit : « Non.

– Quoi ?

– Non. »

Escortée par Rosetta vers l'escalier, Jessica parlait, comme si elle expliquait soigneusement des scènes de violence antérieures : « Couvertures… oreillers… bains…

– Voilà, ma chérie. » Rosetta la conduisait doucement.

« Escalier.

– Là… Là… Là… Là…

– J'ai peur. J'ai peur. Je vais… Je sais que je vais…

– Tout va bien, chérie. Tout va bien. As-tu oublié ? Le bébé est déjà parti, Jess. Il est mort. Il est mort en avril.

– Pourquoi faut-il qu'il soit méchant ? Pourquoi êtes-vous tous si méchants ? J'ai essayé de lui expliquer… J'ai vraiment essayé. Mais je ne peux pas. Ne le comprend-il pas ? »

Leurs voix s'estompaient au fur et à mesure qu'elles montaient vers la chambre. Lorsqu'elles y entrèrent, elles devinrent plus calmes, moins inquiètes. Elles disparurent complètement. Avec un petit bruit, la porte se referma.

Nicholas regarda Gilbert.

« Pourquoi as-tu refusé de l'aider ? » dit-il.

Gilbert demeura complètement immobile. Finalement, il posa sur son père un regard hésitant. Sans bouger la tête… juste en levant les yeux.

« Je me disais, dit-il, que c'est vraiment drôle que ce soit toi, justement, qui m'ait parlé de sexe.

– C'est réconfortant, dit Nicholas. Merci.

– Désolé, fit Gilbert en se mettant debout pour aller à la cuisine. Désolé. C'est juste que… je n'avais pas vraiment compris tout ça avant. Mais maintenant ça y est. P'pa… j'avais vraiment cru qu'elle était malade, lorsqu'elle est revenue à la maison, je l'avais vraiment cru… Aujourd'hui… » Il marqua une pause. « Je crois que c'est nous qui le sommes.

– Explique-toi. »

Dans l'encadrement de la porte, Gilbert se retourna. Sa chemise blanche était tachée de sueur.

« Si je m'expliquais, tu ne m'aimerais plus. Ou tu n'aurais plus besoin de moi. » Il sourit. « Comme elle n'a pas besoin de toi. » Il montra d'un geste la chambre de sa mère. « Ça, dit-il, c'est ce qui arrive quand on essaie de s'expliquer. »

Il traversa le vestibule pour aller à la cuisine.

Nicholas s'approcha des tentures de velours et regarda le haut des marches.

« Mais ce n'était qu'un *cadeau* », prononça-t-il à voix haute, pour lui-même. « Ce n'était qu'un cadeau... Un cadeau ordinaire. Un présent... Ça ne voulait rien dire...

– Le docteur arrive, dit Iris.

– Bien sûr, qu'il arrive, marmotta Nicholas. Naturellement. »

Dans la cuisine, Clémentine, une grosse chatte rousse qui attendait des petits, était étendue sur le sol au beau milieu de la pièce.

Hooker dit : « Va-t'en ! Va-t'en ! Pas question que tu aies tes bébés ici ! »

Il lui lança une serviette à thé et elle courut se cacher sous la table.

Gilbert dit : « Elle a pas intérêt à les avoir dans mes parages, en tout cas ! »

Courageusement, Clémentine réapparut, se

coucha devant Hooker et se roula sur le sol en ronronnant. Elle se mouvait avec plus de lenteur, maintenant, sa grossesse devenait visible. Elle en était presque effrayante, tant elle était grosse. Elle paraissait étonnamment mûre pour une jeune chatte – elle n'avait qu'un an, c'était sa première portée – et faisait montre d'une sagesse et d'une prudence presque comiques en compagnie des autres chats. On lui donnait bien cinq ou six ans de plus.

« C'est comme ça pour toutes les mères, dit Iris. Ça leur donne ce regard hautain, vois-tu… Une façon de dire "Regarde-moi, mec ! Je sais deux ou trois choses que tu sais pas !" » Iris se mit à rire mais Hooker ne rit pas. Gilbert rit.

« C'est pas vrai, dit Hooker. Ça ne les rend pas toutes comme ça. Ma mère a été obligée de se cacher. Clémentine, elle se promène devant tout le monde.

– Eh bien… C'est comme ça que ça doit être, mon cœur. Une grossesse, c'est pas quelque chose dont on doit avoir honte. »

Gilbert grogna.

Iris enleva quelques poils de chat collés à son uniforme.

« Qui veut une bière ? dit Gilbert.

– Moi, dit Iris. Au diable ! De toute façon, il faut attendre le docteur Deems. »

Gilbert fouilla dans le réfrigérateur.

Iris et Hooker s'assirent.

Hooker regarda Iris : « Si elle n'ouvre pas mon cadeau, il va s'abîmer.

– Non, mon cœur, dit-elle. Non, il ne s'abîmera pas.

– Si, dit Hooker. Il s'abîmera. C'est un œuf d'oiseau. Il devait éclore et donner un rouge-gorge. »

Il croisa les bras sur la table.

Gilbert ouvrait la bière.

« MON CŒUR ! s'écria Iris. Mon cœur ! Un œuf de rouge-gorge... Censé éclore ? Tu me fais marcher... T'es pas bête à c' point ? »

Hooker leva les yeux, dérouté.

« Pourquoi ? »

Iris prit la bière que lui tendait Gilbert.

« Voyons, aucun œuf de rouge-gorge ne peut éclore dans une boîte, dans une chambre à coucher... Il faut qu'il ait un... »

Elle s'arrêta.

« Un quoi ? »

Iris détourna la tête, regarda par-dessus son épaule. Son ton se fit plus doux. Elle lui fit de nouveau face.

« Un nid, dit-elle. Il faut qu'il ait un nid. Voilà. »

Hooker hocha la tête.

« Ah... » dit-il.

Gilbert regarda par la fenêtre.

CHAPITRE IX

L'UN DES JOURS les plus chauds de ce long été brûlant, un petit commérage prit naissance quelque part en ville, mais lorsqu'il lui arriva aux oreilles, Hooker ne comprit pas ce qu'il signifiait réellement. Par la suite, bien sûr, des événements se produisirent, qui lui permirent d'en prendre la mesure – et il comprit. Mais pas sur le coup, pas au moment précis où il lui parvint.

Voici comment Hooker en eut connaissance : un jour, Nicholas revint du bureau plus tôt que d'habitude. Il était environ trois heures de l'après-midi. C'était l'heure solitaire, lorsque Gil, Rosetta, Jessie et même Iris sommeillaient à leurs places respectives... bibliothèque, bureau, chambre à coucher, cuisine. Hook était assis dans l'escalier, Little Bones dans les bras.

La porte d'entrée s'ouvrit.

Nicholas entra. Invisible de sa place, Hooker le regarda entrer. Toute la matinée, Little Bones avait été malade, elle avait vomi. À présent elle dormait, nichée sur ses genoux, une patte étalée sur le bras de Hooker, et il ne voulait pas la réveiller. Il resta donc immobile.

« Rose ! » dit Nicholas.

Silence.

« Rose ! »

À l'autre bout du couloir, la porte du bureau de Rosetta s'ouvrit. Elle émergeait de ce qui, selon toute apparence, avait été un sommeil très profond.

« Nicholas ? Nick ?

– Je suis dans le vestibule. »

Elle vint à lui.

« Nick... » Elle courait presque. « Qu'y a-t-il ? Qu'y a-t-il ? »

Elle le débarrassa rapidement du pardessus, du chapeau, de la canne et des gants. Il resta debout, comme nu dans son costume.

« Nick. Qu'est-il arrivé ? dit-elle. Viens au salon.

– Apporte du sherry..., dit Nicholas. Vite. »

Il lui tendit la clef sans cérémonie. Rosetta avait déjà la main sur son trousseau personnel dans la poche de sa robe. Un moment, elle se retrouva avec une clef dans chaque main. Elle utiliserait celle de Nick, bien sûr.

Elle courut au bureau.

Nicholas se moucha, entra au salon, fonçant à travers les portières de velours vert comme un homme qui avance dans un brouillard épais.

Hooker ne bougea pas.

Rosetta revint avec la bouteille de sherry et

deux verres. Elle ouvrit les tentures, entra au salon, tira dessus pour les refermer. Les tentures se balancèrent lourdement.

Des voix assourdies dérivèrent à travers le vestibule et dans la cage d'escalier :

« Gilbert a des ennuis.

– Oh, Nick...

– Il a des ennuis avec...

– Quoi ! ...

– C'est Mrs. Varley qui me l'a dit.

– Quel rapport avec elle?

– Tu la connais... avec sa bande d'amis, superficiels... le genre artiste... Elle a été mariée avec Jack.

– Jack Varley.

– Bien sûr. »

Hooker perçut le bruit de la bouteille que l'on débouchait, puis du sherry que l'on versait... Une fois... deux fois... Gilbert avait des ennuis. Que s'était-il passé ?

« Elle a donné une réception... Hier soir.

– Hier soir ?

– Hier soir. »

Bruits de verres qui tintent. Que l'on remplit à nouveau.

« Elle ne l'avait pas invité... mais il y est allé.

– Gilbert ?

– Chez Mrs. Varley. »

Toux étouffée.

« Mais les amis de Mrs. Varley sont certainement plus âgés que lui…

– Eh bien, elle ne l'avait pas invité…, comprends-tu ?

– Oui, oui. Je comprends. Elle ne l'avait pas invité…

– N'empêche qu'il y était.

– Oui.

– Et tous ses amis sont très riches… Et ils y étaient tous. »

Pause significative.

« Tous. Ils y étaient tous… Et alors ?

– Certains sont très connus, en ville. Tu vois ce que…

– Seigneur ! Tes amis…

– Au club…, dans la rue… »

Tintements de verres. Little Bones commençait à s'agiter dans les bras de Hooker.

« Eh bien…

– L'un d'eux… Dieu merci, je ne le connais pas… Mais il a…

– Oui ?

– Une fille. »

Silence absolu.

« Comment s'appelle-t-il ?

– Parker. Sa fille se prénomme Janice.

– Non !

– Si.

– Non ! Pas Janice Parker !

– Si.

– Et notre Gilbert…

– Exactement.

– Oh… mon Dieu !

– Et à cette soirée… Mrs. Varley dit qu'elle n'a jamais été aussi affreusement choquée de sa vie. Elle dit que c'était si indiscret… Qu'on y parlait – ouvertement, remarque bien – de Janice Parker et de… Gilbert. »

Little Bones se dégagea, sauta sur la marche. Elle réussit à s'asseoir toute seule mais avait l'air encore sonné.

« Qu'avons-nous fait ?… Mais qu'avons-nous fait ?…

– Elle part à la Jamaïque.

– En es-tu certain, Nick ? As-tu vérifié ?

– Oui. J'ai téléphoné ce matin. J'ai téléphoné aux Parker.

– Mais… qu'as-tu dit ?

– J'ai demandé à parler à la fille.

– Nicholas !

– Non, non… aucun problème. Je n'ai pas dit qui j'étais.

– Et… alors ?

– Elle est partie… La semaine dernière.

– Merci, mon Dieu…

– Oui. Elle est partie. Rien n'a été dit de façon certaine, en tout cas rien en dehors de ce que ce foutu type a raconté à la soirée. »

Ils burent encore. Hooker les entendit s'installer plus commodément dans leurs fauteuils. Little Bones commença à trembler, elle eut un haut-le-cœur. Hooker lui mit la main sur le dos, près de la queue. Les flancs de la chatte continuèrent à se soulever en silence.

« Qu'allons-nous faire ?

– Rien.

– Mais Janice Parker a tout juste dix-huit ans.

– Dix-sept.

– Pauvre enfant. Orpheline de mère, et à présent...

– Pas étonnant ! Pas étonnant ! Et naturellement, il a fallu que ça tombe sur nous !

– Oui. »

Little Bones toussa. Hooker fit : « Chut.

– Mrs. Varley a dit qu'il était de son devoir de me mettre au courant. Elle a dit que ça n'avait pas franchement fait le tour de la ville, mais que la chose était plutôt certaine. Qu'elle a entendu prononcer le nom de Gilbert.

– Eh bien... Tout ce que je peux dire, c'est que Mary Varley ne manque pas de culot... Prendre son téléphone et t'appeler comme ça...

– Le seul problème, c'est que Dieu seul sait qui assistait à cette soirée. N'importe qui pouvait être là.

– Pour elle, c'est du gâteau. D'abord Jessie... À présent Gilbert ! »

Une pause.

Puis Hooker entendit Rosetta : « Pauvre Hooker. »

Hooker se pencha.

« Hooker ?

– Oui. »

Pause.

« Qu'allons-nous faire ? Et si elle le poursuit ? Si elle le poursuit en justice ?

– Elle l'aurait déjà fait si elle en avait l'intention.

– Ce n'est pas juste. Non. Ce n'est pas juste ! Il va s'en sortir comme ça... Seigneur... c'est presque comique. »

On entendit le silence.

« Il n'est probablement pas au courant.

– Bien sûr que si.

– Allons, bon.

– Voilà où ça nous a menés, que tu lui donnes cette saleté de voiture !

– Eh bien... Il ne la conduira plus.

– Je te l'avais dit, je te l'avais dit. Nous devons faire quelque chose. »

Il y eut un bruit de pas. Rosetta rectifiait la position des meubles, tournoyait dans le salon.

« Je ne te comprends pas... Je ne te comprendrai jamais, Nicky. »

Little Bones se mit à vomir.

Rosetta s'approcha, de l'autre côté des tentures. La voix de Nick la suivit.

« Pourtant, je pense que nous ne devons rien dire.

– Et prier, je suppose, pour que Mary Varley la ferme ?

– Oui.

– La corde au cou ! Ils vont lui mettre le couteau sous la gorge et toi, tu restes assis sans rien dire ! »

Rosetta traversa les tentures. Elle ajusta son filet, une épingle dans la bouche. Elle était blême. Son visage était dur et laid.

Hooker tremblait. Un couteau ?

« Je me demande ce que ce sera..., dit Rosetta.

– J'espère que nous n'aurons jamais à donner de réponse à cette question », dit Nicholas.

Rosetta lança à son frère un regard vide. Elle traversa le couloir et se dirigea vers son bureau.

Couché sur la marche, Hooker tenait Little Bones à deux mains. Les flancs de l'animal recommençaient à se contracter.

Hooker se mit debout, laissa la chatte dans l'escalier avec toutes les saletés qu'elle avait faites. Il traversa le vestibule, sortit par la grande porte, se retrouva dans l'allée. Un couteau.

Gil était allongé dans la baignoire.

Près de lui sur l'abattant des toilettes, il y avait une bouteille de vin rouge ordinaire, un verre.

Il lisait :

« Voici. » Le livre avait une relirue verte.

« Deux, puis dix équipages
De rameurs rameront pour toi,
Et le vent sauvage de la colline,
[comme ferait Pan lui-même,
Jouera de la flûte sur la mer des Argos,
Pour te libérer. »

Il but, reprit sa position, poursuivit sa lecture :

« Ou serait-ce la corde vibrante
De la lyre d'Apollon, qui chante
Joyeusement pour te guider
Vers Athènes, la terre du printemps ;
Cependant que lassé, j'attends ? »

À l'extérieur, Gulliver, le chat de Hooker, celui qui ressemblait à un chien, commença à gratter à la porte. Les mots s'écoulaient :

« Ô le vent et la rame… »

Gilbert s'arrêta, ferma les yeux. « Ô le vent et la rame… », dit-il à voix haute. Gulliver grattait. Il glissa une patte sous la porte. « Fous le camp ! » cria Gilbert.

« Ô le vent et la rame,
Lorsque l'immense voile se gonfle vers
[l'avant,

Toiles tendues, comme un cheval bridé
[par la rêne ;
Alors, bravant remous et rugissements,
Elle cherche la rive la plus lointaine.

Ah, moi...
M'élever sur des ailes, escalader
Les pentes d'or escarpées
Où le joyeux Soleil suit sa course de feu ;
Jusqu'à ce que les ailes défaillent et plient
Sur la maison qui fut mienne jadis ;
Ou bien, au-dessous, contempler la clairière
Qu'une danse nuptiale éclaire. »

Gil sourit, but en faisant couler du vin sur sa poitrine. Il reprit sa lecture, oublieux pour un temps de ce qui l'entourait. Il n'entendait même pas l'émissaire de Hooker à la porte.

« Et l'enfant glissera du sein de sa mère
Là-bas, où les danseurs affluent :
Comme je le fis, en des temps révolus. »

Il s'arrêta, laissa pendre le livre au bord de la baignoire. Il but encore, renversant du vin. Puis il ferma les yeux très fort et, jouant à repousser l'eau avec ses orteils, il médita sur les derniers vers.

« Ô, combats de l'or et des précieux
Vêtements, des chevelures étoilées,

Des voiles brillants mêlés aux boucles
[bondissantes
En un crépuscule d'air dansant ! »

« Ô jeunesse », récita-t-il mentalement, « et jours enfuis ! »

Il laissa tomber le livre, qui s'effondra avec un bruit de pages froissées et déchirées sur le carrelage.

Lentement, note après note, il se mit à fredonner un air, puis un autre, des fragments de ceci, des fragments de cela, quelques-uns des vieux airs qu'Iris lui chantait – car Iris avait été aussi la chanteuse de son enfance... Il finit de boire ce qu'il y avait dans son verre. Roulant sur le côté pour saisir la bouteille, il vit que l'eau était rouge.

« Et voilà... C'est navrant, dit-il. Je vais saigner à mort. »

Il remplit à nouveau le verre, se redressant cette fois de manière à ne pas le renverser. Quelques petits tourbillons de vapeur erraient à la surface de l'eau. Gulliver se mit à gratter de manière presque frénétique. Un long moment, la vie parut suspendue. Gil contempla la vapeur, son corps, l'eau colorée...

« Jouera de la flûte sur la mer des Argos », dit-il.

« Ô jeunesse et jours enfuis ! »

Gulliver cognait avec impatience.

« Fous le camp, espèce de ... ! » cria Gilbert.

Il lança le livre sur la porte.

« Est-il permis de réfléchir, dans cette maison ? » se dit-il.

Quelqu'un dit : « Gil ! »

Sidéré, Gilbert crut que c'était Gulliver.

« Sors d'ici.

– Pourquoi ? Je prends un bain.

– Sors immédiatement. Nous avons besoin de toi. Hooker a disparu. Personne ne sait où il est.

– Nom de Dieu ! murmura Gilbert. Autant rester là à saigner. »

Lorsqu'il ouvrit la porte, Gulliver miaula d'un ton plaintif.

« Il y a des types, dit Gilbert, qui feraient n'importe quoi pour se faire remarquer. Ôte-toi de mon chemin ! »

Mais Gulliver considéra sans la moindre frayeur la silhouette dégoulinante d'eau, enveloppée d'un drap d'éponge, qui s'engageait dans le vestibule, puis entra dans la salle de bains pour regarder l'eau teintée qui s'écoulait de la baignoire.

Ils ne s'étaient aperçus de la disparition de Hooker qu'au moment du dîner. Chacun dit : « Où est Hooker ? » Et comme personne ne put répondre, tous pensèrent immédiatement : « Il est dans le champ », ou « Il se promène sur le chemin », ou « Il se cache dans l'écurie. » Toutes ces choses s'étaient déjà produites.

Dans le hall où ils s'étaient réunis, Rosetta

déclara : « J'avais toujours pensé, jusqu'ici, que Hooker était le seul membre de cette famille qui ne fût pas un sujet d'inquiétude. Je dois reconnaître que manifestement, je m'étais trompée. »

Elle ajouta, apparemment sans avoir remarqué Gilbert, qui était descendu et se tenait debout derrière elle : « Cette maison pue. Une véritable brasserie ! » Puis elle traversa le hall en direction du téléphone pour appeler la police.

« Oh, ça va… Nom de nom ! fit Gilbert. Je vais prendre son vélo, si je le trouve, et faire un tour dans le champ. »

Iris accueillit la remarque de Rosetta avec un regard sarcastique vers Gilbert. Elle ajouta : « Moi, j' vais voir s'il est sur l' chemin. »

Gilbert alla dans l'écurie, sortit la bicyclette neuve. Elle était bleue. Hooker ne l'utilisait presque jamais. À part son chariot, il n'était pas spécialement intéressé par les voitures ou la vitesse. Il avait accompagné son père dans le magasin d'articles de sport, avait regardé autour de lui et lorsqu'il avait aperçu une bicyclette bleue, avait dit : « Celle-là. » Simplement. Nicholas avait demandé à l'employé de la mettre dans le coffre de la voiture et ils étaient revenus à la maison. Lorsque Gilbert avait vu qu'elle était bleue, il avait souri. Maintenant aussi, il sourit en la prenant. Une bicyclette de gosse… et bleue… comme celle qu'il n'avait pas eue.

Il la fit rouler à travers le portail de bois et jusque dans l'allée. Là il se baissa, fourra le bas de ses pantalons dans ses chaussettes. Ce faisant, il aperçut Iris, à pied, qui marchait dans la direction opposée. De temps en temps elle appelait : « Hook ! Hooker ! Hook, Hooker ! » en regardant par-dessus la barrière. Il sourit à son dos étroit, bizarre, à ses bras et à ses jambes osseux. Il enfourcha la bicyclette.

Il descendit le chemin. Ses genoux remontaient trop haut lorsqu'il pédalait. Il essaya d'avancer en lâchant le guidon mais la piste était si cahoteuse qu'il faillit tomber. Il arriva au trou de la barrière, fit passer la bicyclette de l'autre côté et, avançant difficilement, se dirigea vers le bois.

Il alluma une cigarette, regarda autour de lui.

C'était un joli endroit. Ça sentait bon, pensa-t-il – l'herbe haute, sèche maintenant, et aussi l'odeur des arbres, la terre chaude. Il baissa les yeux, constata que ses chaussures étaient pleines de poussière. « Zut. J'aurais dû me changer », pensa-t-il. Il se remit à marcher, prenant soin de lever les pieds très haut. Il se dirigea vers le ruisseau et entra sous les arbres.

Il faisait presque sombre mais le sentier était nettement tracé et bien visible. Il pouvait voir clairement par où Hooker avait traîné son chariot au cours de ses innombrables voyages.

« Ensevelir les morts, dit Gilbert à voix haute, examinant les traces laissées par le chariot. Drôle de gosse… Faire tout ce trajet uniquement pour enterrer une poignée de souris et quelques oiseaux bousillés. »

Au milieu du bois, il regarda autour de lui et fuma tranquillement, ayant oublié pourquoi il était venu.

« C'est un lieu de solitude, sûrement, pensa-t-il. Un lieu de solitude… » Inexplicablement, une pensée lui traversa l'esprit. Avec la rapidité d'un frisson parcourant ses épaules, il se dit : « Un lieu pour mourir. » Une fraction de seconde il s'arrêta, se tint immobile dans l'obscurité. Puis, sachant à peine où il allait ni pourquoi, il sortit très vite du bois et retrouva le champ.

Les oiseaux s'envolèrent. Le ciel s'emplit d'ailes et de corps – comme Hooker l'avait sûrement vu maintes fois –, flèches furieuses qui s'élançaient vers le haut, s'éloignaient en direction de la lisière sombre des arbres. Gil eut le sentiment d'un lieu consacré.

C'était là, dans le champ. Il ne pouvait l'expliquer. Pas un lieu saint – pas de cette façon. Mais consacré.

« Il fait froid, ici », pensa-t-il.

Alors il retourna à la maison, puisqu'il n'avait pas trouvé Hooker.

Rosetta était en train de former le numéro du commissariat de police sur le téléphone de son bureau.

Elle disait : « Rosetta Winslow à l'appareil. J'appelle de la part de Nicholas Winslow. Nous avons perdu un petit garçon. Non. Miss Winslow. Je suis la sœur de Nicholas Winslow. C'est cela. Oui, miss Winslow. Nous habitons sur Perry Avenue, juste à la fin. »

Il y eut un silence.

« Eh bien, il a dix ans. Il s'appelle Hooker. »

Autre silence.

« Hooker Winslow. Rosetta Winslow à l'appareil. J'appelle de la part de Nicholas Winslow. Merci. Huit cent quarante-neuf, Perry Avenue. Perry, trois- deux-huit-six-neuf. Deux-huit-six-neuf, oui. Bruns. Verts. Environ un mètre vingt. Un short marron. Chemise bleue. Des baskets, pas de chaussettes. C'est cela – Hooker. »

Encore un silence. Puis elle dit : « Mr. Winslow, mon frère, sera en bas dans un moment. Oui. Merci. »

Elle raccrocha.

Nicholas se tenait dans l'encadrement de la porte.

« Voilà, dit-elle. Ils vont envoyer une voiture à sa recherche. Je leur ai dit que tu serais en bas. Tu vas descendre, n'est-ce pas ? »

Elle alla chercher le pardessus, les gants et le reste.

« Dix ? pensa-t-elle. Il a dix, ou onze ans ? »

Le soleil de la fin d'après-midi n'envoyait pas ses rayons sur les murs de la maison des Harris. Au contraire, les ombres avançaient sur la pelouse, se hissaient sur les treillages et sur les volets pour atteindre le toit.

Hooker se demanda comment il allait faire pour entrer.

Il pourrait sonner. Alberta viendrait ouvrir. Elle lui demanderait ce qu'il voulait. Et parce que c'était Alberta, Hooker serait obligé de le lui dire. Naturellement, c'était impossible.

Et Teddy ? Était-il là ? Aboierait-il ? Hooker devait faire très attention.

Il s'arrêta près de la haie de cèdres et regarda la pelouse. Comme elle était fraîche ! Alors, il entendit le bruit du tuyau d'arrosage.

Il ne pouvait marcher dans l'allée, le gravier crissant risquerait de le trahir. Il marcha donc sur l'herbe.

Les bruits d'arrosage se firent plus forts. Il comprit qu'il y avait quelqu'un à l'arrière de la maison. Peut-être Alberta arrosait-elle le jardin. Si c'était le cas, Teddy serait sûrement assis près d'elle sur les marches de la véranda.

Hooker atteignit le perron. Derrière la moustiquaire, la porte était ouverte. Un moment il écouta. Lorsqu'il entendit la voix d'Alberta qui chantait derrière la maison, il fut certain de pouvoir entrer sans crainte.

Il entra.

La moustiquaire, par deux fois, fit un petit bruit sec lorsqu'il la poussa pour entrer et pour la refermer.

Avant d'arriver au salon, il fallait contourner un angle dans le vestibule. Le salon et la salle à manger se faisaient face, séparés par un tapis de Turquie… et la silhouette de Teddy endormi.

Hooker le regarda. Il sentit son odeur… et aussi celle d'autres choses – osier, vieux rideaux, écorces d'oranges… La maison entière sentait l'ancien, une odeur composite que Hooker associait à l'époque d'avant sa naissance – aux guerres, aux robes longues, aux gens morts qu'on voyait sur les photographies. Cette odeur avait aussi à voir avec les rampes cirées, les tapis sur lesquels on s'allongeait pour lire des illustrés… Peu de maisons avaient une telle odeur. La sienne, parfois… dans certaines pièces. Chez les Harris, on la sentait partout.

Il passa devant Teddy, entra dans le salon. Le vieux bouledogue gisait, si parfaitement immobile que, n'eût été sa respiration, on eût pu le croire mort. Mais sa gueule était ouverte, sa langue pendait, il bougeait les yeux dans son rêve. Hooker savait que les aboiements de Teddy étaient particulièrement sonores, et que s'il se réveillait, il ferait une crise d'hystérie en raison de son grand âge. Alberta accourrait, elle appellerait Iris, qui le dirait à Rosetta, qui le raconterait aux Harris, qui le mettraient en prison pour vol.

Dans la pénombre, derrière les rideaux, Hooker s'arrêta. Il pensa à Armageddon et au couteau.

La lumière qui pénétrait dans la pièce filtrait à travers les volets, en stries, rais et atomes de poussière. Chaque pas de Hooker vers la table de John Harris semblait aspirer la poussière du tapis.

Hooker atteignit la table, s'arrêta. Le coffret était là. Dans le coffret, il y avait le revolver.

Hooker souleva le couvercle, regarda. La soie violette semblait desséchée, flétrie. Sur le côté, il y avait la boîte de cartouches. Il passa le doigt autour du pontet, réfléchit à ce qu'il était sur le point d'accomplir.

Gilbert. Le couteau.

Il avait entendu la propre voix de son père dire que Gilbert avait des ennuis. Il avait entendu Rosetta dire qu'on allait mettre un couteau sous la gorge de Gilbert et que son père ne ferait rien. Alors qu'on pouvait faire quelque chose.

Si le revolver était réservé pour Armageddon, une journée à problèmes, alors Gilbert en avait besoin dès maintenant.

Gilbert aurait le revolver, il serait en sécurité. Grâce à Hooker. Plus tard, on le remettrait en place pour l'autre Armageddon – à moins que cet Armageddon-là ne soit pour bientôt. Dans ce cas, on en aurait besoin de toute facon pour participer au massacre.

Gilbert – tous –, ils seraient tous en sécurité. Ils

pourraient même aider les Harris. Mr. Harris était trop vieux pour tirer des coups de revolver.

Hooker referma le couvercle, serra la boîte contre sa poitrine. Il retourna vers la porte. En passant devant une petite étagère à livres en osier, ses yeux furent attirés par une minuscule photo dans un cadre en filigrane d'argent. Il ne l'avait pas vue la dernière fois.

Hooker regarda. Le visage qui était dans le cadre lui rendit son regard.

Rosetta.

Jeune.

Le cadre paraissait étrangement familier.

Derrière, dans la véranda, Alberta avait fini sa chanson. Elle se mettait debout. Quelques rouges-gorges voletaient en cercle autour du jet du tuyau.

Quelle heure était-il ? Cinq heures et demie ? Six heures ?

Presque l'heure du dîner de Teddy. Presque l'heure… de l'apéritif.

Alberta n'avait pas approché la bouteille de gin de la journée. Elle n'avait bu que du jus d'orange. La table de la cuisine était jonchée des restes de la pulpe d'environ une douzaine d'oranges, éparpillés sur la nappe pleine de taches de graisse à côté de couteaux, de cuillers et d'un grand presse-agrume à main. À présent, une goutte de gin donnerait un peu d'énergie au jus d'orange, pensa-t-elle.

En se dandinant, elle descendit vers le bas du

jardin, produisant de larges gerbes d'eau avec ses grands pieds écartés, chaussés de bottes de caoutchouc, dans les petits étangs et les lacs qu'elle avait elle-même créés avec son tuyau. Les rouges-gorges se réfugièrent sur la barrière et dans les arbres pour continuer à l'observer.

« Non, j' vais plus arroser, annonça-t-elle. N'êtes-vous pas au courant de c'te sécheresse ? Ils ont fait passer une loi contre l'arrosage. Faut qu' j' ferme c' robinet ou j' finis en prison. »

Elle ferma le robinet. L'eau projeta le tuyau en arrière.

« De toute façon, dit-elle en se séchant légèrement les mains sur ses seins lourds, j' vais pas rester à faire d' la pluie jusqu'au jour du Jugement dernier. J'ai mieux à faire. »

Elle leur tourna le dos et entra dans la maison.

À présent, Hooker était caché dans la haie de cèdres et fut forcé d'y rester tout le temps que mettait à passer un vieux monsieur, sa veste à la main, qui s'éventait avec le journal du soir.

Alors Hooker s'échappa et courut dans la direction opposée, jusqu'au coin de la rue. Il coupa par l'allée latérale de Cathy Moralt, fonça à travers son portail et se retrouva sur le chemin, derrière les maisons.

Toutes les poubelles attendaient, pleines, prêtes à être vidées. Elles formaient un cortège le long du chemin, environ quatre blocs, jusqu'à la maison des Winslow – où, Hooker put s'en rendre compte, la procession s'achevait, ou plutôt se brisait, car Gilbert n'avait pas encore sorti les leurs.

Le portail s'ouvrit, Iris apparut sur le chemin. Hooker aperçut son uniforme blanc et supposa que c'était Iris. Il en fut tout à fait sûr lorsqu'elle commença à l'appeler.

Où se cacher ?

Dans le fossé.

Il s'élança à travers le chemin et se laissa glisser au fond, la boîte serrée contre lui. Il tomba au milieu de l'herbe et des épines. Elles étaient assez hautes pour le dissimuler à condition qu'il se couche à plat contre le sol.

La voix d'Iris approchait lentement :

« Hooker ! Hook, Hooker ! »

Hooker risqua un œil entre les broussailles. Là-haut, sur les fils électriques et téléphoniques, les étourneaux grinçaient et sifflaient comme des vieilles portes rouillées, bien décidés à attirer l'attention sur lui. En toute autre occasion, pensa-t-il, il les aurait flingués avec le revolver. Il pensa à Gilbert et à Iris, et à leur expression favorite. « Foutez le camp ! grogna-t-il du fond du fossé. Foutez le camp ! »

Mais les étourneaux ne bougèrent pas. Ils continuèrent à geindre, à chanter, à se balancer dans le vent, juste au-dessus de sa tête, comme un message transmis par les fils.

Il regarda Iris. Plus loin, derrière elle, il vit Gilbert qui passait le portail avec la bicyclette et, au bout d'un moment, roulait en direction du champ et du bois. Iris était toute proche, maintenant. À environ un bloc de l'endroit où il se trouvait.

« Hooker ! Hooker ! Hook ! »

Une colonne de fourmis commença à escalader ses bras et ses jambes. Il serra les dents. Pour une fois, il aurait souhaité porter des chaussettes ou au moins des socquettes. Les fourmis se livrèrent à une incursion à l'intérieur de son pantalon, franchirent hardiment la barrière de son slip. Elles envoyèrent une patrouille dans le col de sa chemise, défilèrent sur ses omoplates, se divisèrent en deux camps, se livrèrent bataille. Il devint un champ de bataille. Il fut certain qu'il allait se mettre à hurler, se trahir.

Iris s'arrêta exactement à l'endroit où il se trouvait.

Il l'entendit dire : « Oh, qu'il aille au diable. Je rentre, ils le retrouveront en téléphonant. »

Elle donna une claque à un moustique, ou une mouche, sur son avant-bras, fit « Aïe ! » et tourna les talons.

Au bout de cinq minutes d'angoisse, Hooker vit qu'elle avait atteint les maisons du troisième bloc. Il se mit debout.

Son plan était de rentrer à la maison et de cacher la boîte dans l'écurie. Lorsque Gilbert aurait besoin d'un revolver, il en aurait un à sa disposition. Hooker dirait qu'il se l'était procuré pour Gilbert, pour qu'il puisse l'utiliser en cas de problème. Alors, Gilbert saurait avec quelle tendresse Hooker pensait à lui. Il saurait qu'ils étaient du même côté, qu'ils étaient ensemble pour faire face à des gens comme Rosetta, et leur père, et Mrs. Varley...

Il courut sur le chemin, il faisait presque nuit.

Il entendit Gilbert qui revenait, passait le portail, jetait la bicyclette dans la véranda, entrait dans la maison.

Il leva les yeux vers la fenêtre de sa mère. Que savait-elle de tout cela ? Est-ce que ça comptait pour elle ? Se faisait-elle du souci ?

Debout dans l'écurie, il contempla le rectangle de lumière qui se détachait sur le mur arrière de la maison. Il eut envie de revoir sa mère. Il essaya de se souvenir de son visage d'avant, lorsqu'elle n'était pas malade. Mais c'était presque impossible. Il y avait des mois, presque des années, maintenant, qu'elle ne lui avait pas vraiment souri, qu'elle ne l'avait pas appelé Hook.

Il serra la boîte très fort contre lui.

Sa mère lui avait fait la lecture, elle l'avait caressé, elle lui avait passé la main dans les cheveux, avait laissé ses doigts courir jusqu'au creux de ses reins ; elle l'avait serré dans ses bras. Il se souvenait de son parfum, le soir. La pièce était sombre, avec la découpe orangée de la porte ouverte, et la lumière au-delà. Elle apparaissait en robe de soirée, une fourrure sur le bras. Elle s'asseyait de l'autre côté du lit, lui disait de ne pas la décoiffer. Elle portait toujours les mêmes bracelets, deux bracelets d'argent. L'un portait la marque des dents de Gilbert, l'autre celle des dents de Hooker ; l'histoire, c'était qu'ayant fait leurs premières dents dans de l'argent, ils grandiraient et parleraient comme des rois. Ce n'était qu'un conte, bien sûr, mais Hooker y avait cru jusqu'à une date récente. Il avait toujours aimé séparer son bracelet de celui de Gilbert et dire : « J'ai fait plus de marques que Gilbert. » Et sa mère répondait : « Oui, c'est vrai, Hook, parce que Gilbert a toujours été timide. » Puis ils faisaient cliqueter les bracelets, qui rendaient un son doux, tranquille. Cependant, il n'y eut pas de troisième bracelet. C'était comme si sa mère avait su, par avance, que ce bébé allait mourir. Elle n'était même pas allée acheter le bracelet pour lui.

Soudain, alors qu'il était perdu en plein milieu du souvenir des bracelets, la porte arrière s'ouvrit violemment. Gilbert apparut, furieux, parlant par-dessus de son épaule.

« Nom de nom ! Je voudrais que la loi oblige certains gosses à porter un boulet et une chaîne ! Voilà tout ! »

La moustiquaire claqua.

Hooker fit très vite.

Il n'eut que le temps de grimper au grenier. Il se précipita sur l'échelle, se hissa dans le noir, lança la boîte sous la paille.

Gilbert entra, alluma la lumière.

Hooker se montra.

« Et alors ? Où diable étais-tu ? cria son frère.

– Ne crie pas, dit Hooker. Ne crie pas si fort.

– Mais où étais-tu ?

– Je dormais, dit Hooker en se frottant les yeux comme pour se protéger de la lumière crue de l'ampoule.

– Tu dormais ! Où ça ? »

La porte d'entrée s'ouvrit encore. Iris sortit dans le jardin. Rosetta la suivit.

« Tout va bien... Il est là ! cria Gilbert. Maintenant, vas-tu me dire où tu étais, bon sang ! Tu dormais ? »

Hooker cligna des yeux.

« Là-haut, dit-il. Dans la paille.

– Mais nous avons regardé là-haut !

– Eh bien... c'est comme ça. J'étais là.

– Tu vas recevoir une sacrée fessée. Nick est furieux. Il est même allé au commissariat. »

Hooker regarda son frère. Ça lui était égal. Il avait ramené le revolver. Plus tard, Gilbert comprendrait. Pour l'instant le revolver était là, en sécurité dans sa boîte. Attendant le jour du couteau... en sécurité sous la paille du vieux grenier à foin. Par la suite, Hooker trouverait un moyen de le transférer dans sa chambre, où il serait encore plus en sécurité. Une nuit, peut-être, dans le noir – comme ces choses-là devaient se faire –, il raconterait à Gilbert. Et Gilbert accepterait l'arme avec reconnaissance. Il saurait que Hooker connaissait la signification du mot ennuis, que Hooker savait qui était leur père, et combien il était difficile d'être seul lorsque des gens voulaient vous tuer.

CHAPITRE X

Août, enfin.

À présent, Clémentine était si grosse que Hooker se demandait comment elle pouvait bouger. Ça n'avait pas l'air d'être un problème pour elle.

Elle avait commencé à se chercher un nid. Un jour, Gilbert l'avait découverte dans le tiroir de sa commode, installée sur son linge. Une autre fois, Iris l'avait trouvée dans le placard où elle rangeait la batterie de cuisine. Le dernier endroit choisi avait été la troisième étagère du placard de l'entrée. Personne n'avait compris comment elle s'était débrouillée pour se retrouver à deux mètres du sol.

De la première marche de l'escalier, Hooker appela : « Clémentine ! Ici ! »

C'était un nom difficile. On le lui avait donné à cause de la chanson, que Hooker avait toujours aimée, mais il s'était révélé impossible à raccourcir. Hooker détestait l'appeler « Clamsy » parce qu'un jour Gilbert avait dit : « Elle va clamser, la môme », et Iris avait tellement ri que Hooker était devenu tout rouge. Il ne l'appelait pas non plus

« Clémence », ça avait donné lieu à une nouvelle plaisanterie, invraisemblable, de la part de Gilbert – quelque chose au sujet du Pape. Ni « Titine », car depuis qu'elle était enceinte, n'importe quel diminutif était risible, même pour Hooker.

Elle avait donc droit à l'intégralité de son nom mais Hooker avait décidé que les bébés porteraient des noms plus simples comme Arthur, Penny, ou David.

« Ici, Clémenti-i-ne ! Clé-é-men-ti-ine ! C'est l'heure du dîner ! »

Les autres chats étaient déjà sous la véranda. Mais Clémentine avait probablement trouvé un nouveau nid et ne voulait pas être dérangée. Hooker retourna derrière la maison.

Ils étaient à table. Personne ne parlait.

C'était le soir, ils dînaient d'un repas léger – soufflé au fromage, salade. Iris tournait autour de la table, repassant le saladier une dernière fois, s'assurant qu'ils avaient tout ce dont ils avaient besoin. Elle remplit de lait le verre de Hooker tout en tenant le saladier au-dessus de la tête de l'enfant.

« Allons-nous chez Alberta ? chuchota-t-il.

– C'est pas jeudi, mon cœur.

– C'est quand, jeudi ?

– Demain. »

Rosetta dit : « Ne chuchote pas, Hooker. C'est impoli.

– Oui, ma tante.

– Vous ne devriez pas l'encourager, Iris. Vous le savez .

– Oui, miss Rose.

– À présent, voyez si Mr. Winslow a du beurre, je vous prie.

– Bien, ma'ame. »

Le silence s'installa. Iris prit le beurrier et fit le tour de la table sur la pointe des pieds.

Hooker regarda son frère, assis en face lui.

Gilbert avait été ivre toute 1a journée. C'était ainsi depuis une semaine. Il picorait dans son assiette comme si, à l'évidence, il n'y voyait pas grand-chose. Une tranche de tomate, une feuille de laitue et du soufflé étaient tombés sur le set, à côté de son assiette. Personne ne lui avait parlé depuis le début du repas.

Nicholas accepta le beurre, écarta Iris d'un geste. Ses yeux ne quittaient pas la circonférence de son assiette.

Hooker regarda Gilbert.

Rosetta lui ordonna de MANGER !

À l'étage, Jessica fit tinter sa clochette.

« Allez-y, Iris, dit Rosetta d'une voix tranquille. Nous nous débrouillerons. »

Iris les laissa et se dirigea vers le vestibule. Ils l'entendirent monter l'escalier. Ils l'entendirent même ouvrir la porte de Jessie. Hooker distingua quelques mots. Sa mère voulait « encore un peu de café ». D'un pas lourd, Iris refit le chemin inverse et alla directement à la cuisine.

Hooker eut le temps de manger une demi-tomate et tout un oignon vert avant qu'elle ne revienne, une cafetière à la main.

Elle passa devant eux, l'air important, monta l'escalier, franchit la porte dans un sens... puis dans l'autre – avec ce petit clic qu'ils détestaient tant, mais au moins la clef ne tourna pas –, redescendit, se retrouva dans la salle à manger. Gilbert déclara :

« Jamais fini, le travail d'un nègre, hein, Iris ? »

Les autres s'entre-regardèrent.

Iris dit : « Non, m'sieur Gilbert, vous avez raison. L' travail d'un nègre, il est jamais fini. Comme le *travail* d'autres personnes. »

Elle continua jusqu'à la cuisine, laissa la porte battante aller et venir derrière elle, ponctuant ses paroles à la manière d'un cow-boy, à la télé, qui agite son colt.

Gilbert restait immobile devant son assiette.

« Très drôle », murmura-t-il.

Au bout d'un moment, Rosetta et Nicholas se remirent à manger. L'assiette de Hooker était vide. Il commença à remuer pour attirer l'attention.

« Non, dit Rosetta. Tu ne dois pas quitter la table. Reste assis jusqu'à ce que nous ayons tous fini. »

Soudain, Gilbert dit : « Père ?

– Oui ? fit Nicholas en levant les yeux, la voix changée par la déglutition.

– As-tu entendu parler de Mr. A. Parker ? »

Hooker faillit crier : « Oui ! » mais il s'arrêta à temps.

La couleur se retira du visage de Nicholas. Elle sembla se retirer aussi des tomates, de la laitue et du soufflé de son assiette. Il regarda Rosetta comme un homme qui ouvre un couteau à cran d'arrêt. Rosetta répondit en disposant soigneusement son couteau et sa fourchette, avec un cliquetis, au centre de son assiette.

Nicholas parla comme si la question posée était : « Connais-tu Adolf Hitler ? »

« Anthony Parker ? fit-il. Oui.

– Ou plutôt Pacific Express Parker.

– Exact. Je l'ai entendu appeler ainsi.

– L'homme le plus riche du monde, soupira Gilbert.

– Je n'irai pas jusque-là », dit Nicholas.

Rosetta appuya sur la sonnette électrique.

Hooker regarda son père et pensa au revolver. Aurait-il dû prévenir Gilbert ? Allaient-ils le tuer tout de suite ? Le revolver était encore dans l'écurie.

Iris revint. Elle lança à Gilbert un regard sombre et dit : « Oui ? »

Rosetta dit qu'ils étaient prêts pour le sorbet. Sans tarder, Iris alla caler la porte battante et commença à débarrasser la table. Gilbert l'ignora.

« Pacific Express Parker est d'une richesse si abjecte, Père, qu'en fait, il possède une villa en France et une résidence d'hiver en Jamaïque. Tu le savais ? Il n'est même pas forcé de se montrer au Canada. Sauf pour compter son fric... palper ses coupons... se promener dans Bay Street... » Il eut un geste concluant.

« Il y a beaucoup de gens riches comme lui, Gilbert.

– Pas nous.

– Évidemment, pas nous.

– Pourtant nous l'étions. Autrefois.

– Peut-être. Avant l'impôt sur le revenu. Du temps de ton grand-père. Mais l'argent n'avait pas la même valeur.

– Mère a de l'argent. N'est-ce pas ?

– Un peu. Oui. Où veux-tu en venir ?

– Nulle part. Je ne veux en venir nulle part. Je faisais juste remarquer tout le fric qui... circule par ici. Non que je veuille l'arrêter – ça va, ça vient... Mais par ailleurs, je ne voudrais pas devenir pauvre. »

Rosetta toussa.

Nicholas plia sa serviette puis la déplia aussitôt d'un geste nerveux, l'étala sur ses genoux comme un tablier.

« Gilbert, nous ne sommes pas pauvres. Nous sommes très à l'aise et tu le sais. Tu es même – il ne put retenir le sarcasme – bien placé pour le savoir. »

Gilbert sourit.

« Tu ne vis pas de ton propre argent, que je sache..., continua Nicholas sans remarquer le sourire.

– L'argent de qui, alors ? »

Nicholas rougit.

« Le mien. »

Rosetta ne put s'empêcher de soupirer.

« Tu n'as pas d'héritage personnel, Gilbert », dit Nicholas.

Gilbert grimaça une feinte surprise : « Ah bon ?

– Gilbert ! »

C'était Rosetta. Nicholas intervint : « Ne... » Elle se tut.

Gilbert fit – ou tenta de faire – un clin d'œil à Hooker.

« Serais-tu en train de réclamer ton héritage ? » demanda Nicholas, toujours de la même voix calme.

Gilbert posa enfin sa fourchette, ce qui permit à Iris de retirer l'assiette à moitié pleine. Il respira profondément.

« Non, fit-il d'un ton hésitant. Non. Non. Pas exactement.

– Tu ne te sens pas à l'abri du besoin ? Il te manque quelque chose ?

– Au nom du Ciel, Nicholas... » dit Rosetta, incapable de se contenir davantage. Elle recula sa chaise, faisant trembler toute la table.

Gilbert rit : « Tiens, en voilà un exemple, hein, Rose ? Parfait. Enfin presque.

– Que veux-tu dire ? » dit Nicholas, traversé par la pensée folle que son fils et sa sœur s'étaient peut-être ligués pour conspirer contre lui. « Que veux-tu dire ? Un exemple de quoi ? » La colère et la peur montaient en lui comme une marée double.

« Chantage, dit Gilbert. Bien sûr. »

Iris s'arrêta net.

Hooker, qui regardait comme au tennis, se tourna à présent vers son père, dont le visage reflétait l'incertitude.

« Pour moi », dit Nicholas – et la persistance du calme et de la patience dans sa voix stupéfièrent Hooker –, « tu suggères que c'est à *moi* que tu fais du chantage, *toi*.

– Comprends ce que tu veux », dit Gilbert en étouffant un rot.

Nicholas rechercha une marque de considération dans l'atmosphère de la pièce.

« Mais je ne suis pas obligé de te garder ici ! Je ne suis pas obligé de te donner de l'argent encore et toujours », dit-il finalement.

Rosetta se prit le front avec la main et regarda. Ses lèvres étaient serrées et dures, ses yeux aigus, tranchants comme des couteaux.

« Je crois que tu te trompes, dit Gilbert. Parce que...

– Vraiment ?

– Vraiment. »

Soudain, Nicholas apercut Iris. « Iris. Je vous en prie. Allez chercher le dessert. Remportez cette salade. » Sa voix était toujours aussi calme.

Iris s'en alla avec le saladier.

Gilbert sortit ses cigarettes, en alluma une d'un geste nerveux. Nicholas le regardait.

« Mais en vertu des termes selon lesquels, apparemment, tu continues à me garder chez toi, je pense que tu dois continuer à me donner de l'argent. Oui... », dit Gilbert, reprenant la conversation comme si une sonnerie avait indiqué la fin de l'entracte.

Hooker s'agrippa des deux mains à sa chaise, s'attendant à être envoyé dans sa chambre.

Mais l'ordre ne vint pas. Iris arriva de la cuisine avec le plateau de coupes de sorbet, les servit un par un, très vite, en tournant autour de la table. L'atmosphère de la pièce était la même que celle du jour où la mère de Hooker avait été malade pour la première fois, et qu'ils se demandaient ce qu'elle pourrait bien dire et faire d'un moment à l'autre.

« Très bien, dit Nicholas. Allons-y. Autant entendre tout ce que tu as à dire.

– C'est fait, dit Gilbert. Tu n'as pas entendu ? »

Nicholas eut l'air sincèrement perplexe.

« Non. C'était quoi ? demanda-t-il. Je ne crois pas avoir compris.

– C'était au sujet de Mr. Parker, dit-il. M'sieur Pacific Express Parker... et sa famille. »

CHAPITRE XI

UNE RÉPONSE si courte que Nicholas ne s'y était pas préparé. Il demeura interloqué et contempla d'un air absent les mots « et sa famille... » se balançant comme un pendule déréglé entre son fils et lui. « La famille de Mr. Parker ?

– Oui. »

Rosetta ferma les yeux.

« Tu n'es pas allé le voir – n'est-ce pas, Père. »

Ce n'était pas une interrogation.

« Mais je ne le connais pas..., commença Nicholas, ... suffisamment », acheva-t-il. Puis, très délicatement : « De toute façon, je n'ai aucune raison d'aller le voir.

– Très bien. Tu ne le connais pas. Mais tu me connais, moi », dit Gilbert. Hooker pensa : Maintenant il n'est plus ivre. Il n'est plus du tout ivre.

Nicholas – que Rosetta scrutait également – posa sur Gilbert un regard dur et prolongé. Il remua les mâchoires latéralement, son visage devint rouge. Les mots « peur » et « calcul » semblèrent s'inscrire dans ses yeux.

« Quoique je te connaisse bien, Gilbert, dit-il, cela ne m'aide en rien à comprendre ce que tu dis. Je ne vois même pas de quoi tu parles. Je crois qu'il vaut mieux arrêter là cette conversation. Tu es ivre et... » Au mot « ivre », Gilbert donna un coup de poing sur la table. L'effet fut le même que s'il avait frappé Nicholas sur la bouche.

Gilbert dit : « Suis-je censé, oui ou non, avoir engrossé Janice Parker, Père ? Oui ou non ! »

Il se mit debout.

Sous le contrecoup du choc, Nicholas perdit l'usage de la parole et de ses mains – qui s'effondrèrent, renversant un verre d'eau sur la table.

La terre est en train de trembler, pensa Hooker. Les murs vont s'écrouler.

« Mais..., commença Nicholas. Je n'ai pas pensé vraiment...

– Si, tu l'as pensé ! Si, tu l'as pensé !

– Je ne *savais* pas...

– Pourquoi n'es-tu pas venu me trouver ? » Le ton de Gilbert montait. « Pourquoi n'es-tu pas venu me le demander ? »

Tous attendaient.

« Est-ce qu'un jour, tu vas être capable de me dire : non ! De me dire : arrête ! Pourquoi est-ce que tu ne remues jamais ton foutu derrière ? »

Silence.

« Pourquoi est-ce que tu ne me fous jamais une bon Dieu de raclée ? »

Gilbert pleurait de rage, comme un enfant. Comme un copain de mon âge, pensa Hooker.

« Pourquoi ? Mais pourquoi ? Tu es mon père, ou non ? Je voudrais bien savoir quel salaud de père tu as eu, *toi* ! Quel salaud de père, celui qui est sur cette foutue photo, dans la pièce à côté… Il était certain d'avoir un véritable troupeau de saints, lui ! Toi- le-parfait ! Pat-le-parfait et Rosetta-la-douce-parfaite ! » Et lançant sa dernière flèche : « Ou bien n'éprouvait-il que du mépris pour toi, comme tu en éprouves pour moi – et pour *tous* tes enfants, morts ou vivants ? »

Nicholas, Rosetta, Iris et Hooker regardaient. C'était un miracle. Gilbert, comme Dieu, avait parlé. Ils le regardaient, attendant d'autres paroles.

Gilbert poussa sa chaise si violemment qu'elle tomba contre la fenêtre, et il quitta la pièce. Son départ fut aussi définitif que la fin de sa phrase, et sans réplique. Tous restèrent muets.

Ils demeurèrent figés sur place un instant. Puis Rosetta, Iris et Hooker se dispersèrent dans la maison. Nicholas se retrouva seul dans la salle à manger, qui se transforma en caverne, le retenant sous terre. Et comme une caverne, elle répercuta les dernières paroles de la dispute – échos visibles qu'il contempla d'un air absent jusqu'à ce que son cerveau bouge enfin, leur fasse un peu de place, leur permette d'entrer.

Alors, Nicholas sortit de la maison et alla dans l'écurie de son défunt père.

Nicholas ouvrit la porte de la Jaguar de Gilbert et s'assit à l'intérieur.

Où allait Gilbert, dans cette coûteuse petite voiture de sport ? Chez les Parker ? À d'autres réceptions, avec d'autres filles ? Des filles ? Nicholas n'en avait jamais rencontré, ni même entendu parler. Gilbert avait sûrement des amis. Des « fiefs » – des lieux où il rencontrait des gens. Où il buvait, par exemple, en dehors des moments qu'il passait enfermé dans la bibliothèque...

Nicholas ne le saurait jamais. Comment le saurait-il, à moins de le demander ? Et comment demander, si l'on ne parlait pas ?

C'était la vérité. Il n'avait pas parlé avec sa femme, et maintenant il ne parlait pas avec ses enfants. Il ne parlait qu'avec sa sœur – cette « douce enfant », avait dit Gilbert.

Ils parlaient, et elle prenait les décisions.

Au bureau, il était étranger à lui-même. Il fonctionnait, faisait des choses – achetait, vendait, donnait des ordres –, des gestes automatiques, des réactions aux faits de la vie. En vertu du principe que pour appartenir à la société, il faut y faire quelque chose... En vertu de la continuité des générations... Son travail n'exigeait pas de lui qu'il s'impliquât personnellement. Sa famille pas davantage. Il se sentit solitaire. Il était là, dans la voiture de Gilbert, essayant de se souvenir de sa propre jeunesse, de la voiture qu'il avait eue, des soirées, de l'alcool, des filles… Mais dans son esprit, c'était aussi vague et lointain que la vie inconnue de Gilbert. Peut-être n'y avait-il pas eu de filles… Il ne se souvenait de rien.

Il pensa à sa femme. Jessica. Autrefois, il l'avait courtisée, dans une voiture, de sport aussi, et aussi puissante que celle-ci… la vieille McLaughlin. Ils s'étaient promenés, ils étaient allés jusqu'au lac Simcoe, ils s'étaient construit une sorte d'amour, dans les bois, dans la vieille petite maison, et Jessie avait dit… Jessie disait…

Était-ce possible ? Il ne se souvenait plus…

Jessie avait dit : « Toi… »

Les mots ne lui revenaient pas. Enfuis… Tout était fini. Comme ses enfants… Comme ces moments passés, qui étaient morts, ensevelis d'une façon ou d'une autre, pour toujours…

Il regarda autour de lui. Il se souvenait des chevaux de son père, il connaissait parfaitement leurs noms : Longues Jambes… Vagabond… Mary la Dingue… Alors il se rappela son père. Il revit l'homme qui lui parlait si tranquillement, aisément, il y avait si longtemps de ça… Avec une voix si paisible… des yeux si… des mains… si… et il était tellement… tellement… tellement fort. Si vivant.

Nicholas pleura.

Dans la maison, l'atmosphère était tendue au point qu'on avait oublié d'allumer les lumières.

Rosetta était dans son bureau, assise dans une obscurité dense, presque totale.

Seuls les rayons du soleil couchant éclairaient la cuisine. À l'étage, la chambre de Jessica rougeoyait du reflet que le même couchant faisait briller de huit façons différentes sur les huit carreaux de sa fenêtre ouverte.

Ils entendaient tous les mêmes rouges-gorges, le grondement assourdi, lointain, de la circulation en ville. Nicholas, assis dans l'écurie, aurait pu l'entendre aussi. Mais il n'écoutait pas.

Iris, Hooker et Rosetta attendaient.

Rosetta, immobile, écoutait.

Alors, il y eut un bruit.

La porte de la bibliothèque s'ouvrit.

Gilbert sortit dans le vestibule.

Il cria : « Mère ! »

Rosetta sursauta, se pencha en avant, pressant sa poitrine contre l'arête du bureau.

Iris qui se balançait, Hooker niché sur les genoux, s'arrêta net. Hooker remua.

« Attends, dit Iris.

– MÈRE ? »

La voix de Gilbert, épaissie par le whisky, semblait monter de profondeurs sous-marines.

Ils l'entendirent avancer.

Hooker se redressa.

« Voyons..., attends, dit doucement Iris. Attendons que miss Rose y aille en premier. »

Ils écoutèrent encore.

« Vas-tu descendre ? cria Gilbert. Ou dois-je monter ? »

Pas de réponse. Mais Jessica, assise dans son lit avec un livre qu'elle avait cessé de lire lorsque le soleil avait décliné, l'entendit et regarda vers la porte.

« Tu n'es pas vraiment malade ! cria Gilbert. Et nous le savons tous ! »

Silence.

« Qu'est-ce que tu décides ? »

Pas de réponse.

« Mère ? »

Rosetta se leva, atteignit la porte de son bureau mais n'alla pas plus loin.

« Personne ne te fera de mal, Mère. Si tu descends, nous allons nous asseoir au salon et bavarder tranquillement, comme avant. »

Manifestement, Jessica écoutait. Ils entendirent son lit craquer. Peut-être s'asseyait-elle, peut-être tirait-elle sur ses couvertures.

« Je veux te parler. »

Rosetta mit une main sur sa joue.

Ils entendirent Gilbert marcher dans le vestibule, sans doute au bas de l'escalier.

« J'ai essayé de parler à Père, mais il ne m'a pas écouté. »

Iris toussa.

« Il n'y a que moi, ici », dit Gilbert.

Les pieds de Jessica heurtèrent doucement le sol. Il y eut un autre bruit, comme si elle cherchait ses mules.

« Maman ! J'ai besoin de te parler ! »

Dans la chambre à coucher, quelque chose tomba.

« M'man ? »

Instantanément, Rosetta franchit le seuil de son bureau. Iris lâcha Hooker et se précipita dans le vestibule. Gilbert entendit Iris, vit Rosetta arriver les mains tendues. Il grimpa l'escalier.

Lorsqu'il arriva devant la porte de Jessica, la clef tâtonnait déjà dans la serrure. Mais il l'ouvrit et entra avant qu'elle n'ait eu le temps de la verrouiller.

« Va-t-en ! Laisse-moi ! cria-t-elle. Va-t-en ! »

Gilbert ferma la porte.

Rosetta et Iris restèrent dans l'escalier.

« Attendons une minute, dit Rosetta. Si nous attendons une minute, ça va peut-être aller.

– Il est terriblement ivre…, dit Iris.

– Attendons, dit Rosetta.

– Attendre quoi ? dit Iris. Un meurtre ?

– Il veut seulement lui parler, Iris. À présent, retournez à la cuisine. Occupez-vous de Hooker. »

Iris redescendit dans le vestibule.

« Parler ? fit-elle. Ha ! ha !

– Tenez-vous prête, dit Rosetta. Et dès que je vous appellerai, vous avez intérêt à courir !

– Bien, ma'ame. »

Iris retourna à la cuisine.

Dans le vestibule, Rosetta fit la lumière. Après un dernier regard à la porte de Jessica, elle retourna dans son bureau et s'assit. Elle alluma une lampe posée sur le meuble. De sa place, elle voyait directement, à travers les portes ouvertes de l'écurie, la forme indistincte de la tête et des épaules de son frère totalement immobile dans la voiture de Gilbert.

Iris dit : « À présent, supposons qu' ce soit une bonne chose, que les gens se disputent entre eux de temps en temps... Hein, Hook ? Supposons, comme dans c'te maison-ci, qu' ça devienne si tranquille qu'on arrive à s' demander si les gens sentent encore quelque chose. À présent, Gilbert est ivre... mais y f'ra pas d' mal à ta mère. Y f'rait pas d' mal à une mouche. »

Hooker réfléchit un moment. « Il a dit qu'il pourrait tuer mes chats.

– C'est qu'une façon de parler, mon cœur. Juste des paroles en l'air.

– Pourquoi Rosetta ne l'a-t-elle pas arrêté ?

– Eh bien... Primo – elle est pas assez costaud, deuxio – j' pense qu'elle a dans l'idée qu' ça peut faire du bien à Gilbert. Et, comme j' t' l'ai dit, elle a peut-être raison. Peut-être qu'il a seulement besoin de s'enlever quelque chose du système.

– Mais, ajouta-t-elle pour elle-même, je n'en crois rien. »

Elle se balançait d'avant en arrière, Hooker blotti sur ses genoux. Comme avant.

« T'as les genoux pointus, se rappela Hooker.

– Solides, tu veux dire, fit Iris. Est-ce que je me plains de ton derrière, moi ?

– Non.

– Alors tais-toi, reste assis tranquille. »

Hooker se tut.

Finalement il dit : « Tu te souviens, quand on faisait ça ?

– Sûr, que j' me souviens. Comme si c'était hier.

– Que va-t-il se passer ? dit Hooker.

– Y va rien se passer du tout. On va être très bien. »

Il y eut un fracas là-haut. Iris tendit l'oreille pour écouter si Rosetta appelait. Mais Rosetta ne sortit pas de son bureau, n'appela pas.

« On dirait un raid aérien, ou quelque chose comme ça, dit Iris.

– Ou Armageddon », dit Hooker.

À l'étage, ils discernèrent quelques paroles prononcées d'une voix rauque.

« … mais il n'écouterait pas… il n'écouterait pas… »

« Y parlent de ton père », dit Iris.

Hooker dit :

« Il va se passer quelque chose... C'est sûr ! Quelque chose va arriver...

– Quoi, mon cœur ? Qu'est-ce qui va arriver ?

– Je ne sais pas, dit Hooker. Mais ça va arriver. Quelque chose. »

Ils restèrent sans bouger. Iris méditait, regardant par la fenêtre.

« Oh, si seulement je pouvais comprendre ton père... Ce s'rait une sacrée réponse », murmura-t-elle, tandis qu'au-dessus Jessica criait : « Mort ! Mort ! Mort ! »

Hooker se pressa contre Iris et l'un des boutons de son uniforme lui égratigna l'oreille.

« Elle parle du bébé, dit-il. Elle dit qu'il est mort. »

Ils attendirent. À leurs pieds, les chats, tous présents à l'exception de Clémentine, se redressèrent, se tournèrent, se recouchèrent les yeux ouverts.

« Il y a des mois que c' bébé est mort, maintenant », dit Iris.

Rosetta cessa de regarder son frère, se carra dans son fauteuil et ferma les yeux. Elle avait entendu le fracas et les voix, là-haut. Mais elle était incapable de réunir suffisamment d'énergie mentale pour intervenir.

Les années, les ancêtres, se pressaient autour d'elle.

« Peut-être devrions-nous tous mourir, pensa-t-elle. Peut-être devrions-nous simplement être contents de mourir. »

Elle ouvrit les yeux, chercha John Harris. Son regard retrouva le petit cadre d'argent dont Hooker avait vu le jumeau dans le salon des Harris. Il entourait l'image de celui dont la disparition, jadis, lui avait enlevé à jamais la capacité de sourire.

« Famille, dit-elle à John Harris. C'est le pire des mots que je connaisse, à présent. »

John Harris sourit.

Jessica dit : « Mort… mort… mort… » La partie vivante du visage de Rosetta se crispa.

Par la fenêtre, elle regarda Nicholas.

« J'ai été abandonnée sans un homme pour prendre soin de moi. »

Là-haut, Gilbert hurlait : « Ce n'est pas vrai. Cela n'est pas vrai. »

Rosetta l'écouta. Il allait et venait.

« Ne sais-tu pas ce qui va arriver dans cette maison ? »

Rosetta n'entendit pas la réponse. Elle quitta son fauteuil.

Jessica poussa un cri perçant, se mit à agiter sa clochette.

Rosetta se précipita dans le vestibule.

« Iris ! »

Iris apparut instantanément.

« Il ne parle pas, dit Rosetta. Il ne fait que hurler.

– Écoutez, ne devrions-nous pas appeler Mr. Winslow ? Ne voulez-vous pas que j'aille le chercher ? dit Iris.

– Dispensons Mr. Winslow de tout cela, dit Rosetta.

– Mais, Miss Rose... » Iris était sidérée. Le mot « dispenser »...

Rosetta la regarda.

« Vous ne comprenez donc *rien* ? siffla Rosetta.

– J' comprends qu'une chose, dit Iris, c'est que nous d'vons faire quelque chose, voilà tout. Et Mr. Winslow...

– Très bien. Si vous êtes capable de faire sortir Gilbert, montez. »

Iris avala sa salive.

« J' continue à dire que Mr. Winslow... » murmura-t-elle. Mais elle n'acheva pas. Aussi claire que le son d'une cloche, la voix de Jessica s'éleva, martelant les mots un par un. Et ce qu'elle disait les glaça sur place. « Je ne..., disait-elle, ... continuerai pas. Je ne... continuerai pas... à vous... mettre au monde... toi... ni... Hooker... ni... ce... satané bébé... jour... après... jour... et pour tout le restant de ma VIE ! Ne pourrais-je être enfin libérée de cela ? »

Iris fit un pas.

« La simple idée que tu aies été... à l'intérieur

de moi… » La voix de Jessica était presque inaudible. « Je ne te sup-por-te pas… Ne peux-tu… quelqu'un peut-il comprendre ? Je te hais ! »

À présent, Iris était devant la porte.

« Gil, dit-elle. Gilbert ?

– Ouvre la porte ! glapit Jessica. Ouvre la porte ! »

La clef tourna.

Hooker et ses chats étaient debout dans les replis des tentures vertes du salon. Hooker n'eut que le temps d'entrevoir le reflet de la chemise de Gilbert et sa tête. Iris entra et referma la porte.

« Sors d'ici, dit-elle.

– Je voulais juste lui parler », dit Gilbert.

Jessica pleurait.

« Voilà ce que tu as fait, dit Iris. Maintenant, sors d'ici.

– Mais c'est ma mère », murmura Gilbert.

Rosetta se retint au pilastre de la rampe.

« Écoute, dit Iris, j'ai dit *fous le camp* d'ici ! »

Silence.

« Dis donc, espèce de cancrelat noir ! Ne me parle pas sur ce ton ! »

Iris aboya : « Dehors ! »

La porte s'ouvrit, Gilbert fut éjecté sur le palier.

Iris claqua la porte.

Gilbert hurla à la porte : « Toi, et la supposée – figure maternelle – qui est là-dedans, vous pouvez fermer autant de saloperies de portes que vous voulez, aujourd'hui et jusqu'au jour du Jugement dernier, vous ne vous débarrasserez jamais de cette famille ! Nous sommes ici et nous y resterons... tu entends ! »

Il frappa la porte avec son poing, s'aperçut qu'un pan de sa chemise était resté coincé dans la porte. Il eut un râle comme Hooker n'en avait jamais entendu chez un être humain. Un râle animal – de souffrance – le même que celui qu'avait lancé l'écureuil avant de mourir.

Soudain, Nicholas fut là. Enfin.

Hooker regarda son père et se mordit la cuticule d'un ongle jusqu'au sang.

Avec une torsion douloureuse des poignets, Gilbert s'arracha de la porte, manquant perdre l'équilibre. Un flot d'adjectifs inouïs s'égailla, s'abattit sur les oreilles de ceux d'en bas, comme des flocons de neige fondant avant d'atteindre le sol.

Tandis que ceux d'en bas attendaient, l'énorme tourbillon se projeta dans le regard fixe des chats.

Rosetta, Nicholas et Hooker tendaient l'oreille.

Hooker pensa au revolver. Il fit un pas en avant.

Gilbert ouvrit la bouche et la referma, pris de nausée. Du liquide s'échappa – de la bière et du vin –, qui se répandit sur le tapis, en haut de l'escalier...

La porte de la chambre à coucher s'ouvrit, posément cette fois. La tête et les épaules d'Iris firent irruption.

« Qu'est-ce que c'est que ce bruit ? dit Iris. J'ai entendu vomir.

– Ce n'est rien, dit Gilbert d'un ton péremptoire. Retourne d'où tu viens. »

Iris lui lança un regard sombre et se retira sans commentaire. Elle ferma la porte.

Là-haut, Gil fit reposer tout son corps sur ses mains en s'appuyant sur la rampe. Il balança un moment, comme quelqu'un qui hésite sur la marche à suivre.

« Quelle heure est-il ? » demanda-t-il.

Ils regardèrent leur montre bêtement, sauf Hooker. Mais personne ne dit rien.

« Puis-je avoir à manger ? » demanda Gilbert.

Ses yeux étaient grands ouverts mais il avait le regard trouble, fixe.

Nicholas leva les yeux.

« Quel dégoût, Seigneur... » fit-il, ébauchant un geste de répugnance impuissante.

Gilbert avança, traînant les pieds, trébuchant.

« J'ai faim, dit-il. Ça fait des jours et des jours que je n'ai pas eu faim. »

Nicholas lui tourna le dos et entra dans le salon.

Rosetta le regarda s'en aller. Elle vit qu'il allumait les lampes, simplement. Son regard remonta vers Gilbert.

Hooker s'assit sur la marche du bas, immobile, parfaitement immobile. Il attendit que la chose suivante se produise – quelle qu'elle fût.

Rosetta parcourut la partie sombre du vestibule pour aller à la cuisine.

Gil regardait vers le bas, les yeux incertains. Hooker se mit à gratter sur la moquette de l'escalier les poils de chat qui s'y étaient collés. Il avait l'air de gribouiller quelque chose.

Rosetta revint avec de larges gants de caoutchouc, béants aux poignets, une boîte et des vieux chiffons.

Elle monta les marches.

« Écarte-toi », dit-elle à Gilbert.

Gil, sans la regarder, se colla à la rampe comme un grand oiseau – un vautour, les épaules voûtées.

« Plus loin », fit Rosetta.

Il se déplaça encore et observa ce qu'elle faisait.

« Qu'est-ce que c'est ? dit-il.

– Tu as vomi », dit Rosetta.

Par-dessus la rampe, Gil regarda Hooker. Il ne voyait que le sommet de son crâne et l'arrondi de ses épaules. « Z'ai vomi », zézaya-t-il. Aussitôt, il vomit encore par-dessus la rampe, dans le vestibule.

Les chats de Hooker s'éparpillèrent dans toutes les directions.

« Oh, ne fais pas cela, dit une voix. Ne fais pas cela, Gil ! Plus jamais ! »

Nicholas parut dans l'encadrement de la porte du salon, son éternel mouchoir à la main.

« Dois-je appeler le docteur ? dit-il. Une fois de plus ? »

Il parlait comme un très mauvais acteur.

Personne n'avait jamais vu Gilbert dans un tel état. On eût dit qu'il allait avoir une crise d'épilepsie – perdu comme un enfant, sur ses gardes. Il les dévisageait sans les voir.

Il annonça : « Je vais me mettre à rire. »

Il y eut un long moment de silence.

Rosetta, Nicholas et Hooker l'observaient attentivement. Finalement, il éclata de rire.

Plus tard ce soir-là, Gilbert prit la Jaguar rouge et alla boire de la bière dans un bar des faubourgs de la ville.

À un moment, il s'enferma dans les toilettes et pleura à l'abri des regards pendant dix minutes. Puis il se sécha le visage avec le papier et tira la chasse. Ceci afin que nul ne le soupçonne d'avoir utilisé ces lieux à d'autres fins. Il allait sortir lorsqu'il vit, écrits sur les murs parmi d'autres messages de perversité ou de solitude, les mots : JÉSUS RACHÈTE.

Il les regarda.

Il y ajouta, délibérément sobre et très lisiblement : ET DIEU LIQUIDE. Puis il retourna vers la salle et sa bière en faisant claquer toutes les portes au passage.

De retour chez lui, il prit le tournant de l'allée à toute vitesse. Au milieu du chemin, il aperçut une mouffette rousse. Il fonça sur elle et l'écrasa, car il savait qu'il n'existe pas de mouffettes rousses et, se dit-il avec la logique subtile de l'ivresse, « personne ne me croira sauf si je la tue pour la leur montrer ».

Bien sûr, il n'y a jamais eu de mouffettes rousses.

C'était Clémentine.

CHAPITRE XII

LE LENDEMAIN, au lever du soleil, Hooker mit Clémentine dans une grande boîte, et la boîte dans le vieux chariot rouge. Il prit le départ derrière la maison en direction du champ.

Le soleil était bas mais très chaud.

Tout était parfaitement silencieux. Hooker et le chariot s'éloignèrent, tandis que la mère de Hooker et Iris regardaient, chacune à sa fenêtre.

Iris était dans la cuisine. Jessie, qui n'avait pas dormi de la nuit, guettait, en haut, derrière le voilage de ses rideaux.

Hooker avait mis son chapeau de paille, celui avec les rubans. Les spectatrices remarquèrent que Hooker se tenait exceptionnellement droit ce matin-là, et qu'une raie de sueur barrait sa chemise au milieu du dos. Il avait mis son short et ses baskets, ne portait pas de socquettes, comme à son habitude. Ses jambes étaient dorées, et très musclées. Il marchait en suivant le rythme de la chanson que lui avait apprise Iris :

« Frankie et Johnnie s'aimaient !
Dieu, c' qu'ils pouvaient s'aimer… »

De sa fenêtre, Jessica regarda les rubans. Elle vit comment ils tombaient droit, des bords du chapeau presque jusqu'à la taille.

Iris s'attardait à pétrir la pâte d'une galette de maïs.

Enfin, même le bruit de la chanson disparut et les deux femmes respirèrent.

Hooker quitta le chemin pour se diriger vers la crête basse, indéfinie, de la première colline, et regarda le bois.

« Nous devons traverser cette obscurité, pensa-t-il, avec tous les oiseaux endormis », puis il chanta à voix haute :

« Frankie alla chez le prêteur,
elle s'acheta un petit revolver… »

La colline disparut et le chariot se mit à brinquebaler avec fracas sur l'herbe et le sol inégal.

« Root-a-toot, elle tira trois coups
En plein milieu d' ce plancher de bois dur… »

Le chemin était trop étroit pour l'essieu et les roues accrochaient de chaque côté.

Hooker jeta un coup d'œil à Clémentine, vit que le couvercle de sa boîte avait complètement glissé mais il ne s'arrêta pas.

Dans l'ombre irrégulière des arbres, il chanta avec une application poignante l'histoire de Frankie et de son amant.

« Oh, amène ton corbillard déglingué,
Oh, amène ton canasson foutu,
Ils emportent ton homme au cimetière
et t' le ramèn'ront jamais plus... »

Les arbres commençaient à s'éclaircir. Maintenant, il y avait plus de lumière que d'obscurité. Hooker arrêta de chanter.

Il y avait comme une pause dans le paysage.

« Voilà, Clémentine », dit-il. Et il le dit à voix haute, troublant quelques oiseaux dans l'herbe, qui s'envolèrent vers les arbres lointains.

Hooker traîna la misérable épave rouge et le cadavre qu'elle contenait vers la lumière du soleil.

Le champ était silencieux, comme si tout avait été préparé à l'avance.

Hooker s'arrêta, reprit son souffle.

Il ôta son chapeau de paille, roula soigneusement les rubans pour les soustraire à la brise, posa le chapeau dans le chariot. Il avança vers l'emplacement de la tombe, s'accroupit.

Le soleil précoce grillait déjà, et Hooker se

sentit trempé. D'une main régulière, il arracha quelques brins d'herbe. Il inclina la tête de côté, la posa sur l'un de ses genoux nus pour regarder, à travers l'herbe, les arbres et le ciel, là-haut. Un geai bleu planait paresseusement, prêt à une prompte retraite pour se mettre à l'abri. L'oiseau se posa au ralenti et observa l'endroit.

Le silence durait, immobile.

Graduellement, Hooker détourna les yeux et essaya de se concentrer sur la terre.

Il nettoya une petite parcelle juste devant lui. Il enleva les pierres, l'herbe, fit un petit tas de détritus.

Machinalement, il chercha les libellules. Lorsqu'il les vit, il eut une petite exclamation de reconnaissance. On eût dit qu'elles étaient des centaines à s'envoler d'entre les herbes.

Des fourmis s'entrecroisaient dans la poussière.

Hooker alla chercher la cuiller à enterrer.

Le sol était sec au-dessus, humide au fond. Lorsqu'il se mit à creuser, une odeur profonde et riche s'éleva, une odeur de racines, de décomposition, de vieilles pierres rondes. Des vers fuyaient de part et d'autre de la cuiller, qui brillait, luisante et humide, lorsqu'elle entrait et sortait. Les fourmis déambulèrent, se débattirent dans la terre molle fraîchement remuée, sans changer de direction.

Tout était en mouvement.

Le monticule s'élevait.

Hooker ôta sa chemise. Peu à peu, il se salissait de terre.

Ses yeux étaient voilés, brûlaient un peu à cause du sel. Hooker passa son poignet sur son visage et se remit à creuser.

Enfin ce fut fait.

Il alla chercher Clémentine.

Lorsqu'il la prit dans ses bras, il la trouva étrangement tiède. Sa fourrure rousse, rouge, n'avait pas encore l'air morte. Hooker berça Clémentine un moment, la tenant serrée contre sa peau. Lorsqu'il la posa sur le sol, il se tint très droit au-dessus d'elle et regarda sa rousseur sur la terre brune.

« Bonne petite. Bonne petite Clémentine. »

Il pensa aux chatons. Il ne savait même pas combien il y en aurait eu.

La brise s'attarda sur la queue inerte, palpa la fourrure, remua les poils roux bordés de blanc là où il y avait des nœuds qu'il n'avait pas brossés, des boules d'épines encore accrochées depuis la dernière fois qu'elle avait chassé dans le sous-bois, ici même probablement.

Hooker s'accroupit, s'assit sur les talons. La cuiller se balançait entre ses doigts. Il mit finalement Clémentine dans sa tombe, et resta là, à la regarder.

Il fredonna la chanson encore une fois, d'un bout à l'autre. Puis il se tut.

Partout à travers le champ, les libellules s'accrochaient à l'herbe, résistaient à la brise qui les ballotait d'avant en arrière. Hooker louchait pour les regarder. Il commença à mettre la terre sur Clémentine.

Sur le chemin du retour, dans le bois, Hooker rouvrit les oreilles, et les bruits qui remplissent le monde furent soudain présents, merveilleux à entendre. La clameur générale de toutes les choses vivantes s'éleva comme une eau rapide, tourbillonnante – ailes, pattes, queues, yeux – jaillissant pour lui ouvrir la route tandis qu'il courait, traînant après lui la course folle du chariot rouge vidé de son fardeau, qui soulevait la vieille poussière, secouait les moineaux comme des feuilles dans le vent.

Vu des collines, le bois blafard fut tiré de son sommeil par l'explosion de ces ailes pressées et résonna du bruit que faisait Hooker courant pour une chasse sans proie.

CHAPITRE XIII

La sécheresse commençait à retourner les feuilles des ormes en copeaux bruns.

Assis sur le toit du porche, Hooker regardait les arbres. Quand viendrait la pluie ?

Autour de lui, sur le toit de bardeaux, les trois autres chats s'étiraient au soleil. Ils n'avaient pas l'air de savoir que Clémentine était morte.

Hooker pensait toutefois que les chats savaient peut-être des choses que lui-même ignorait. Peut-être savaient-ils qu'être mort était une chose différente de ce qu'on croyait. Peut-être même se voyaient-ils entre eux une fois qu'ils étaient morts, ou un truc du genre…

Il médita, immobile, regardant Little Bones.

Elle était si tranquille, si paisible, qu'il se dit : « Rien ne peut lui arriver. »

N'empêche qu'aujourd'hui, un chat était mort.

Au-dessous de lui, Hooker pouvait voir le jardin empoussiéré, l'écurie peinte en rouge, l'allée qui continuait de l'autre côté de la barrière. Il pouvait voir aussi le chemin monter en pente douce jusqu'en haut de la colline, là où il était allé avant le petit déjeuner. Il pouvait presque voir l'intérieur du bois.

Partout, on sentait l'odeur tiède et tranquille des fleurs d'été, mêlée à l'arôme âcre de l'herbe brûlée. Quelqu'un au loin brûlait un champ pour empêcher les bois de prendre feu. Lorsqu'on avait dit cela à Hooker, l'idée lui avait d'abord paru insensée. Ça semblait tellement bizarre, de détruire une chose parfaitement bonne pour en préserver une autre. Comme s'il importait moins de brûler l'herbe que les arbres.

Hooker leva les yeux, observa quelques oiseaux – des étourneaux, une roue de pigeons en cercle blanc – qui traversaient le ciel.

D'ordinaire, c'était un moment de l'année si agréable, se dit-il. Alors il pensa à Markham College et que pour lui, désormais, tout était perdu.

L'été entier était en ruine. Tout était en ruine. La journée d'hier avait finalement tout détruit. Iris dirait bien qu'il fallait sourire, supporter... mais c'était au-dessus de ses forces.

Demain aurait dû être le plus beau jour de l'été.

Le bal de la Saint-Jean allait avoir lieu au club sportif de son père, et cette année, pour la première fois, en raison de sa rentrée prochaine dans une « grande école », Hooker avait été autorisé à y assister. Il resterait même au bal, et jusqu'à la fin.

Mais c'était fichu. Tout était détruit. Les membres de sa famille ne se parlaient pas. Sa chatte était morte. Il ne verrait jamais naître les chatons. Ils étaient morts. C'était si troublant... Nicholas était parti au bureau sans même dire au revoir à Rosetta, Iris avait ronchonné toute la matinée à la cuisine. Rosetta vérifiait l'état de leurs vêtements pour la fête, la maison empestait la naphtaline, la poussière. Gilbert était dans la bibliothèque, il y était resté toute la nuit. Hooker se demandait s'il savait même qu'il avait écrasé et tué Clémentine. En tout cas, s'il le savait, il l'avait certainement oublié. Personne n'avait soufflé mot là-dessus ce matin, à part Iris qui avait dit : « Alors, mon cœur, tu l'as fait... » lorsqu'il était revenu de l'enterrement. Mais aucun d'eux ne semblait se rendre vraiment compte de ce qui s'était passé.

Il s'allongea sur le dos. Le revolver... à quoi bon un revolver, à présent ? Il l'avait emporté dans sa chambre, désespérant de voir Gilbert l'utiliser un jour. Il se sentait – sans le savoir, bien sûr – comme un amoureux qui, ayant acheté une bague à une jeune fille, l'entendrait lui annoncer ses fiançailles avec un autre.

Les arbres s'entrelaçaient comme un puzzle au-dessus de sa tête ; il ferma les yeux. Le revolver était à lui, maintenant. Alors la chose arriva.

Il entendit un bruit qui paraissait venir de loin.

Au début, il pensa qu'on sciait du bois quelque part. Mais le bruit augmenta de volume, il se dit que c'était autre chose, une chose qui avançait.

C'était un peu mécanique.

« C'est une moto », dit-il à haute voix.

Ce n'était pas une moto.

Hooker serra les paupières très fort.

Maintenant ça faisait un bruit de ruche.

Mais où était la ruche ? Mr. MacArthur, l'apiculteur, habitait beaucoup trop loin pour qu'on l'entende d'ici.

Il ouvrit les yeux et regarda le ciel. Il n'y avait que les oiseaux et les branches.

Peu à peu, il s'aperçut que le bruit avait cessé.

Des corneilles revenaient de la ville, passant au-dessus de sa tête en direction du bois. Il regarda l'étendard effiloché de leurs ailes, entendit leurs voix comme des rires lointains. Il se demanda à qui elles venaient de livrer bataille, et où. Elles traversaient le ciel presque chaque jour, maintenant, choisissant probablement des endroits différents pour effectuer leurs raids sur les nids des moineaux, des étourneaux, des rouges-gorges et des quiscales de la ville. Un moineau vivait dans le toit de l'écurie. Lentement, les cris des corneilles s'évanouirent.

Quel était l'autre bruit ?

Il referma les yeux.

Ce sont des abeilles, pensa-t-il. Ou quelque chose avec de longues ailes, des ailes assez longues pour bourdonner – et il y en a des centaines…

« Hooker ! »

Il se redressa.

C'était Iris.

« C'est l'heure de ton lait... tu peux avoir encore un peu de galette, si tu veux. »

Il ne répondit pas.

Elle était juste au-dessous de lui sur les marches.

« Hooker !

– Oui », fit-il tranquillement.

Iris sauta.

« Ne reste pas là-haut à rêvasser, mon cœur. Tu vas attraper un coup de soleil et tomber dans le coma. Allez, descends, viens boire ton lait. »

Hooker marcha comme un funambule sur la crête du toit et sauta.

« Un jour, tu vas te casser la cheville, ou le poignet, ou le cou, si tu fais pas attention », dit Iris en lui tenant la porte pour qu'il entre.

« Ou le cul, fit Hooker.

– Arrête ça, maintenant, dit Iris.

– Tout le monde dit des gros mots, ici. Même toi.

– C'est pas un gros mot, c'est de la vulgarité pure et simple. Lave-toi les mains et assieds-toi. »

Le lait et la galette de maïs attendaient, disposés avec soin sur la table de la cuisine. Hooker fit couler l'eau du robinet, s'en aspergea les doigts et s'assit.

« Tu t'es pas essuyé les mains.

– Si, je me suis essuyé. »

Iris était trop fatiguée pour discuter.

« Ne fais pas le malin, j'ai un gâteau au citron dans le four. »

Hooker se tortilla.

« Puis-je avoir du café ?

– Non.

– Puis-je avoir encore du lait, alors ?

– T'as même pas fini ton verre. »

Il avala d'un trait le contenu du verre.

Iris soupira. « La bouteille est dans le frigo. »

Hooker traversa la pièce et sortit le lait.

« Veux-tu s'il te plaît le verser dans ton verre ? J' te jure, j' me demande comment ta maman va croire que je t'éduque ! »

Hooker se versa un verre de lait, posa la bouteille sur la table et se rassit.

Il y eut un silence.

Iris, qui buvait du café, regarda par la fenêtre.

« On dirait que tous les feux de l'enfer sont allumés, dit-elle. On l' dirait vraiment. Ça miroite comme sur un lac, hein ? »

Hooker ne dit rien. Il se concentrait sur les sons, qui semblaient maintenant venir des coins de la pièce.

Iris, se méprenant sur son silence, dit alors : « Tu sais, à Carter's Bridge, quand j'étais petite... j'avais toutes sortes de chats. Des blancs, des noirs, des gris... Tout le monde avait des gosses et des chats. Des milliers. Des milliers de gosses et de chats. »

Elle plaça ses mains foncées, jaunâtres, sur la table, considéra l'état de ses ongles écaillés puis lança un regard oblique en direction de Hooker.

Il persévérait dans son silence.

« Tu sais, continua-t-elle. La mort, ça arrive tous les jours, Hook. Regarde tes chats et ces oiseaux... »

Elle laissa tomber, revint à ses chats à elle.

« J' pense que tous les gosses, ou presque, ont des chats, ou un chien, ou un truc du genre. J' pense qu'en réalité, j'ai dû avoir dans les dix-huit chats en tout. Et ils avaient tous un nom, dit-elle. À commencer par celui que j'appelais Maxine. J'ai toujours trouvé que Maxine, ça faisait un joli nom pour chat – comme si ça ressemblait vraiment à un chat. Max... iiiine... » Elle rit.

Elle prit une gorgée de café.

« Albert... Violette... Delbert... George... J'ai oublié pourquoi j' l'avais appelé comme ça, celui-là : George – c'est sûr, j' devais avoir un amoureux qui s'app'lait George, ou en tout cas quelqu'un que j'aimais bien. Bruce... Jeannette... Purlie... Grace... Raina... Daisie... Ça fait... – elle redit les noms en comptant sur les doigts – onze. Ben... P't-être pas dix-huit comme j'ai dit, mais y en a bien onze dont j' me souviens parfaitement. Et tous, ils ont dû s'en aller, tous ils ont dû mourir d'une facon ou d'une autre... »

Elle médita un moment.

Hooker avait à peine entendu ce qu'elle venait de raconter, tout occupé à verser en cachette un peu de café dans son lait. Iris s'en aperçut mais ne dit rien.

« J'ai toujours respecté la règle du jeu, déclara-t-elle d'un ton solennel. On ne la discute pas – elle est là. C'est la vie. Comme pour Clémentine. C'est une des premières choses qu'on doit apprendre. Si on peut pas apprendre la réalité… on est refait. »

Hooker dit très tranquillement : « Je n'ai même pas dit qu'elle me manquait. »

Iris eut une sorte de tic. « Non, mon cœur.

– On doit tous mourir.

– C'est juste. Le bébé, et les chats, et moi, et toi.

– C'était une mort par accident – comme dans les journaux.

– C'est juste. »

Elle fit glisser quelques miettes de gâteau jusqu'au bord de la table. Soudain elle le regarda.

« Dis-moi… qu'est-ce que t'as vraiment au fond de la tête ? demanda-t-elle. Y a quelque chose. »

Hooker réfléchit. « Je ne sais pas. »

Au bout d'un moment, il ajouta : « C'est seulement que je n'aime pas la façon dont les gens laissent tomber les choses. Toutes les choses. »

Iris le regarda.

« Écoute, mon cœur. En réalité, ils ne le font pas.

– Si. Ils laissent tout tomber. Tout le temps. Ils ont laissé tomber Gilbert. Gilbert m'a laissé tomber. Il a aussi laissé tomber Clémentine.

– C'est parce qu'ils sont vieux. C'est tout.

– Tu es vieille, toi aussi.

– Pfff...

– Si, tu es vieille.

– J' suis quelqu'un d'autre. J' suis pas comme eux.

– Pourquoi ne laisses-tu pas tomber les choses, alors ?

– Si, je le fais.

– Ben... Je ne t'ai jamais vue.

– Parce que t'étais jamais là. »

Cela, c'était un mystère. Il se sentit exclu.

« Que veux-tu dire ?

– C'est ma vie privée. Ça n'a rien à voir avec toi. C'était avant, à Carter's Bridge.

– Quel âge as-tu ? demanda-t-il soudain.

– J' te le dirai pas, Hookie, s'exclama Iris en riant. Tu l'as toujours demandé, depuis que t'es capable de me reconnaître. Et c'est impoli. J' suis une femme, Hook... et on d'mande pas son âge à une femme. »

Elle se tut.

« Pourquoi tu téléphonerais pas à quelqu'un ? demanda-t-elle au bout d'un moment.

– À qui ? Pour quoi faire ? À qui ? »

Iris se leva et alla vers le four.

« Quelqu'un avec qui tu pourrais jouer.

– Je ne jouerai plus jamais avec personne de cette ville, dit Hooker.

– Alors, va jouer au croquet sur la pelouse, tout seul.

– Non.

– Très bien… Alors… si t'as rien à faire, rends-moi service. Va au magasin, par exemple. J'ai besoin de serviettes en papier.

– Des serviettes en papier ?

– Des bleues… Tiens. » Elle fouilla dans son porte-monnaie.

« Pourquoi ne demandes-tu pas à Harry de te les rapporter ?

– Parce que… Vas-y, à présent. Sois gentil. »

Elle lui tourna le dos.

Little Bones parut, dans l'entrebâillement de la porte. Elle miaula.

Hooker la prit dans ses bras mais elle s'écarta, lui griffant la poitrine.

Le sang perla. Il le toucha avec son doigt.

Iris y prêta peu d'attention, ça arrivait tout le temps. Se retournant à peine pour regarder, elle lui lança un linge humide.

« Une bonne claque, voilà la seule réponse, marmonna-t-elle. Salauds de chats… »

Hooker s'essuya. « Iris ? »

Elle était retournée près du fourneau et se penchait sur le four ouvert, d'où s'échappait une bouffée de chaleur qui envahit la pièce, avec l'odeur des épices et du citron.

« T'es encore là ?

– Qu'est-ce qu'il lui a dit... Gilbert ? »

Iris haussa les épaules, comme s'il s'agissait d'une question parfaitement banale.

« Des choses, dit-elle. Juste des petites choses.

– Alors pourquoi vous avez tous crié ? »

Iris demeura silencieuse.

« On vous a entendus », dit Hooker.

Elle se redressa.

Finalement elle dit : « Gilbert a quelques problèmes d'adulte, voilà tout. »

Hooker attendit. Allait-elle parler du couteau ?

« Ta mère était pas au courant. Et il a voulu le lui expliquer. »

Iris se pencha, sortit le gâteau du four, alla l'examiner à la lumière de la fenêtre. Elle le posa sur la table. Elle poussa un très long soupir.

« Tu sais à quel point ta maman est malade, n'est-ce pas ?

– Bien sûr.

– Tu peux m' comprendre, alors, si j' te dis qu'une partie de cette maladie, c'est qu'elle a pas toujours envie de se souvenir que Gilbert est son fils ? Comme tu l'es, toi aussi... Parfois, elle se souvient pas non plus que t'es son fils, c'est pour ça que tu ne la vois jamais. D'une certaine façon, on peut dire qu'elle en a ras le bol de faire partie de la famille. Mais c'est seulement sa maladie. C'est pas un sentiment réel, ou quelque chose qu'elle veut vraiment arrêter. C'est juste que... eh bien, c'est sa maladie. C'est aussi simple que ça.

– Pourquoi ?

– Pourquoi quoi ?

– Pourquoi elle en a ras le bol de faire partie de la famille ? Elle est ma mère.

– Parce qu'être une mère... j'en sais rien, moi... ça lui fait mal, ça lui pose un problème. »

Iris se tourna pour prendre un couteau.

« Qui l'a obligée à être ma mère si elle détestait tellement ça ?

– Ton papa et ta maman l'avaient décidé ensemble.

– Quand ?

– Avant ta naissance, bien sûr.

– Qu'est-ce qu'ils avaient fait ? Ils en avaient parlé ? Ils s'étaient assis et ils en avaient parlé ?

– Oui.

– Alors pourquoi n'en reparlent-ils pas ?

– Ils l'ont fait. C'est pourquoi ta maman est devenue maman encore une fois. Mais ce bébé est mort, et...

– Je ne parle pas de cela... je veux dire, être *ma mère*. Et celle de Gilbert. »

Iris goûta quelques miettes du gâteau : « À présent, écoute-moi bien. Si je pouvais te l'expliquer, je le ferais. Mais je ne peux rien t'expliquer de plus.

Je peux seulement te donner quelques idées... C'est tout. Ta maman est malade.Ton papa et ta maman ne veulent pas s'asseoir et en parler. Tu es malheureux. Gilbert est malheureux. Ta tante Rose est malheureuse. Moi aussi je suis malheureuse. C'est vraiment tout ce que je sais. »

Elle perdait patience.

Hooker savait tout cela.

« Que va-t-on faire ? demanda-t-il en la regardant dans les yeux.

– Tu vas aller m'acheter ces serviettes en papier, voilà ce que tu vas faire.

– Je ne parlais pas de ça.

– Écoute, je vais te flanquer une fessée si tu n'arrêtes pas.

– Pourquoi n'as-tu pas flanqué de fessée à Gilbert parce qu'il avait tué ma chatte ?

– Parce qu'il était ivre-mort, voilà pourquoi ! Parce qu'on ne flanque pas une fessée à une personne qui est ivre ! Ou malade... » commença-t-elle.

Hooker pâlit, ses yeux se rétrécirent.

« On pardonne aux fous ? Aux cinglés ? C'est ce que tu veux dire ? »

Iris le regarda fixement.

« Hooker !

– Ça veut dire que si je deviens fou, je peux faire n'importe quoi, moi aussi ? N'importe quoi ? C'est ça, n'est-ce pas ? C'est ça... »

Il tourna les talons et quitta la pièce.

Pour la première fois, se dit Iris, elle venait d'entendre l'adulte parler chez Hooker… le genre d'adulte qu'on accuse d'être puéril.

« Nom de Dieu ! Qu'est-ce que j'ai entendu ? »

Mais les coins de la pièce étaient silencieux et déserts. Hooker était parti. La porte battait.

CHAPITRE XIV

HOOKER prit sa bicyclette pour aller en ville. Arrivé devant le magasin, il cala son vélo contre la vitrine et mit la main dans sa poche pour palper la pièce de monnaie. Cinquante cents. Il aurait de quoi se payer un soda chez Tamblyn, de l'autre côté de la rue.

Il regarda à l'intérieur du magasin.

Derrière la vitre, il aperçut leur voisine, Mrs. Gaylor, qui parlait avec une dame qu'il ne connaissait pas. Il regarda l'enseigne au-dessus de la porte, poussa un soupir.

ÉPICERIE JARMAN
FRUITS ET LÉGUMES, ARTICLES DIVERS - 1927

Il entra.

« Bonjour, dit-il à Mrs. Jarman. Je voudrais des serviettes en papier.

– Ah… » fit Mrs. Jarman en souriant, à mi-hauteur de l'échelle où elle était juchée. « J'en ai pour une minute, Hooker. Harry n'est pas là ?

– Si... Il est là...

– Alors demande-les lui, mon chou, tu veux bien ?

– Oui, madame. »

Hooker se tourna, préparant déjà l'argent dans sa poche. Il n'aimait pas ce genre de situation – il n'aimait pas se faire servir par Harry. Ça lui donnait un sentiment de culpabilité. Il n'aimait pas voir les autres travailler, ou alors des adultes, dont c'était le rôle de travailler.

« Je voudrais ceci », dit-il, désignant d'un geste vague l'étagère qui contenait, outre les serviettes désirées, un assortiment varié de rouleaux de papier hygiénique. Il pensa à Iris – ç'aurait été si simple pour elle de passer sa commande par téléphone.

Harry était à quelques pas de là, un grand balai à la main. Il portait un tablier que sa mère avait fait fabriquer spécialement pour lui. Les mots « Harry Jarman » étaient brodés à travers la poitrine, au-dessus du cœur.

« Du papier-cul ? » dit Harry avec un horrible sourire complice. Mrs. Jarman était à bonne distance, elle ne pouvait rien entendre.

« Non », dit Hooker. Et il commit l'erreur d'ajouter : « Nous en avons encore. »

Harry s'appuya sur son balai et le regarda d'un œil de plus en plus narquois.

Hooker eut envie de fuir.

« Tiens ! » fit brusquement Harry, et il lança à Hooker un rouleau du fameux papier. « Extra-doux, ajouta-t-il d'un ton gras. Lis donc l'étiquette ! »

Hooker essaya de garder ses distances. Il prit le rouleau de papier et le glissa dans le manche du balai. Immédiatement, Harry Jarman en déroula une partie et fit semblant de se mettre à lire. Il écarquilla les yeux comme sous le coup d'une terrible nouvelle et fit glisser le papier à toute vitesse en « lisant » :

« Le bal de la Saint-Jean aura lieu demain. Tous les Winslow seront là – à l'exception, bien sûr, des cinglés qui ne quittent pas la chambre… » Hooker blêmit. « Même le plus jeune Winslow… – et aussi Gil Winslow, complètement saoul, qu'on verra entrer à quatre pattes… »

Hooker se sentit brûler. Il étouffa.

« Sans oublier Janice Parker, les nichons à l'air…

– Elle n'y sera pas ! Elle est à la Jamaïque… » cria Hooker. Il s'arrêta net. Harry éclata de rire.

Hooker empoigna le rouleau de papier des deux mains et l'arracha violemment à Harry. Le balai tangua, le rouleau fut projeté au loin. La travée s'emplit de papier hygiénique coloré.

« Qu'y a-t-il ? demanda Mrs. Jarman du haut de l'échelle. Quelque chose est tombé ? » Elle ne voyait que leurs têtes et leurs épaules, ils étaient deux travées plus loin.

« Rien, M'man. Juste un peu de papier toilette…
– Anhan… »
Elle reprit son travail.
« Ramasse, ordonna Harry à voix basse.
– Non, dit Hooker tout haut. Je suis venu pour acheter des serviettes en papier, rien d'autre !
– Va les chercher, alors », dit Harry. Pour comble, sa voix était en train de muer. Il savait que Hooker n'était pas assez grand pour atteindre l'étagère. Il sourit. Il sentait le tabac interdit, il y avait en lui quelque chose de menaçant, de presque adulte.
« Je n'y arriverai pas, dit Hooker. Tu sais bien que je n'y arriverai pas.
– Moi, j'ai pas le temps, fit Harry. Pourquoi ne dis-tu pas à ton célèbre grand frère de venir les chercher ? Ou alors, c'est qu'il tient pas debout ? »
Sans réfléchir, Hooker frappa.
Harry poussa un hurlement.
Mr. Jarman se précipita à l'avant du magasin. Harry pleurnicha : « Ces salauds de Winslow, ils sont fous ! Ils sont tous fous ! »
Il se palpa le nez. Il saignait.
Sans dire un mot, Mr. Jarman renvoya Harry dans l'arrière-boutique.
Hooker tremblait. Il sentit la main légère de Mr. Jarman sur son épaule.
« Comment va ta maman, Hooker ? » demanda-t-il. Il avait un léger accent allemand.

Hooker fut incapable de répondre. Tout ce qu'il pouvait imaginer dire c'était : « Elle est folle. »

« J'ai cru entendre que tu voulais des serviettes en papier ? »

Hooker essaya de faire oui de la tête.

« Je vais te donner celles-ci », dit Mr. Jarman. Il plaça deux paquets enveloppés de cellophane sonore entre les mains tremblantes de Hooker. « Vas-y, maintenant, dit-il. Je mettrai ça sur la note. »

Hooker s'en alla, mais avant de sortir il entendit quelqu'un d'autre – la voix de Mrs. Gaylor :

« Mais ils *sont* fous, vous savez. Ils sont tous fous. La nuit dernière, je les ai entendus hurler… »

Hooker passa devant elle en courant.

Comme il franchissait la porte, les voix de Mr. Jarman et de Harry qui parlaient un mélange d'allemand et d'anglais lui parvinrent : « Stupide ! *Mein Gott, du bist ein* idiot, Harry ! »

La porte vitrée se referma en vibrant, Hooker se retrouva parmi les bruits relativement paisibles de la rue.

Comme le ferait un adulte pris du besoin urgent d'un verre, Hooker fonça aveuglément vers Tamblyn, le drugstore, pour boire un milk-shake.

Au milieu de la route, il se débarrassa du souvenir terrible du rire de Harry pour se concentrer uniquement sur la douleur provoquée par ses paroles.

« Pourquoi, pensait Hooker avec fureur, pourquoi faut-il qu'ils soient tous au courant ? Et comment le savent-ils ? Et pourquoi ça les fait rire, pourquoi ça les rend si méchants ? » Sa mère n'avait jamais été méchante – sauf le jour où elle avait crié pour que Mrs. Gaylor entende. Gilbert n'avait jamais fait de mal à personne, il n'avait pas cherché à avoir de problèmes. Ou bien oui ? Y avait-il quelque chose... plusieurs choses – des incidents... des circonstances... des faits... que Hooker ignorait ? Était-ce pour cela que Gilbert restait tout le temps dans la bibliothèque ? Avait-il réellement peur d'être tué ? Quand était-il sorti pour la dernière fois en plein jour ? Pourquoi disait-on « les fous » pour parler d'eux ? Pourquoi Mrs. Gaylor le disait-elle aussi ? Pensaient-ils vraiment ça, tous ?

Il atteignit le comptoir de marbre, s'assit, passa sa commande.

« Salut, Hooker », fit une femme dont il ne put se rappeler le nom.

Il essaya de sourire.

« J'ai entendu dire que tu allais au bal, cette année ?

– Oui, dit modestement Hooker. Oui... j'irai.

– Je te comprends, fit l'inconnue. Ma foi... C'est le boom de la saison. Tu vas bien t'amuser. Tu as une petite amie ?

– Non... non, dit Hooker.

– On dansera… Il y aura un orchestre.

– Je…

– Amuse-toi bien, dit la dame en se dirigeant vers la porte. On n'est jeune qu'une fois !

– Je vais avoir douze ans… » murmura faiblement Hooker. Mais la femme était déjà loin, le store se balançait dans son sillage. Il ignorait qui elle était.

Il s'assit, ruminant de sombres pensées. Autrefois, c'était une bonne chose, de connaître une ou deux personnes, d'être reconnu d'elles… Plus maintenant. Maintenant c'était sinistre, bizarre. Il détestait la façon dont tout le monde avait l'air de le connaître, de savoir qui était sa famille, ce qu'ils faisaient tous, et tout le temps…

Son milk-shake arriva. La jeune fille qui était derrière le comptoir le posa devant lui d'un air las et alla chercher son bloc. Elle revint au bout d'un moment, glissa une fiche de papier vert sous son verre. Dessus elle avait écrit : « 30 cents ». Normalement c'était vingt. Il ne dit rien. Il avait envie de pleurer. Il cherchait son regard mais elle ne lui prêtait aucune attention. À présent, elle lisait un magazine à l'autre bout du comptoir.

Hooker finit rapidement son verre et se dirigea vers la caisse. Il tendit le ticket.

« J'ai pris un milk-shake », dit-il.

La femme dit :

« C'est bon. » Elle tendit la main.

Hooker, qui s'était attendu à ce qu'elle remarque l'erreur, fut dérouté par l'air narquois avec lequel elle l'enregistra. Il paya immédiatement, sans poser de question. Sauf avec les yeux.

En route vers la sortie, une dernière chose arriva.

Il s'était arrêté, tenant les serviettes en équilibre, pour mettre la monnaie dans sa poche, près du comptoir à journaux. Il y avait là un homme avec un magazine.

Hooker, immobile et silencieux, leva les yeux vers lui et s'apprêta à lui sourire. Mais bizarrement, l'homme ne lui rendit pas son regard comme Hooker l'espérait sans trop savoir pourquoi. Et la chose folle, la chose finale se produisit.

À l'instant où Hooker se tournait pour partir, il sentit soudain qu'on lui touchait l'entrejambe avec autant de précision que s'il avait été nu. Des doigts, surgis de nulle part, le palpèrent adroitement, totalement, puis disparurent aussitôt.

Hooker suffoqua mais se précipita vers la sortie. Sans même savoir qu'il courait, avant de pouvoir se rappeler où il allait ni pourquoi, il se retrouva, pantelant, hors d'haleine, de l'autre côté de la rue, devant l'épicerie Jarman.

Lentement, tournant le dos au drugstore, il fourra les paquets enveloppés de cellophane dans son porte-bagages et tenta d'enfourcher son vélo.

Tout se brouilla devant lui. Il n'y arrivait pas.

Que s'était-il passé ? Que se passait-il ? Que se passait-il ? Que se passait-il ?

Que se passait-il ?

CHAPITRE XV

TU VEUX toujours v'nir avec moi ce soir ? demanda Iris à Hooker au cours du dîner.

– Merci, dit Hooker.

– C'est quoi, ça, oui ou non ?

– Oui. »

Iris lança à Hooker un long regard soucieux puis se tourna vers Rosetta.

« J' dois garder au chaud le dîner de Mr. Gil ?

– Non.

– Il est pas sorti d' la journée, fit Iris.

– Je le sais parfaitement, Iris.

– Aujourd'hui, c'est ma soirée libre ?

– Oui. »

Iris marqua une pause diplomatique. « Ça va aller ? ne put-elle s'empêcher d'ajouter.

– Je ne vois pas pourquoi cela n'irait pas », dit Rosetta.

Iris regarda Nicholas.

« Allez..., dit-il. Nous pourrons toujours appeler la police s'il perd encore les pédales. »

Iris n'apprécia pas le ton de la voix.

« C'était juste pour rendre service », marmonna-t-elle.

Nicholas considéra son assiette.

Rosetta dit : « Mr. Winslow est désolé, Iris. Il n'avait pas l'intention de vous blesser. »

Iris se dirigea vers la porte de la cuisine.

« Neuf heures, fit-elle à Hooker avant de disparaître.

– Où allez-vous ? demanda Rosetta.

– Chez Alberta Perkins », dit Hooker. Il avait mal à la tête.

Rosetta réfléchit un moment.

« Tu veux dire chez les Harris, Hooker ?

– Non, dit Hooker en la regardant droit dans les yeux. Chez Alberta Perkins. »

Il se leva. Il se sentait bizarre. Il quitta la pièce sans s'excuser.

Rosetta attendit... Nicholas ne dit rien.

Elle soupira. Était-il possible que leur père fût mort depuis trente-cinq ans ? Ça paraissait invraisemblable. Elle se mit à compter.

À son étonnement, Gilbert ne dormait pas.

« Que s'est-il passé ? demanda-t-il lorsque Hooker entra dans la bibliothèque. Est-ce que j'ai tué ton chat ? »

Hooker ne répondit pas. Il pensait à son mal de tête. Il promena son doigt le long des étagères de la bibliothèque.

Dehors, la soirée était presque finie. Mais pas complètement.

« Ai-je tué ton chat ? » répéta Gilbert.

L'atmosphère de la bibliothèque était encore opaque de la fumée des cigarettes et de l'odeur de l'alcool.

Hooker craignit de répondre. Il regarda Gilbert.

« La jolie petite ? Celle qui attendait des petits ?

– Elle était rousse, dit Hooker. Tu l'as tuée hier avec ta voiture. »

À son tour, Gilbert regarda Hooker.

« Comment s'appelait-elle, Hookie ?

– Clémentine. Je me sens tout drôle.

– J'étais complètement bourré, dit Gilbert sans tenir compte de ce que Hooker venait de dire. Bon Dieu, c' que j'étais bourré ! J'ai cru que c'était une mouffette. »

Hooker s'adossa aux livres. Les termes vulgaires le déroutaient, l'inquiétaient. Il semblait que tout le monde parlât ainsi maintenant. Même sa mère avait dit des gros mots, la veille.

« Ne t'adosse pas aux livres, dit Gil. Tu vas abîmer toutes les reliures.

– Comment abîmerais-je toutes les reliures alors que je suis seulement ici ? » demanda Hooker, surpris lui-même par l'ampleur soudaine de sa voix.

Gilbert cherchait des allumettes.

« Personne n'a l'air de comprendre que c'est

ma bibliothèque, dit-il. Mes collections. Mes livres. Alors fais gaffe. »

Il passa la main sous un coussin et sortit une bouteille.

« Tu ne laisses jamais entrer personne, dit Hooker.

– T'es bien entré ! fit Gilbert.

– Ça pue, dit Hooker. Qui voudrait entrer ici ?

– Ouvre la fenêtre, alors ! »

Gilbert se versa un doigt de whisky. C'était du rye. Il leva la bouteille.

Hooker n'ouvrit pas la fenêtre. Il n'avait pas envie de bouger.

« Ça n'a pas la connotation intellectuelle du vin », dit Gilbert en considérant la bouteille.

Il la changea de place, la mit sous le canapé.

Il regarda Hooker.

« Lis-moi les titres, dit-il.

– J'ai mal à la tête, fit Hooker.

– Si tu le fais, ça va te passer. »

Hooker se tourna vers les livres. Il y avait des reliures orangées, vertes, rouges, bleues. Les titres étaient parfois écrits en lettres d'or, parfois en lettres d'argent ; mais la plupart étaient en noir. À l'époque où Hooker apprenait à lire, Gilbert lui faisait lire le titre des livres en guise d'exercice.

« Je commence où ?

– Là où tu es. N'importe où. Commence. »

Gil alluma une cigarette avec celle qu'il tenait

déjà. Il se prépara à écouter. Il baissa la tête, sembla respirer dans son verre.

« Je n'y vois rien, dit Hooker.

– Vas-y, dit Gilbert. Vas-y. »

Hooker commença : « *Les Lieut'nants de Lee*, dit-il.

– Lieu*te*nants, Lieu*te*nants... Nom de Dieu, t'es pas américain, que je sache ?

– *Les Lieutenants de Lee...* » répéta Hooker. Il s'arrêta, attendit, poursuivit rapidement. « *T. E. Lawrence par ses amis... Les Fleurs des autres hommes... Ces corps vils... Scoop...* » Puis plusieurs titres sur la même rangée, avec « P. G. Wodehouse » écrit sur la tranche.

« *Le Vent dans les saules...*

– Peuh... Grand nettoyage de printemps..., murmura Gilbert. Bah... Grand nettoyage de printemps... Peuh... »

Hooker lut toute une étagère de noms de poètes. « Byron... Shelley... Blake... Scott... Brooke... Arnold... Keats... *Les Sonnets de Shakespeare...* » D'autres noms... d'autres... d'autres encore.

« *Copains*, dit-il, à présent hors d'haleine. *Copains 38... Copains 39... Copains 40... Copains 41... Les Avions de l'avenir... Chez Jane... Clausevite...*

– Clausewitz !

– *en Guerre... La Femme d'Andros...* »

Gilbert but bruyamment puis prit une feuille de papier et se mit à écrire.

« Sur l'étagère au-dessus, à gauche. »

Hooker se hissa à l'endroit indiqué. Il commençait à se sentir moins bizarre.

« *Tendre est la nuit*, dit-il.

– Avec Toi, déjà, tendre est la nuit... » dit Gilbert. Il écrivit. La cendre de sa cigarette tomba dans son verre. Il sortit la bouteille, plaça le goulot exactement sur le rebord du verre et dit : « Mais ça n'a pas la connotation in-tel-lec-tuelle... » Il nota cette phrase, sourit. Puis il la ratura, et cessa de sourire.

« Vas-y, fit-il.

– *La Débâcle*...

– Oui, oui, oui. Vas-y. » Gilbert semblait irrité mais Hooker obéit :

« Gatsby le Magnifique...Histoire du jazz... De l'autre côté du paradis. . Les Désenchantés... De ce côté du paradis... »

Gilbert rit.

Hooker s'arrêta.

« Très bien, fit Gilbert d'un ton comique, méconnaissable. Alors comme ça t'es désenchanté... Je suis désenchanté... Nous sommes tous désenchantés ! » Il rit encore.

Il regarda Hook. Hooker ne put soutenir son regard et il continua à lire.

« Thurber..., murmura Gilbert. Un homme très amusant. Mort.

– *Le Vin rouge de la jeunesse...* »

Hooker s'arrêta brusquement. Il regarda Gil.

« Qui est mort ? »

Gilbert cilla. Puis il comprit et sourit.

« Le meilleur d'entre nous est mort, déclara-t-il. Le meilleur d'entre nous. »

Il écrivit : « Le meilleur d'entre nous est mort. »

Il ratura, écrivit : « *Les* meilleurs d'entre nous sont *morts.* »

Hooker regarda son frère écrire. Puis il dit :

« Gilbert ?

– Oui ?

– Qu'as-tu fait à Janice Parker ?

– Rien.

– Tout le monde dit que tu lui as fait quelque chose. Même Harry Jarman.

– C'est un menteur.

– Mais que lui as-tu fait ?

– Je croyais que tu avais mal à la tête.

– C'est parti, dit Hooker. Dis-le-moi. »

Gilbert soupira, se cacha les yeux de la main.

« Tu ne comprendrais pas même si je te le disais. Même si je l'écrivais en lettres de deux mètres de hauteur, tu ne comprendrais pas. »

Hooker regarda par la fenêtre.

« Aujourd'hui, il m'est arrivé une chose, dit-il.

– Bravo ! dit Gilbert.

– Ça m'est pourtant arrivé. Je te le dirai si tu me dis.

– Je n'ai rien à dire. »

Soudain, Hooker éclata en sanglots. Il ne pouvait plus retenir ses larmes.

« Qu'y a-t-il ? » dit Gilbert d'un ton méfiant. Sa mère pleurait si souvent.

« Personne ne me dit jamais rien », dit Hooker.

Gilbert essaya de rire.

« Ce n'est que ça ? »

Hooker fit la moue. Il promena son doigt sur l'étagère la plus proche. En fin de compte, il y avait des choses à comprendre. Il y avait des choses importantes à dire. Enfin. Mais ça n'était pas pour aujourd'hui. Il arrêta de pleurer.

« On ferait aussi bien, se dit-il, de ne plus être des gens. » Il pensa à la façon dont ils étaient ensemble, avant. Il pensa à d'autres familles qu'il avait connues – ça paraissait si loin. Toutes ces familles, et eux aussi… ils avaient été des gens.

« Est-ce que quelqu'un se souviendra ? demanda-t-il.

– Se souviendra de quoi ?

– De Maman. »

Gilbert respira profondément.

« Bien sûr, dit-il.

– Est-ce qu'ils parleront d'elle ?

– Non.

– Est-ce qu'ils auront de la peine, pour elle ?

– Pourquoi auraient-ils de la peine ?

– Parce que.

– Alors je crois que oui. Oui. *J'ai* de la peine.

– Est-ce qu'ils auront de la peine, *eux* ? Père. Rosetta. Ceux-là ?

– Nous n'en saurons jamais rien.

– Pourquoi ?

– Parce qu'elle va vieillir et que nous oublierons. Ça n'aura plus d'importance. »

Hooker mit les mains dans les poches.

« Je ne veux pas vieillir », dit-il.

Gilbert ne put s'empêcher de sourire.

« Coriace », dit-il. Mais il ne le dit pas comme une méchanceté. Hooker le regarda.

« Si on sortait ? demanda Hooker.

– Pour aller où ?

– Dehors. J'ai envie de te parler. »

Gilbert réfléchit.

« C'est possible dit-il. On pourrait sortir par l'écurie.

– Bien, dit Hooker. C'est d'accord. »

Ils rassemblèrent avec soin tout ce que Gilbert voulait emporter et le mirent dans un sac, comme s'ils partaient pour longtemps : le reste de la bouteille de whisky, un bloc de papier. Des crayons. Un pull. Des cigarettes.

Ils marchèrent vers la pelouse.

« Quelle belle journée. Et quelle belle soirée, Hookie », dit Gilbert. Il fit une pause, sortit son mouchoir, s'essuya lentement le visage. Hooker vit la ligne, d'ordinaire cachée, où les cheveux reculaient. De minuscules perles de sueur formaient un petit cône au-dessus des sourcils de Gilbert. Sa chemise blanche était trempée. Il paraissait vieux.

Gilbert dit : « Bon Dieu ce qu'il fait chaud ! Et si épouvantablement humide. Où allons-nous ? »

Les mouvements de la marche semblaient le fatiguer.

« Hook ?

– Veux-tu que je porte le sac ?

– Non, dit Gilbert, je vais le – *Ouuups*... ! »

Il tomba. Il s'était pris le pied dans l'un des arceaux du jeu de croquet installé sur la pelouse en prévision de toutes les parties qu'ils n'avaient pas faites.

« Où allons-nous ? dit-il, encore par terre.

– Nous devons passer par l'écurie. Autrement Père te verra. Ou Rosetta.

– *Quoi* ? dit Gil, ils *sauront* que j'ai encore bu ! »

Hooker lui-même ne put s'empêcher de rire.

Gilbert s'assit là où il se trouvait, ouvrit le sac et dit : « Faisons une partie de croquet. Autant en profiter, maintenant que tu m'as fait franchir la porte.

– Non, dit Hooker. Pas maintenant. Nous jouerons une autre fois. »

Ils rirent encore – sans savoir pourquoi.

CHAPITRE XVI

LORSQUE HOOKER eut raconté à Gilbert ce qui lui était arrivé chez Tamblyn, Gilbert poussa un profond soupir et dit : « Bon.

– Alors, qu'est-ce que ça voulait dire ? » demanda Hooker.

Mais Gilbert ne répondit pas. Il continua : « Je ne *suis* bon qu'à une chose, Hook : parler. Je sais parler. C'est d'accord ?

– Oui, dit Hooker. C'est d'accord.

– Alors je vais essayer de dire quelque chose. Ça va ? »

Hooker fit oui de la tête. Après tout, il parlerait peut-être du revolver à Gilbert ce soir...

« Si seulement je savais par où commencer... »

Gilbert but au goulot.

« Dis donc, Hook ! dit-il en riant. Regarde-moi ça. »

Il leva la bouteille en direction de la maison.

« Je porte un toast ! dit-il. À LA MAISON DES CINGLÉS ! »

Il but encore. Il pouffa encore. Il baissa la voix.

« Rosetta en pisserait dans sa culotte, si elle voyait ça. »

Ils se mirent à glousser. D'un gloussement silencieux, presque sinistre. Les sourcils de Gilbert montaient et descendaient.

« Arrête, maintenant ! fit-il. Tais-toi. C'est une discussion sérieuse. »

Hooker redevint silencieux. Au bout d'un moment, Gilbert se calma aussi.

Il but, le whisky coulait le long de son cou.

« Cher Hooker, commença-t-il. Cher Hooker... À présent – voyons... »

Un doigt sur le menton, gardant la pose, il leva les yeux vers le ciel et commença :

> « Lorsque Dieu créa l'homme,
> Un verre de bénédictions posé près de Lui
> Voyons (se dit-Il), versons-y tout ce que
> nous pouvons... »

Il se remit à pouffer. Le fou rire le gagna.

Hooker s'inquiéta. Il craignait que Rosetta ou leur père ne regardent par la fenêtre.

« Chut ! fit-il. Tu vas nous faire attraper.

– Nous faire attraper ? Dans cette maison ! dit Gilbert. Pas de danger ! »

Il reprit son sérieux.

« Je dois quand même être bon à quelque chose... », dit-il.

Hooker attendait.

« Ne te laisse pas démolir, dit Gil. Je veux dire, par ce qui est arrivé ce matin au drugstore. Ce n'est qu'un moyen, terrible, de grandir. » Il contempla ses pieds en souriant.

« Ça s'est passé si vite, dit Hooker

– Ça t'a pris par surprise, hein ? Eh bien... Je te le dis... ne te tracasse pas. Si ça arrive encore, donne un coup de pied au mec en plein dans les couilles et tire-toi vite. Ça l'arrêtera net. Tu sais, c'est comme toutes les pulsions – n'importe quelle pulsion ancienne... Il a eu la pulsion de te toucher et tu ne l'as pas empêché. C'est comme ça. Mais vois-tu... il y en a qui... » Il s'arrêta, hurla soudain en direction de la maison : « ... VEULENT QU'ON LES EMPÊCHE ! » Sa voix revint près de Hooker. « Pas de faire des choses ordinaires, mais d'autres choses – les choses minables... Comme pour cet homme de te toucher. Pour moi de ne pas avoir de boulot, de boire. Je veux qu'on m'arrête. J'en ai besoin. Sauf que... »

Il alluma une cigarette.

« C'est trop tard, bien sûr... Il est toujours trop tard, en fin de compte.

– Pourquoi ne t'arrêtes-tu pas tout seul ? »

Gilbert posa sur Hooker un regard stupéfait. Puis il sourit.

« Mais comment ? dit-il. Au nom du Ciel...

– Je n'en sais rien, mais...

– Non ! Non ! Non… non… non… Au bout d'un certain temps, il n'y a qu'un moyen de s'arrêter. Un seul. »

Gilbert leva la main, et un doigt de la main.

« Lequel ?

– Hein ? Oh… Eh bien… Je veux dire, il y a un moyen d'arrêter si on le veut vraiment…

– Je sais, mais… »

Soudain, comme changeant complètement de sujet, Gilbert déclara : « Je ne suis pas menteur, Hook. Tu le sais, n'est-ce pas ? »

Hooker écouta mais ne dit rien.

« T'ai-je jamais raconté l'histoire de Mr. Brown à Markham College ?

– Je ne sais pas. Je ne crois pas.

– Oh, mais tu vas adorer Mr. Brown ! Tu vas l'adorer, tout simplement. Où en est ton mal de tête ?

– Ça va. Qui est-ce ? Qui c'est, Mr. Brown ? »

Gilbert considéra la question et répondit : « Dieu. Si tu n'as jamais rencontré Dieu, Hooker, tu le rencontreras à Markham College. Il s'appelle Mr. Brown. »

Gilbert contempla la cendre de sa cigarette.

« Lorsque j'étais à l'école, à Markham et que je faisais des choses telles qu'écrire de la poésie, il y avait un tas de types – Haney, Gould, Richard et les autres – qui apprenaient les livres par cœur et pouvaient donner les réponses juste en regardant les livres. Ils avaient compris le truc pour réussir dans la vie. Des types stupides, sans cervelle, mais qui avaient eu l'astuce de piger que tout ce qu'ils avaient à faire, c'était apprendre par cœur la partie purement factuelle du savoir. Partant de là, on ne pouvait jamais les traiter de menteurs. Ils ne remettaient pas en question ce qu'ils apprenaient, ils l'apprenaient, tout simplement. C'était dans les livres. C'était la vérité. J'aurais pu faire ça moi aussi, mais... je ne l'ai pas fait. Je devais travailler très dur pour que ma mémoire enregistre quelque chose. Oh... pas mon cerveau... mon cerveau savait des choses, il en sait toujours. Mais ma mémoire... Je posais tout le temps des questions : "Un triangle isocèle a-t-il un sens ?" demandais-je. Lorsque le livre disait : "Voici quatre propositions positives – une, deux, trois, quatre – dont chacune est exacte dans ses présupposés", je doutais. Tu comprends ? En général, les élèves ne font pas cela, dans les écoles. Dans ce cher vieux Markham College, la plupart n'avaient d'yeux que pour ce cher vieux Mr. Brown, leur bon maître, et suivaient son doigt sur le tableau noir en répétant aimablement : "Je vois l'abeille fabriquer du miel, pendant qu'elle s'accouple avec les fleurs" ou "Quatre et quatre font huit. Et huit et huit font gentiment seize." Eh bien – il haussa les épaules – ils apprenaient. Pendant ce temps, moi je recomptais dans ma tête. "Écoutez, Winslow, disait Mr. Brown, vous êtes lent, vous savez ! Vous n'êtes pas du niveau de cette classe, vous ne comprenez même pas que deux et deux font sacrément quatre." Il voulait une obéissance aveugle aux faits. Pour moi, ça voulait dire que le type n'avait pas d'imagination. Moi il fallait que je m'étonne. Et j'étais étonné – ce qui signifie que j'avais la tête pleine de ces petites, minuscules inquiétudes dont sont faits les jours et le temps qui passe. Ma tête en était pleine – et bien sûr, à la fin de l'année, j'ai échoué à l'examen. Pendant deux années entières, j'ai lutté contre les faits de Mr. Brown sans réussir à m'y retrouver – comme il le voulait *lui*. Alors, juste avant la fin du troisième round, il y a eu cette classe d'anglais, et la ballade... »

Gilbert s'arrêta. Il se souvenait. Lentement, il se remit à parler.

« Chacun devait écrire une ballade. Presque tous les types écrivaient de la très mauvaise poésie – en général, leurs poèmes n'étaient qu'une suite de mots avec des rimes. Moi j'en avais écrit une... sans blague, même si c'est *moi* qui le dis ! – qui balançait bien ! La ballade-qui-balance ! Ha ! ha ! Pas mal, j'ai pensé. Cette fois, je suis fier. Cette fois je vais briller. Mr. Brown va en avaler son chapeau... Arrive le moment de la lecture. Je commence à lire – plein d'émotion, tu vois, j'y étais pour de bon, je savais que c'était bien, que ça sonnait juste, original, excellent ! Il dit : "C'est tout simplement meerveilleux... Winslow." » Gil répéta : « Meer-veilleux ! Meer-veilleux ! »

Hooker sourit et attendit.

Gilbert dit : « Et il ajoute : "Où l'avez-vous copiée ?" »

Hooker fit une grimace.

« C'est pourtant ce qu'il a dit, répéta Gilbert. Tu comprends ? Tu comprends ? Il fallait qu'il écrase ma fierté. Jusqu'à l'os. »

Ils restèrent sans bouger.

« Je n'ai pas pu le supporter, bien sûr. Parce qu'il n'y avait qu'une matière, une seule où j'étais sûr d'avoir du talent ! – c'était la poésie... J'avais pour ça un goût authentique. J'avais travaillé cette ballade, je m'étais échiné, j'avais sué sur elle. Et voilà que ce Brown s'amène, et crac ! Il m'accuse de plagiat. »

Gil regarda Hooker.

« Ce n'était pas vrai. Je l'avais écrite moi-même. Je l'avais vraiment écrite... Alors j'ai appelé Brown et je lui dis : "Je n'ai pas copié cette ballade, Mr. Brown, je l'ai écrite." Les copains m'ont cru parce qu'ils savaient que j'avais ce genre de dispositions. Mais : "Oh non, vous ne l'avez pas écrite, Winslow, je peux même vous dire où vous l'avez trouvée." Ça m'a fichu un coup. Ça m'a vraiment fichu un coup car je me suis dit : Mon Dieu, c'est peut-être fou, mais vrai... Peut-être, bizarrement, une chose que j'ai oubliée depuis longtemps m'est revenue alors que je croyais l'avoir fabriquée moi-même. Mais la *vérité*, c'est que je l'avais écrite. Souviens-t'en. Après la classe, les gars m'ont dit : “Oh, on est sûrs, vieux Gilbert Hugo Winslow, que c'est toi qui l'as écrite.” Je suis allé voir Garret, le directeur, je lui ai dit que je partirais si Brown persistait dans son infect mensonge de plagiat. “Très bien, a répondu Garret. *Bon*, Winslow” – il parlait comme ça – “*Bon*, Winslow, je crains que vos notes ne *démontrent* clairement que vous n'êtes pas le genre d'*étudiant* qui convient à notre établissement. Je ne connais pas suffisamment la poésie anglaise pour être en *mesure d'affirmer* que vous avez copié ces vers, mais il me paraît *é*vident qu'étant donné votre *paresse*, votre manque de coopération et votre comportement *stupide*, Mr. Brown est incontestablement dans le vrai quand il donne *sa* version des faits. Je crains d'avoir à en informer vos *parents*, Gilbert.” »

Gil s'arrêta.

« Bon, c'est pas tout à fait fini. Le lendemain en classe, Mr. Brown dit : “Winslow. Je crois que vous avez des excuses, des aveux à faire. Levez-vous, je vous prie, faites ce que l'on vous dit.” Moi : “Comment, m'sieur ? Non, je n'ai rien à dire, m'sieur. – Bien sûr, que vous avez quelque chose à dire, ajoute-t-il, au sujet de la ballade. Je veux que vous y renonciez, ici et maintenant – que vous reconnaissiez votre culpabilité devant la classe en ma présence. Je n'accepterai rien de moins." Tous les gars ont pensé que j'étais cinglé. "Pourquoi pas ? disaient-ils. Nous savons tous que c'est toi qui l'as écrite. Dis à Brown que tu es désolé, tout sera oublié. – Jamais, ai-je répondu. Je suis désolé, Mr. Brown – mais vous êtes un salaud, Mr. Brown." Je me suis levé, j'ai quitté la classe. »

Gil réfléchit quelques secondes puis conclut :

« Je suis allé chercher mes cigarettes dans mon casier, j'ai mis mon costume bleu, je suis allé en ville. Depuis, je suis ici. Compris ? T'as compris ? C'est à ce moment-là que je suis revenu à la maison, tu t'en souviens probablement. Maintenant, tu connais aussi la raison. La raison pour laquelle je pense être revenu à la maison. Car c'est cela l'important, vois-tu. Chacun doit mettre au point ses propres histoires, avec beaucoup de clarté. »

Plus tard.

Hooker regardait les cerceaux et les pieux colorés du jeu de croquet.

« Mais qu'est-ce donc que je devrais savoir ? demanda-t-il. Ce dont tout le monde ne cesse de parler ? »

Gil le regarda légèrement de côté – les yeux rougis.

« Il y a beaucoup de choses qui dépassent l'entendement, petit, dit-il.

– Mais dis-m'en un peu. Juste un peu.

– Je ne peux pas t'en dire un peu. On ne peut pas dire un peu. Savoir, c'est supposer, il me semble. Tu prends un peu de ce que tu sais, tu fais semblant de savoir le reste. Tu complètes. Tu dois le faire. Conclusion, je ne peux rien te dire.

– Pourquoi ?

– Tout le savoir est ainsi fait : une part d'hypothèses, une part d'expérience. L'expérience, c'est ce que tu ajoutes de toi-même.

– Mais est-ce qu'on peut être sûr de quelque chose ?

– Oui. Des faits – comme on les appelle.

– Les faits ?

– Je veux dire : la pensée et l'existence humaines se sont matérialisées en ce que l'on appelle les faits. Ces faits nous aident à nous comporter de manière civilisée. Mais ils ne nous empêchent pas d'être ce que nous sommes – ce qui est le sujet de notre conversation. Cet homme. Moi. Papa et Maman.

– Hum…

– Au niveau des faits, nous sommes bien policés. Tu comprends ? Au niveau des faits, toi et moi sommes des aristocrates. »

Une goutte de la peinture rouge de l'écurie avait séché sur le sol. Hooker la fit glisser du bout de l'ongle sur la terre brune. Il reformula sa question :

« Alors, c'est pas défendu, de faire du mal aux gens ? »

Gil but soudain une grande rasade au goulot et laissa doucement retomber la bouteille entre ses genoux. Il frissonna.

« Non, puisque les gens le font. » Gil rit. « Non, dit-il, non... mais c'est vraiment la question-piège la plus tordue de tous les temps, parce que la réponse est présupposée être : oui.

– Qu'est-ce que ça veut dire, présupposée ?

– Exactement cela. Mais les faits disent : ça ne peut être défendu puisque tant de gens s'y complaisent.

– S'y complaisent ?

– Se complaire. Continuer à le faire. »

Hooker réfléchit.

Gilbert dit : « Je pense qu'en réalité, tu me demandes de te parler du sexe. Mais je n'ai pas de bon truc pour ça. Le sexe est une chose – une des choses – autour desquelles on fabrique des histoires. C'est ta propre vie, alors tu fabriques ta propre histoire. Il n'y a pas de réponse – c'est-à-dire, pas de bonne explication. Tu te demandes à quoi sert toute cette souffrance, toute cette douleur dont on parle. Mais il n'y a pas de souffrance. Seulement la honte. La honte de ne pas savoir, comme toi, ou la honte de savoir, comme moi. Les hommes et les femmes, vois-tu – il y a des hommes et des femmes... »

Hooker attendit. Finalement il dit : « Et alors ? »

Gilbert regarda Hooker. C'était bizarre. Un regard effrayé. Un regard horrifié, mais Hooker ne pouvait le comprendre. Gilbert pleurait.

« Qu'y a-t-il ? Qu'est-ce qui ne va pas ? Qu'y a-t-il ? »

Gilbert dit : « Je ne veux pas que tu saches. Oh, nom de Dieu – je ne veux pas que tu aies à savoir ces choses ! »

Hooker regarda au loin.

Puis Gilbert dit : « Hook ?

– Oui ?

– Quand je t'ai dit que je n'étais pas menteur, tu m'as cru ? »

Hooker avala sa salive.

« Oui, dit-il.

– Tu m'as cru pour le poème ?

– Oui.

– Tu me croirais si je te disais que ce n'est pas moi – pour Janice Parker ?

– Oui. »

Gilbert regarda l'arrière de la maison.

« Et...

– Oui ? »

Pause.

« Hook ?

– Oui ?

– Hook ?

– Oui ?

– Tu n'as pas l'impression, parfois, que... tu ne

sens pas, par moments, que quelque chose d'étrange va t'arriver... Hook ? Quelque chose dont tu as peur ? »

Maintenant ils se regardaient. Hooker ne dit rien. Gilbert essaya de sourire lorsqu'il vit les yeux de Hooker, mais il n'y parvint pas.

Il dit alors très doucement : « Oui... Je sens cela..., dit-il. Je le sens..., dit-il. Je le sens... Tu comprends ?

– Est-ce que nous sommes fous ? » demanda Hooker.

C'était brutal.

Mais Gilbert ne rit pas. Sa voix se fit encore plus douce.

« Comment l'entends-tu ? demanda-t-il.

– Sérieusement, dit Hooker. Je veux savoir. »

Gilbert soupira. Le mur de l'écurie était d'un rouge un peu passé derrière eux, et sur la pelouse n'importe qui aurait pu trébucher sur les arceaux installés pour le jeu. Mais personne ne vint – excepté quelques oiseaux occupés à chercher des vers, et qui faisaient très attention, car pour eux les arceaux n'étaient qu'un piège installé par les hommes, et dont il fallait se méfier. Le soleil envoya une lueur lointaine et jaune. L'humidité se fit plus dense, l'air s'alourdit de l'odeur de l'herbe, des feuilles de souci, des vieux fauteuils d'osier. Hooker sentit aussi l'odeur de la fumée de la cigarette de Gilbert – c'était comme du bois mouillé, qui brûlait à peine, se dit-il, quelque chose de mystérieux.

Hooker dit : « Mère est là-haut. Elle ne redescendra pas. Tu passes ta vie dans la bibliothèque. Rosetta ne me regarde pas. Iris a ses propres secrets. Papa s'assoit en tournant le dos à tout le monde. C'est quoi tout ça ?

– Ah..., dit Gilbert. Je ne sais pas.

– Mrs. Gaylor dit que nous sommes fous. »

Voilà. C'était dit.

Gil posa la bouteille sur le sol. Il regarda les arceaux. Le jeu, pensa-t-il, consiste à passer au travers jusqu'au bout puis à battre l'adversaire au poteau.

Tout haut il dit : « Mrs. Gaylor, hein ?

– Oui », dit Hooker.

Il y eut un profond silence, qui fit regretter à Hooker d'avoir parlé – il eut peur.

Gilbert caressa doucement la bouteille. Il la coinça entre ses jambes, regarda le goulot. Il y enfonça le doigt, souleva la bouteille.

« Tu vas la casser, dit Hooker, tu vas te couper le doigt. »

Gilbert laissa retomber la bouteille.

« Hooker, dit-il. Dis-moi. C'est quoi, être fou ? »

Hooker marqua un temps.

« Cinglé, je pense. Bizarre. Ne pas faire les choses comme il faut. Je ne sais pas... Être fou ! »

Il lança à Gilbert un regard aigu.

« Fou », répéta-t-il.

Gilbert soupira, regarda au loin.

« Qu'est-ce que tu veux ? Une réponse sensée ?

– Je ne sais pas, dit Hooker. Je ne veux rien.

– Si, tu veux !

– Ne te fâche pas. Je voulais seulement dire...

– Tu n'es qu'un sale petit pédé. Pourquoi n'as-tu pas foutu ton poing sur la gueule de la mère Gaylor ?

– Mais c'est quoi ? » cria Hooker. Il ne se donna même pas la peine d'expliquer qu'il avait frappé Harry Jarman.

Gilbert ne dit rien. Il ruminait quelque chose avec violence, mais sa colère contre Hooker semblait avoir disparu.

« Tout le monde sait que tu ne *fais* rien de la journée. »

Gilbert enleva son doigt de la bouteille, but tranquillement. Hooker décida de continuer à l'exciter pour avoir une réponse.

« Harry Jarman aussi dit que nous sommes fous.

– Commérages... » murmura Gilbert. Il avait l'air étrange, tout à coup, les jambes étalées, avec ses chaussures si soigneusement cirées.

« Donc, moi aussi je crois que nous sommes fous, dit Hooker. Fous comme les fous des asiles. Notre mère est folle, n'est-ce pas ?

– Nom de Dieu ! cria Gilbert.

– Il y a toute une liste de fous et nous, on est les derniers. »

Gil avait la bouche pleine de réponses mais il était incapable de parler. Il resta sans rien dire.

Hooker le regarda. C'était vrai. Tout ce qui avait été dit était vrai. Sur le poème. Sur la chatte. Sur leur mère. Sur Janice Parker. Ce que Mrs. Gaylor avait dit était vrai. Il regarda les chaussures de Gilbert, ses pantalons gris si nets, parfaitement repassés. Ses mains sans poils. Il contempla le nez bizarre mais aristocratique de son frère, la bouche ouverte et muette, la ligne du cou, ample, dépourvue de menton, les yeux bleus, bleus, délavés, la bouteille, la ligne fuyante des cheveux. Il entendit des paroles assourdies, brèves, venues du passé – des mots de Gilbert : « Bonne nuit – tu peux m'appeler si tu veux que je vienne. » Les mots traversèrent la pelouse en chuchotant, passèrent sous les arceaux perfides, rebondirent comme des balles qui auraient raté le poteau. Et enfin il sut que c'était vrai. Qu'ils étaient fous. Comme tout le monde le disait. Et que lui, adossé à la vieille écurie rouge avec un frère fou et un bruit d'ailes qui bourdonnait dans les oreilles – il était le dernier des fous.

La soirée sombra dans le silence.

« La nuit tombe si vite, à présent, dit Gilbert. Et il fait si frais. Tu devrais rentrer. Va avec Iris. Je reste ici un moment. J'aime cette vue. J'ai toujours aimé cette vue sur la pelouse. J'aime la vue sur notre vieille maison. Les arbres, et tout ça…

– Je suis désolé, dit Hooker. Je ne disais pas ça pour toi. »

Gilbert sourit.

« Je sais, dit-il. C'est juste que tu as une drôle de façon de parler. C'est tout, vieux. Tu as une drôle de façon de parler. Mais au moins tu parles. Bonne nuit.

– Bonne nuit. »

L'obscurité se fit totale.

CHAPITRE XVII

HOOKER occupait le siège arrière de la voiture qui les menait au club. Son père conduisait.

La route était presque déserte, c'était surprenant pour un vendredi. Lorsqu'ils quittèrent l'autoroute pour s'engager dans la partie campagnarde du trajet, toute trace de circulation disparut.

Nicholas conduisait vite, le bras appuyé à la portière, le coude à l'extérieur. Il était à l'aise, les poignets souples sur le volant. Il fumait. Le col de sa chemise était ouvert.

Rosetta, assise à sa droite, semblait totalement absorbée dans ses pensées. Son front était plissé presque jusqu'aux yeux, ses sourcils arqués comme de fines parenthèses renversées, ses lèvres pincées. Sans cesse, elle mettait ses gants et les enlevait comme si elle voulait savoir combien de fois elle pourrait le faire avant l'arrivée. Ce geste remplissait Hooker d'appréhension.

Près de lui sur le siège arrière, il y avait deux valises et un sac de voyage. Le sac contenait son costume bleu, une chemise, des chaussettes, une paire de chaussures de ville noires. L'une des valises contenait le complet de Nick, ses chaussures, sa chemise et ses accessoires ; l'autre – bien plus grande et plus plate – la robe de soirée de Rosetta, en velours bleu, des chaussures de bal légères, un sac du soir en strass avec une longue chaîne dorée. Hooker savait que le sac contenait une boîte à cartes en nacre, un sachet d'herbes aromatiques et deux mouchoirs de dentelle.

Ils avançaient. Le rempart d'arbres reculait devant la sécheresse de l'été. Le ciel était aussi blanc et chaud que durant toute la saison, et la soif de pluie donnait au bois une odeur sèche, poussiéreuse.

Des cailloux roulaient sous la voiture. Hooker sentit sa vieille peur de la vitesse lui tordre l'estomac.

Mais ils allaient bientôt arriver.

Ils dépassèrent une série de clôtures bancales en grillage puis, çà et là, quelques pans de forêt – bouleaux, érables, chênes, ormes malades, hêtres. Les arbres furent bientôt remplacés par un verger de pommiers à l'odeur puissante, très sucrée – tapi, avec son profil dentelé, derrière un mur –, qui provoqua une sorte de hoquet chez Rosetta, peut-être sous l'effet d'un souvenir ancien.

Au verger succéda une prairie si dense de pâquerettes qu'on les eût dites semées pour être récoltées. La prairie était pleine d'abeilles – dorées, énormes, qui semblaient dormir... de celles qui, d'habitude, travaillaient comme en transe, hypnotisées par leur labeur.

Un papillon d'un vert laiteux était posé sur la poussière jaune de la route.

Nicholas fit une embardée pour l'éviter, et tous le regardèrent s'en aller, presque sans remuer les ailes, inconscient.

La route fit une boucle..., descendit..., entama la dernière côte, avant le tournant à travers les bois indiquant qu'ils arrivaient.

Rosetta garda une main gantée et laissa tomber l'autre gant sur ses genoux habillés de lainage gris. C'étaient des gants blancs. De sa main nue, elle vérifia son filet – une résille à grosses mailles, qui n'était pas de la teinte de ses cheveux.

« Ils ont abattu des arbres là, vous avez vu ? » dit-elle.

Personne ne répondit

Le bois s'était éclairci. Les ormes malades, condamnés.

Le portail apparut, ouvert, avec ses piliers de pierre, ses ferronneries énormes.

DIX KILOMÈTRES À L'HEURE. MERCI, indiquait un panneau prétentieux. Le MERCI était là comme une marque de bon goût.

Hooker se laissa glisser de son siège jusqu'au ras du plancher. Il regardait en haut, par la fenêtre, les mouvements du ciel à travers les branches. À présent, Nicholas roulait à vingt à l'heure, mais à la vue des arbres, Hooker avait l'impression qu'il allait très vite.

Peu à peu, les bois et les clôtures se firent plus rares. Hooker se redressa pour jouir de la dernière partie du trajet, qu'il avait toujours aimée. C'était la descente avant les tournants difficiles s'élançant vers le sommet.

Là, on avait toujours l'impression qu'on allait verser. Il fallait accélérer. Soudain, la voiture se sentait pousser des ailes, vrombissait, s'élevait – comme délestée. Elle prenait courageusement le tournant, en équilibre, s'envolait vers la crête où la route et la vue se retrouvaient brusquement à l'air libre, dégagées des derniers arbres du bois. Puis... une grande demeure datant du XVIIe siècle apparaissait. C'était le club.

Avant d'arriver à l'allée, il y avait un parking de gravier crissant, à ciel ouvert. Il était cerné sur trois côtés par un véritable cloître de pins d'Écosse et d'épicéas. Sous ces arbres, dans les taches de soleil, on voyait les carts des membres du club de golf avec, dedans, leurs sacs de toile écossaise garnie de cuir.

Nicholas freina. Dans le silence qui suivit, ils entendirent le vent dans les pins. Ils écoutèrent un moment sans bouger, contents d'être arrivés en un lieu qu'ils aimaient bien. Ils aperçurent la voiture de Gilbert, garée non loin de là sous les arbres.

Hooker éprouva à sa vue un sentiment d'abandon – elle était là, solitaire, brillante et rouge. Elle lui parut splendide et vide.

Ils sortirent de la voiture. Le gravier crissa sous leurs pieds, s'ouvrit devant eux comme une mer. Ils s'affairèrent autour de la voiture, sortant divers objets en plus des valises et du sac – et marchèrent, ainsi chargés, jusqu'au bâtiment.

Rosetta, concentrée sur son propre rôle, se dirigea d'un pas ferme vers la porte où l'on pouvait lire : VESTIAIRES ET DOUCHES DES DAMES – VEUILLEZ FAIRE ENREGISTRER LES INVITÉS. Elle entra sans dire un mot.

Nicholas jeta sa cigarette. À peine avait-il tendu la main vers la porte qu'un employé l'ouvrait.

Dès qu'ils furent entrés, ils se sentirent rafraîchis, apaisés par le calme qui régnait à l'intérieur.

De l'extrémité d'un long couloir vert lambrissé, plein d'affiches et d'instructions accrochées pour les membres du club, leur parvinrent des sifflotements, des refrains, provenant des douches des hommes.

Hooker prit une profonde inspiration.

Un serveur en veste blanche passa devant eux avec un plateau chargé de diverses boissons sans alcool, en petites bouteilles décapsulées. Il naviguait adroitement de part et d'autre du couloir, sans ralentir l'allure. Hooker admirait ses pieds.

L'employé dit : « Laissez-moi prendre ceci,

monsieur Hooker. Bonjour, monsieur Winslow. Laissez-moi porter cela dans votre vestiaire. »

Il se chargea avec grâce de la plus grande partie des bagages, s'effaça pour les laisser passer.

Ils avancèrent.

Hooker détesta cela.

Lorsqu'ils approchèrent des vestiaires de pin avec leurs rangées de bancs, ils entendirent des rires. Un homme en slip se recoiffait. Au passage, des gouttes d'eau éclaboussèrent le visage de Hooker. Les portes des douches étaient fermées. Ils entrèrent – Nicholas sévère, l'employé à la fois empressé et indifférent. Hooker souhaita être dans le champ avec ses chats ou n'importe où ailleurs, au-delà de ces murs... Nicholas salua quelques personnes. Chacune des paroles qu'il prononçait parut à Hooker anormalement forte, comme si les amis de son père étaient devenus sourds. À brûle-pourpoint, il fut présenté à un homme dont les reins étaient mollement ceints d'une serviette. Il fila jusqu'au vestiaire de son père, s'assit sur le banc.

« Veux-tu un verre de lait ? » dit Nicholas.

Hooker dit :

« Oui. »

L'employé sourit, posa les bagages et disparut.

Par chance, leur rangée était vide. Ils n'avaient cependant pas à se déshabiller complètement. Il leur fallait juste quelques vêtements, et changer de chaussures.

« Quand vas-tu rencontrer tes amis ? demanda Hooker.

– Ils sont là, dit Nicholas. Tu peux rejoindre Rosetta dès que tu seras prêt. »

Déjà, il était absorbé, emporté par la perspective de ce qu'il allait faire. Il parlait pour parler, changeant de chaussettes, de chaussures, sortant son gant de golf, quelques vieux mouchoirs.

« Que vas-tu faire ? As-tu vu quelqu'un ? Rosetta va probablement prendre le thé dans un moment – tu peux commander autant de toasts que tu veux. Lorsque tu en auras envie, viens prendre une douche. Mais sois prêt à six heures. Nous ne devons pas être en retard.

– Non, Père.

– Essaie de retrouver Gilbert.

– J'ai vu sa voiture.

– Il est donc ici ?

– Bien sûr, dit Hooker.

– Oui, bien sûr, dit Nicholas. Et ne va pas nager.

– Je n'ai pas pris de maillot.

– Bon, eh bien… Lorsque Rosetta et ses amies feront la sieste, va dans les bois. Il y a beaucoup d'oiseaux intéressants. »

La voix de Nicholas, comme d'habitude, était plate, sans chaleur.

« Tu es sûr que tu ne veux pas venir avec moi ? »

Hooker savait qu'il ne pensait pas ce qu'il disait.

« Oui, j'en suis sûr.

– C'est vrai. Tu t'ennuierais.

– Oui, dit Hooker. Je m'ennuierais. »

Nicholas se redressa.

« Bien », dit-il.

Il s'en alla. Hooker resta sur place, immobile, et attendit.

Il resta assis, les lacets défaits, effrayé. Au bout d'un moment, son verre de lait arriva. Il resta assis à boire et à penser.

Puis il resta tout simplement assis – à écouter attentivement.

Le premier trou était célèbre dans tout le Canada. Il était même connu de nombreux professionnels américains et avait fait l'objet d'un article avec photos sur le *Sports Illustrated*. On disait que c'était le plus difficile des premiers trous de golf. Mais il était également célèbre pour la beauté du point de vue, lorsqu'on était près du tee. Les gens disaient que c'était un paysage typiquement canadien… Arbres, pelouses, grands espaces…

Hooker avait vu Gilbert, non loin de là. Il l'avait suivi sur le fairway désert. À présent, il regardait son frère qui, apparemment, cherchait quelque chose dans l'herbe.

Peut-être avait-il perdu une balle – sauf qu'il n'avait pas de clubs.

Que faisait-il ?

Caché dans les arbres, Hooker regardait Gilbert. Gilbert se tourna vers le bois et, abritant ses yeux du soleil avec une main, il observa quelque chose au loin, en bas de la colline. Il se mit à mesurer la distance qui séparait l'endroit où était placé le tee de la crête de la colline. Hooker le vit compter : « Un... deux... trois... quatre... cinq... » jusqu'à vingt-deux. Vingt-deux mètres. Qu'est-ce que cela signifiait ?

À présent, debout sur la crête, Gilbert regardait vers le bas. Il n'avait plus besoin de se protéger les yeux du soleil. On eût dit qu'il comptait le nombre d'arbres entre l'endroit où il se trouvait et la route qui montait de la vallée jusqu'au club.

Ensuite, Gilbert alluma une cigarette. Parfaitement immobile, il fumait, les yeux mi-clos.

Hooker pensa : « Il compose un poème. »

Gilbert se mit à glisser sur ses pieds comme un infirme, sans plier les genoux – il semblait vraiment glisser depuis le bassin – ajustant son torse lourd à ses jambes maigres et informes.

« C'est un poème sur les arbres », pensa Hooker.

Gilbert mit les mains dans ses poches. L'expression de son visage avait changé. Il ferma les yeux, les lignes de son visage se détendirent – le soleil éclaira des pans de peau lisses, un peu humides de sueur. Bien que pâle, il avait l'air calme, dégagé, paraissait même en bonne santé.

« Il aime le poème, pensa Hooker. Il l'a fini. Peut-être le notera-t-il tout à l'heure sur un carnet, dans la voiture. »

Gilbert s'éloigna. Hooker chercha le faisan dont il avait entendu l'appel quelques instants plus tôt, dans le sous-bois.

Il allait bientôt être l'heure de se préparer.

Hooker n'avait jamais pensé qu'il pût y avoir quelque chose de sinistre dans la nudité. Elle ne l'avait jamais intrigué. Il avait toujours regardé les gens nus simplement comme des gens qui ne portaient pas de vêtements.

Il avait vu des garçons à l'école, et n'en avait gardé aucun souvenir particulier. Il avait nagé avec Gilbert dans le lac Saint-Cloud, nu, il n'y avait pas si longtemps. Aucun d'eux n'en avait parlé – pas de mots, pas de gestes.

Aujourd'hui c'était différent. La différence était en relation avec son expérience de la veille au drugstore.

Mais pourquoi devrait-il avoir peur ? Pourquoi y avait-il quelque chose de menaçant, soudain, dans le seul fait d'y penser ?

Ce n'était qu'une main d'homme, se dit-il. Rien de plus. Mais il y avait un secret dans les yeux de l'homme. Un secret dans le contact de ses doigts. En tant qu'étranger, cet homme avait su quelque chose sur Hooker que Hooker lui-même ne savait pas. Quelque chose de dangereux. Quelque chose qui avait touché l'esprit de Hooker comme son corps avait été touché – quelque chose d'inconnu.

C'était comme une transmission secrète dans un club. Un message codé. Une question. Ou une réponse.

Mais quoi ? Qu'avait-on demandé ? Quelle était la réponse ?

Pour la première fois de sa vie, Hooker prit conscience de l'écart qui existait entre deux hommes. Il savait que lui-même était une personne différente, que sa curiosité intime était ce qui le rendait différent. Ses yeux pouvaient le révéler. Son esprit – qui, en pensée, bougeait comme les doigts de l'homme sur les choses – pouvait le trahir. Par ce qu'il regardait, disait, faisait, sa façon de le faire.

Il s'assit dans les vestiaires, en maillot et en slip, enleva ses chaussures.

Son père n'était pas là. Il allait bientôt revenir. Cependant, son absence impliquait que Hooker dût agir par lui-même, sans la protection ni l'animation d'une conversation.

Autour de lui, dans son allée et dans les allées des vestiaires voisins, les hommes se rassemblaient, en pleine agitation. La journée avait été bonne sur le parcours ou dans la piscine. Le temps idéal. Aujourd'hui n'était pas n'importe quel jour. Tous étaient également excités par la perspective de la soirée. Des bouteilles d'alcool apparurent. Il y eut des rires – et la nudité.

Quelqu'un chantait :

« Fais-moi culbuter...
au milieu des prés...
oui-oui-oui...
fais-moi *encore* cul-buter !
Fais-moi cul-buter...
fais-moi cul-buter... »

Un autre rit. On eût dit Harry Jarman. Bien sûr, c'était impossible. Mais le même genre de rire.

Ils étaient dans l'allée voisine, qui prolongeait celle de Hooker. Ils étaient cinq, jeunes – pas tellement plus vieux, ni plus jeunes, que Gilbert.

Quelqu'un dit encore : « Connaissez-vous celle des deux mecs les plus heureux de la Navy ?

– Non. Qui ? fit une voix.

– Gerald Fitzpatrick – et Patrick Fitzgerald...* »

Le rire qui accueillit la plaisanterie enfla, enfla jusqu'à rappeler à Hooker celui qu'il avait entendu dans le labyrinthe du rire, à la foire de Chicago. Un rire grossier, mécanique, plein de sous-entendus. Et sale. Il avait entendu des gens rire ainsi après des plaisanteries sur le sexe. Même Gilbert.

« Hep ? Tu ferais mieux de la fermer, dit l'un des jeunes. Il y a un gosse, par là. »

C'était Tony Blair. Il sourit. La seule personne du groupe que Hooker eût reconnue. Il était assis, complètement nu, une jambe repliée, sur la banquette en face de Hooker. Hooker se surprit à regarder et se détourna. Il entendit Tony dire : « Ce n'est que le petit Winslow.

– Oui ?

– Je croyais qu'il était plus âgé.

– Tu confonds avec l'autre, Gilbert. »

Ils baissèrent le ton. Puis de nouveau, le rire s'éleva. À la suite d'une autre plaisanterie. Sur Gilbert. Ou sur sa mère.

Hooker se mit debout.

Il devait marcher, nu, jusqu'à la douche. Les serviettes étaient là-bas. Mais il valait mieux y aller que rester ici. À présent, tout le monde lui faisait peur.

Les serveurs en vestes vertes allaient et venaient avec des plateaux chargés de glaçons, de verres, de soda. Ils n'avaient pas l'air de le voir. Il marcha lentement, craignant de se mettre à courir. Il savait que s'il courait, tous sauraient pourquoi.

Son père apparut avec deux hommes, l'un du même âge que lui, l'autre plus jeune. Il arrêta Hooker d'un geste.

« Hooker, dit Nicholas, viens ici. »

Hooker approcha.

« Je veux te présenter deux très vieux amis, dit Nicholas. Voici Mr. Morris, Hooker, et voici

Mr. Tait. » Il se tourna vers les deux hommes. « Mon plus jeune fils, Hooker », fit-il avec un sourire.

Les hommes tendirent la main. D'abord Mr. Morris, le plus âgé…

« Salut, Hooker. Content de te rencontrer, fit-il. Ton père me parle souvent de toi.

– Bonjour », dit Hooker.

Mr. Morris eut un large sourire.

Mr. Tait mit une main sur l'épaule nue de Hooker, lui serra la main de l'autre. Ses doigts, pensa Hooker, étaient tièdes, avaient quelque chose de monstrueusement intime, il eut peur de les sentir glisser. Ils avaient des poils.

« Salut, jeune homme, dit-il.

– Bonjour », dit Hooker.

Il y eut un silence.

Nicholas voulut avancer. Il s'écarta.

« Ne sois pas long, Hooker, dit-il. Nous devons être prêts pour retrouver Rosetta à six heures.

– Oui, Père. »

Mais Mr. Tait ajouta : « Un beau petit garçon, Nick. Tu dois en être fier. »

Ils le regardaient.

« Mignon », dit Mr. Morris, qui pouvait dire ce genre de choses en restant naturel. « Le portrait de sa mère.

– Il a le dos mal fait, dit Nicholas au bout d'un moment.

– Absurde, dit Mr. Tait. Il a l'air aussi solide qu'un cheval.

– Mais il a le dos mal fait, insista Nicholas. Vous voyez ? » Il plaça Hooker de profil.

« Tout ce que je peux dire », dit Mr. Tait avec un sourire entendu, manifestement destiné à encourager Hooker, « c'est que les filles n'auront qu'à bien se tenir lorsqu'il sera grand. » Il rit. Il fourra les mains dans ses poches, se haussa sur la pointe des pieds.

« Eh bien… fit Nicholas. Mis à part son dos… Hein, Hook ? » Il sourit.

Hooker ne dit rien. Il ne comprenait pas ce que son père voulait dire.

« Que lui est-il arrivé ? » demanda Mr. Morris, comme si lui aussi avait vu quelque chose d'anormal.

« Nous ne savons pas. Il a grandi comme cela, simplement, dit Nicholas en tapotant la tête de son fils. Un peu de travers.

– Eh bien… » Mr. Tait parla en dernier comme ils s'éloignaient. « Il est bien capable de nous dépasser tous. »

Tandis que Hooker se dirigeait enfin vers les douches, il entendit les rires s'élever de nouveau. Les rires qu'il connaissait – son père, Mr. Tait, Tony Blair… Ils riaient de lui. Ou de quelque chose à propos de lui. N'était-ce pas sur ce que venait de dire Mr. Tait ?

C'était sûrement ça. Mais une fois de plus le sens – le *sens* – lui échappait. Seuls les mots semblaient nouveaux. Et son dos n'avait rien d'anormal.

Hooker ne prit pas de douche. Il alla dans les toilettes à côté, tira la chasse, prit de l'eau propre, s'en mouilla les cheveux. Puis il se lava les mains, s'aspergea les épaules et le ventre avec quelques gouttes d'eau, trempa les pieds dans la cuvette, ressortit. Il prit une grande serviette soigneusement pliée sur une étagère, ne s'essuya pas, revint tel quel vers les vestiaires, enveloppé de la tête aux pieds.

« Tu as un drôle d'air, dit son père. Ça va ?

– Je vais bien, dit Hooker, feignant de frissonner. C'est juste que j'ai froid.

– Tu n'auras plus froid dès que tu seras habillé, dit Nicholas en lui tournant le dos. Je crois qu'il y a du poulet à la royale pour le dîner. Plus tard, tu pourras danser avec Tante Rosetta. Ils joueront certainement une valse. » Il se retourna. « Tu sais valser, n'est-ce pas ? C'est le plus simple. Et c'est toujours le plus amusant. »

CHAPITRE XVIII

HOOKER aperçut Gilbert. Il se frayait un chemin à la limite du cercle des danseurs, contournant à pas incertains les larges robes des dames. Comme tous les hommes de l'assistance il était vêtu de noir et blanc, mais sa haute taille permettait de le repérer facilement. Il avait l'air pressé, on eût dit qu'il cherchait quelqu'un.

La musique jouait une valse assourdissante derrière Hooker qui se tenait debout très près de l'orchestre.

Hooker regardait évoluer les danseurs – les hommes, sur la pointe des pieds, les femmes balayant le sol de leurs robes. La salle entière accélérait le rythme autour de lui.

Tous les personnages passaient en tourbillonnant. Et Gilbert lui aussi avançait en tournant, en sens inverse.

C'était une valse classique, intense, enlevée, et Hooker scrutait la foule jusqu'à en avoir mal aux yeux pour suivre le passage de son frère à travers la salle.

Finalement, une porte s'ouvrit et Gilbert disparut.

Hooker avança à son tour. Il se faufila difficilement vers la terrasse et réussit à trouver une place près des grandes portes-fenêtres à la française.

Dehors, il y avait un bar, avec des serveurs habillés de vert.

À présent, tout le monde fredonnait en suivant la musique. Les gens riaient, jacassaient, parlaient à une vitesse incroyable. Mais tous les mots que Hooker entendait s'envolaient avant même qu'il pût les déchiffrer.

Même la brise qui faisait bouger les lampes semblait prise au rythme de la musique : elle balançait et faisait tournoyer en tous sens les petites lanternes roses et dorées, avec un tintement continu de verre entrechoqué, brefs applaudissements sans écho où se prenaient les cristaux des candélabres, enlevés dans le vent en vagues presque liquides.

Hooker, regardant partout autour de lui, vit enfin Gilbert, manœuvrant pour s'approcher d'un homme que Hooker reconnut pour l'avoir vu en photo dans les journaux : Pacific Express Parker. Mr. Parker était là en compagnie des Harris. Instinctivement, Hooker vérifia qu'il ne dissimulait pas un couteau dans son dos. Cependant la chose la plus étrange ici était la présence de Rosetta... Elle se tenait de côté, le visage plombé par l'embarras et la colère. Elle ne pouvait plus s'éloigner maintenant. Gilbert approchait, et elle l'avait vu.

Gilbert s'inclina. Ses lèvres remuèrent. Hooker réussit à déchiffrer ce qu'il disait – un compliment à Mrs. Harris sur sa toilette. À Mr. Parker aussi, il dit quelque chose d'aimable.

Puis, Hooker vit les Harris river leur regard sur Mr. Parker. Mais Rosetta tendit ses petites mains dans deux directions à la fois, l'une pour dire bonjour, l'autre pour dire au revoir, elle effleura les mains des Harris et de Mr. Parker et s'avança seule vers Gilbert.

Hooker lut qu'elle disait : « Gilbert ? » Gilbert répondit : « Tante Rosetta. »

Hooker connaissait la propension de Gilbert au drame quand il avait bu. Mais il ne soupçonnait pas le désespoir qui l'habitait en cet instant.

D'autres s'en doutaient. Comme les Harris, par exemple, qui entraînèrent Mr. Parker vers un groupe d'amis. Leur inquiétude sembla dérouter Mr. Parker.

Hooker sentit la brise lui caresser les jambes. Il était debout, immobile, à la frontière entre la salle pleine de danseurs et la terrasse bondée de spectateurs.

Il essaya de continuer à lire sur leurs lèvres ce que sa tante et son frère se disaient. Impossible. Rosetta était complètement pétrifiée – la couleur bleu glacé de sa robe de velours semblait accentuer l'expression figée de son visage. Son petit sac scintillait à son bras. Gilbert souriait trop, les mots qu'il prononçait se ressemblaient tous – trop larges. Mais leurs yeux seuls dirent à Hooker que la discussion se situait au-delà d'une simple querelle de famille. D'une façon ou d'une autre, elle était mortelle, brutale, sans masque. Comme l'autre soir pendant le dîner avec son père. Les limites du paraître avaient été franchies, il n'y avait plus de barrière de sécurité.

Hooker essaya de s'approcher sans être vu. Il y parvint à la faveur d'un afflux de danseurs qui, exténués, quittaient la salle de bal pour respirer à l'air libre, bavardant, riant, se bousculant – insouciants.

Rosetta fixait Gilbert d'un œil avide comme un serpent savourant le moment de frapper. Elle semblait avoir oublié la foule qui les entourait. Debout, immobile, bleue, les bras croisés, elle regardait son neveu.

« … Et si mon intention, disait Gilbert, avait été de compromettre sa satanée fille, crois-tu que j'en aurais été incapable ? »

Rosetta ne répondit pas.

« Je suis ici pour prouver que je ne l'ai *pas* fait. N'était-ce pas ce que tu voulais ? »

Il souriait.

« Tu vas le regretter, Gilly », dit Rosetta. De toute évidence, elle se répétait.

« Non, dit Gilbert. Non, je ne le regretterai pas.

– *Nous* allons tous le regretter.

– Oui, tu vas le regretter. Tu vas te retrouver à quatre pattes, nous forcer à le regretter ! Alors qu'ils pourraient le prendre simplement pour ce que c'est... Une défense ! Comme n'importe qui se défendrait. »

Il y eut un long et dangereux silence. Certains s'arrêtaient, l'oreille aux aguets.

Gilbert enregistra du coin de l'œil la présence de ces nouveaux auditeurs. Mais son regard revint se poser sur Rosetta, comme freiné. Soudain, il haussa le ton pour s'adresser à Mr. Parker à travers la distance qui les séparait :

« M'accusez-vous ouvertement ? Devant tous ? »

Rosetta lança un regard à Mr. Parker, debout au milieu du cercle de ses amis. Lentement, elle se tourna pour affronter Gilbert.

« Très bien, dit une voix. Oui. Tu es accusé. Devant tous. »

Un silence accueillit ces paroles.

Nicholas était apparut, il avait parlé. Un remous bizarre parcourut la terrasse comme une vague.

Un instant assoupie, la musique repartit dans une envolée lyrique d'amabilité et de charme viennois. Elle sembla annoncer que le petit intermède prenait fin, ce qui eut pour effet de déplacer un grand nombre d'invités enjoués vers la salle de bal.

La terrasse se vida, à l'exception des principaux acteurs.

Les portes se refermèrent, le brouhaha s'atténua. On n'entendit que les bruits des barmans occupés à leur service – cliquetis de verres, de bouteilles – et l'écho lointain, entraînant, de la valse.

« L'un de nous doit bouger », dit Gilbert à Rosetta. D'un coup d'œil, il avait enregistré la présence de son père.

Mr. Parker se détourna, très pâle.

Une petite secousse nerveuse ferma les yeux de Hooker.

Lorsqu'il les rouvrit, Rosetta avait reculé d'un pas en direction des Harris, s'éloignant de Gilbert. Ce faisant, son petit sac en strass tomba sur les cailloux. Nul n'y prit garde.

Sauf Gilbert.

Il se pencha pour le ramasser et dit : « Rosetta. » Il le lui tendit doucement – mais elle était déjà dans le cercle des Harris, avec Mr. Parker, au sein d'un anneau protecteur et désordonné qui se dirigeait vers l'un des bars.

Nicholas, Hooker et quelques étrangers demeurèrent sur place. Mais Gilbert ne les voyait plus. Crispant ses doigts sur le sac, il traversa la terrasse en direction de Rosetta, le lui mit de force entre les mains. Après quoi, il fit un signe de tête à Mr. Parker et marcha rapidement vers le parking.

Rosetta se caressa les cheveux avec un geste

d'une langueur presque comique. Puis elle se ressaisit et se dirigea vers le bar. Hooker l'entendit commander une boisson. Peu après, un rire forcé s'élevait derrière l'écran d'inconnus vêtus de smokings.

Nicholas, qui visiblement savait où était Rosetta, ne bougea pas, ne la regarda pas, ne chercha pas à la rejoindre. Au lieu de quoi, il alluma une cigarette. Hooker se demanda pourquoi la valse continuait.

Hooker s'assit sur les marches de pierre.

« Si tu restes assis sur ces pierres froides, tu vas attraper des hémorroïdes, dit Nicholas. Pourquoi diable ne vas-tu pas à l'intérieur ?

– Ça va, ça va très bien... » répondit Hooker.

Ils se regardèrent. Puis Nicholas fit comme si de rien n'était et s'éloigna.

Hooker le regarda disparaître de l'autre côté de la terrasse, les épaules tombant d'une façon bizarre, relâchée, la tête comme gonflée au niveau du front. Ses mains pendaient de chaque côté, l'une et l'autre chargées de minuscules fardeaux – un verre, une cigarette. Jamais Hooker n'avait vu son père marcher ainsi.

On eût dit que tous l'ignoraient de façon presque délibérée. Et Hooker lui-même se sentit impuissant à rompre le maléfice de ce silence.

« C'est comme s'il n'avait personne à qui parler, pensa Hooker. Pas même moi et pourtant je suis là. C'est parce que nous sommes fous. »

On entendit le rire de Rosetta. L'un des hommes qui l'accompagnaient rit aussi.

Hooker aspira l'air tiède, avivé par l'odeur des feuilles, la fumée des cigarettes, le parfum des femmes – proche, grisant. Hooker sentit monter en lui l'habituel désir de savoir, de ne plus se poser de questions. C'était quoi, tous ces secrets ? Dans les maisons, dans les familles, était-ce vrai qu'on ne s'aimait pas ? La peur et la folie étaient-elles absolument partout ?

« Si je pouvais faire ce que Gilbert a fait ce soir devant ces gens, pensa Hooker, je n'aurais plus peur. »

La valse s'arrêta.

Quelque part, la nuit s'emplit de fracas et de feu.

CHAPITRE XIX

LES GENS sortirent précipitamment.

Les portes et les fenêtres découpaient de larges rubans de lumière dorée dans les ténèbres, qui tranchaient et entaillaient le noir, tels des couteaux, enfonçant des pointes lumineuses dans les pelouses, les massifs de fleurs, le gravier.

D'abord, Hooker resta assis.

Il vit Nicholas se retourner, très lentement, et tressaillir à l'intrusion du bruit qui s'était emparé de la nuit.

Rosetta, à jamais vêtue de bleu, tendit délicatement le bras jusqu'à toucher la main de Mr. Harris Puis ils demeurèrent entièrement immobiles.

D'abord il y eut ce bruit…

Puis, Hooker n'entendit plus rien. Les gens étaient devenus muets, ils couraient sans bruit. Ils couraient comme dans un rêve silencieux, un film projeté au ralenti. Les robes des femmes se soulevaient en vague dans un bruissement de taffetas et de soie, les hommes, blanc et noir, silencieux, volaient dans le vent comme des poupées de papier.

Les vingt mètres de parcours que Gilbert avait mesurés plus tôt dans l'après-midi étaient creusés de deux ornières profondes, et certains en avançant tombèrent sur les mains et sur les genoux mais aucun ne se plaignit ni ne gémit qu'il s'était fait mal.

À la lisière du bois – celle, aussi, de la colline – deux arbres flambaient, entre lesquels la Jaguar était passée. Sur toute la longueur de la pente, arbres, buissons et sous-bois avaient été dévastés comme par un bulldozer fou qui eût échappé à son conducteur.

En bas, la Jaguar était debout sur ses feux arrière, appuyée contre un chêne, barrant les deux tiers de la route.

Gilbert en flammes gisait sur le dos, comme Pierre crucifié, pendu par les pieds à la croix du moteur, la tête sur le côté, les bras écartés en un geste désespéré.

Hooker n'eut que le temps d'apercevoir les silhouettes embrasées de Gilbert et de la voiture. Une seconde explosion, moins forte que celle entendue sur la terrasse, plongea le bois et les témoins dans la panique et la confusion.

Puis ce fut le silence, à l'exception du ronflement assourdi des flammes, comme hésitant à l'instant de reprendre et d'incendier le sous-bois.

Au loin, le bruit d'une sirène se fit entendre. Quelqu'un avait dû téléphoner car les camions des pompiers arrivaient de la ville par la route qui longeait les vergers.

Hébété, couvert de poussière et noir de saleté, Hooker se laissa glisser le long de la trajectoire de la voiture embrasée jusqu'à s'en approcher le plus possible.

La croix était fracassée et vide.

Il trouva Gilbert – noirci, méconnaissable, et pourtant c'était lui – au milieu des fougères et des myrtes. Ses vêtements continuaient à se consumer, ils étaient brûlant.

Hooker, la bouche ouverte, le visage ruisselant de sueur et d'épouvante, se coucha soudain à côté de ce qu'il savait être Gilbert, le prit par les épaules et dévisagea les gens autour de lui.

Nicholas arrivait. Il écarta Hooker – non pas méchamment mais sans appel. Les revers de la veste de Gilbert s'enflammèrent de nouveau, et collèrent aux paumes de Hooker. Il frappa ses mains au sol jusqu'à ce qu'ils se décollent.

« Laisse-moi le couvrir, dit Nicholas. Laisse-moi le couvrir… j'ai un manteau très chaud… Je peux le couvrir… »

Nicholas enleva la veste de son smoking et l'étala carrément sur le visage détruit de Gilbert. Les manches s'étendirent au-dessus de la tête – Gilbert ressembla à un insecte géant épinglé au sol avec six bras étalés autour de lui dans un désordre dérisoire.

Nicholas se mit debout et grimpa la colline.

Il s'arrêta et dit : « Comment a-t-il pu amener la voiture sur le parcours ? Vous comprenez, vous ? Comment a-t-il pu faire cela ? »

Il interrogeait du regard les membres du club et leurs épouses, qui le fixèrent à leur tour, innocemment. Personne ne dit mot.

Nicholas retourna vers la terrasse.

Les pompiers se tenaient en groupes, chargés d'inutiles tuyaux. L'un d'eux éteignit un petit feu de broussailles avec un extincteur. Les autres regardaient.

Hooker contempla les doigts recroquevillés de son frère. Ses yeux rétrécirent à la vue du grand corps recouvert, immobile, sur le sol. Il gisait de façon complètement désordonnée. Hooker se demanda comment les chaussures de Gilbert n'étaient jamais éraflées ni sales, où qu'il eût marché

Revenu au club, Hooker traversa le corridor vert.

Ses pieds s'enfoncèrent dans le tapis épais, moelleux.

« L'un de nous est mort, » pensa-t-il.

Les meilleurs d'entre nous sont morts.

Un moment, il eut l'intuition qu'on pouvait tout savoir. Mais cette pensée fut si fugitive qu'il ne s'y arrêta pas.

Au bout du corridor, la salle de douche était vide.

Hooker entra, enleva ses vêtements, fit couler l'eau.

Il attendit, espérant que quelqu'un viendrait.

Lorsque Iris s'en alla et que la chambre fut plongée dans l'obscurité, Little Bones sauta sur le lit.

Hooker caressa l'échine de la chatte en rond, très légèrement. Elle dressa la queue comme un panache et balaya l'air avec un couinement d'approbation. Elle s'installa contre ses jambes, qu'il avait repliées pour lui faire un nid.

« Gilbert est mort », lui dit-il.

Elle se mit à ronronner.

Hooker avait mal à la tête.

Les morts étaient loin..., pensait-il. Ils étaient dans la mer – mais pas sur des bateaux... Ils flottaient... Ils étaient seuls, ils avaient les yeux fermés. Mais ils pouvaient entendre, ils pouvaient penser. Le bébé... Gilbert... Clémentine... les oiseaux... l'écureuil... les souris... ses grands-parents... John Harris... Ils pensaient à la vie. Ils ne pensaient qu'à la vie, ils avaient envie d'y retourner. Ils y pensaient avec peine et avec tourment car elle leur était inaccessible. Ils ne pouvaient en parler à personne, ils ne pouvaient pas ne pas être seuls. Ils dérivaient... Parfois Hooker rêvait d'eux, c'étaient les seuls moments où il les voyait.

Pourtant ils étaient paisibles. Ils flottaient, immobiles et calmes, leurs mains reposaient, tranquilles et ouvertes, les doigts légèrement recourbés – comme ceux de Gilbert. Le seul endroit où l'on voyait qu'ils souffraient d'être morts, c'était entre les yeux, ils avaient l'air si profondément absorbés dans leurs pensées... Même Gilbert, qui n'avait jamais été comme ça dans la vie.

Quant au ciel, il était froid et clair et, dans le cerveau de Hooker, les étoiles bourdonnaient comme des machines électriques, cependant que dans l'espace, tout tournoyait en lents mouvements circulaires et dérivait sans but...

Soudain il pensa : « Maintenant j'ai le revolver. Pour l'Armageddon. Il est à moi. »

Little Bones émit un petit cri rauque.

« Parfois », pensa-t-il tandis qu'elle se dressait, aux aguets, « on dirait un chien. »

Il passa les doigts sur les oreilles de la chatte. Elles étaient raides et pointues. Little Bones coula sa mâchoire dans le creux des paumes de Hooker, se frottant doucement la tête d'un côté et de l'autre. Il retira ses mains, brûlées et écorchées.

« Little Bones est la meilleure d'eux tous », dit-il pour lui-même.

La chatte avait une ossature à la fois délicate et rude, la peau et la fourrure y tenaient à peine. Elle était si légère que Hooker avait l'impression qu'en la regardant au soleil on pourrait voir au travers. À la lumière du jour, ses yeux avaient la couleur du caramel au lait, rétractés en une ligne brun-noir comme ceux d'un chat égyptien qu'il avait vu sur un hiéroglyphe. Ses autres chats avaient des yeux transparents. Pas ceux de Little Bones, opaques, étranges. Hooker croyait qu'une vieille personne morte habitait en elle, et qu'ainsi elle ne pouvait pas mourir.

D'en bas, des voix dérivèrent jusqu'à ses oreilles – Tante Rosetta... Père... Iris... Un policier.

Ils étaient loin. Les choses, et les gens.

Il regarda le rai étroit de lumière qui filtrait sous la porte. Il sentit l'odeur des feuilles entrant par les fenêtres ouvertes. La maison, elle, sentait le cigare car l'un des policiers qui les avait raccompagnés fumait, avec un fume-cigare, un gros et grand panatela.

Little Bones laissa Hooker lui gratter les oreilles. Elle se lova à ses pieds.

Les policiers étaient amusants. Ils essayaient d'être gentils, mais ils étaient si guindés, si froids, si embarrassés... Ils lui donnaient envie de rire.

Est-ce que ça faisait mal, de mourir ?

Il eut peur, encore une fois. Oui, ça faisait mal... il le savait. Ce serait comme une terrible brûlure. Ou beaucoup de couteaux qui s'enfonceraient en même temps. Ce serait pire, bien pire que la douleur qu'il sentait dans ses mains écorchées.

Ça rendait lourd, ça rendait sourd.

Hooker se demanda – d'abord, ce fut une pensée incertaine – à quoi ça ressemblait. Il pressa son visage dans l'oreiller et enfonça doucement son nez et sa bouche. Mais il parvenait quand même à respirer.

« Je serai mort lorsqu'ils me réveilleront demain matin, pensa-t-il. Little Bones et moi. »

Il poussa le nez plus loin et serra l'oreiller plus fort, plus près

« C'est facile, pensa-t-il, c'est facile. Pourquoi Gilbert n'y a-t-il pas pensé ? »

Son cerveau flottait au loin... dans la chambre... au-dessus de lui... autour de lui. Il s'observait, calme, détaché.

« Et alors... je dors..., pensa-t-il. Je dors... C'est tout. »

Il entendit un tintement de cloche, doux, lointain. Mais ce n'était qu'un bruit dans sa tête, qui résonna à travers son corps pendant qu'il plongeait dans la douceur des plumes.

Il se raidit... sursauta.

Quelqu'un entrait.

« Tout va bien, Hook, ne t'inquiète pas », dit une voix.

Il se retourna brutalement.

Une silhouette noire se découpait dans la porte.

« Je voulais seulement te dire bonne nuit », dit-elle.

Hooker respira profondément, frissonna avec violence.

La forme s'approcha, s'assit près de lui.

« Y a-t-il quelque chose dont tu ne sois pas... certain, chéri, avant de t'endormir ? »

On soulevait ses mains brûlées. Il les retira, demeura immobile.

Au bout d'un moment la voix continua :

« Il y a très très longtemps, mon père est mort. C'était ton grand-père. Il n'était que malade, bien sûr, et il est mort dans son lit. Je n'étais pas auprès de lui. Je me souviens avoir eu de la peine. De la peine pour *lui*. Et de la peine pour moi, parce qu'il ne m'avait pas dit adieu. » Il y eut une pause, une sorte de longue respiration. Doucement, comme si elle ne s'adressait pas réellement à Hooker, la voix reprit : « Je ne lui ai pas pardonné. Pas avant de longues années. En fait, je ne lui ai pardonné que ce soir. »

Il y eut une autre pause. Hooker regarda l'angle de la tête changer de direction, la personne se penchait vers lui. Le menton était petit, rond. C'était Rosetta. Elle l'embrassa.

Mais elle a tué Gilbert, pensa Hooker. Quelqu'un devra le *lui* pardonner.

« Tout le monde ne meurt pas de façon aussi désespérée, dit-elle. C'est un choix. Gilbert ne savait pas. Il a fait tant d'erreurs, dans sa vie. Il ne savait pas discerner les choses. »

Hooker cligna des yeux pour voir son visage. Elle lui caressa le front.

« Mais... tu n'as pas à avoir peur, dit-elle finalement. Ni à t'inquiéter. »

Elle se leva. « Parce que je t'aime. Ton Papa t'aime. Iris t'aime, elle aussi, et... »

Ne me dis pas que ma mère m'aime, pensa Hooker.

« Ta mère t'aime. Tu as compris ? »

Hooker fit oui de la tête. Il prononça : « Oui », dans le noir.

« Bonne nuit, dit Rosetta. Toutes les portes sont ouvertes, chéri. Je laisse la tienne ouverte aussi. Spécialement. Si tu as besoin de quelque chose, appelle-nous. Nous sommes tous là. »

Nous ne sommes pas tous là, pensa Hooker.

Elle descendit dans le vestibule.

Hooker essaya de ne pas dormir. Il voulait se souvenir de ce qu'elle lui avait dit. Peut-être ne savait-elle pas qu'elle avait menti. Elle ne le savait certainement pas. Il ne l'avait jamais entendue si bien mentir.

Il pensa : « Je le lui redemanderai demain matin. Si elle le répète, je la regarderai en face. Je verrai. »

Little Bones s'étira avec force.

Hooker rêva. Il était loin, dans le noir. Là-bas c'était tranquille et sans danger. Il n'y avait rien de difficile à savoir, rien d'inquiétant que vous ignoriez. Mourir était facile. C'était comme dormir, par exemple : on n'avait qu'à se tourner sur le côté. Ou comme tuer… Comme avait fait Rosetta, seulement avec des mots…

Bon…

… comme…

… eh bien, comme…

Comme ça.

CHAPITRE XX

EN SEPTEMBRE, il y eut une enquête.

Nicholas, Rosetta, Iris et même Hooker durent témoigner. Les Harris furent convoqués, et aussi Mr. Parker, parce qu'ils se trouvaient sur la terrasse avec Gilbert peu avant son suicide.

Tout le monde fut très poli avec les Winslow en tant que famille. On leur parlait en baissant la voix d'un ton. Hooker avait l'impression d'être à la télé. Ils étaient assis dans une grande salle qui ressemblait beaucoup à un tribunal. Il y avait là quelques policiers, le juge chargé d'instruire l'affaire, et un petit homme chauve, assis seul à une grande table, qui dactylographiait les procès-verbaux.

Hooker eut peine à croire qu'ils n'étaient pas au tribunal comme pour Perry Mason, mais seulement à une audition, une enquête. Assise près de lui, Iris lui expliquait au fur et à mesure ce qui se passait. Nicholas et Rosetta avaient témoigné. Ils étaient assis devant eux, dans de grandes chaises au dossier de cuir noir.

« Mr. Clarke, dit quelqu'un au juge d'instruction, le frère du défunt est ici. C'est un mineur.

– Quel âge a-t-il ?

– Onze ans.

– Oh mais..., très bien. C'est très bien... Onze ans. Onze ans ! À vous entendre, j'ai cru qu'il avait trois ou quatre ans... qu'il s'agissait d'un *petit enfant*.

– Hooker Winslow.

– Vas-y, dit Iris en souriant. C'est à toi. Après, ce sera à moi. Dis ce que tu veux, mais dis la vérité. »

Hooker s'avança pour témoigner.

Le vieux monsieur, qui était le juge d'instruction, l'examina d'un air sévère. Il avait un visage gris comme de la cendre et de grands yeux bleus.

« Vous direz la vérité, n'est-ce pas ?

– Oui, monsieur.

– Parfait. »

Tout le monde eut l'air d'attendre.

Le juge commença : « Quand avez-vous vu votre frère pour la dernière fois, Hooker ? Avant l'accident.

– Sur la terrasse.

– Quand cela ?

– Juste avant.

– Je vois... Juste avant l'accident... Comme votre tante et votre père.

– Deux trois minutes avant, oui.

– Que faisait-il ?
– Il parlait.
– Avec qui, Hooker ? Avec qui parlait-il ?
– Avec ma tante. Ma tante Rosetta. »

Instinctivement, il la regarda. Elle ne lui rendit pas son regard. Son visage était presque entièrement caché derrière un voile de deuil, mais à l'angle que faisait sa tête, il savait qu'elle ne le regardait pas.

– Savez-vous ce qu'il lui disait ?
– Il lui rendait son sac à main. Elle l'avait fait tomber. Je pense qu'il a dit : "Voilà ton sac."
– Que s'est-il passé après cela ?
– Il est parti. Les gens se sont remis à danser, il y a eu une explosion.
– Êtes-vous allé sur les lieux de l'explosion ?
– Oui.
– Où était-ce ?
– Sur la colline.
– Au club de golf ?
– Oui.
– Avez-vous vu votre frère ? »

Hooker ne répondit pas.

« Avez-vous vu Gilbert pendant l'explosion ?
– Oui.
– Était-il mort ?
– Oui.
– Lui aviez-vous parlé ce jour-là ?
– Non.

– La veille ?

– Oui.

– Que vous avait-il dit ? »

Hooker regarda Iris. Elle sourit. Il fit semblant de se souvenir.

« Il m'avait parlé de l'école.

– Oui ?

– Il avait dit que je ne l'aimerais pas.

– Autre chose ?

– Oui. »

Iris le regarda attentivement.

« Quoi d'autre ?

– Il m'a parlé d'un poème qu'il avait écrit…

– Un poème ?

– À l'école. Et il m'a dit que ce n'était pas vrai, pour Janice Parker. »

Tout le monde se mit à parler en même temps.

« Qu'est-ce qui n'était pas vrai, pour Janice Parker ?

– Je ne sais pas, dit Hooker. Il a dit que ce n'était pas vrai, c'est tout. Et il a ajouté : Tu me crois ?… et j'ai dit…

– Quoi ?

– J'ai dit… »

Les mains d'Iris quittèrent ses genoux.

« J'ai dit : "Oui, je te… »

Quelqu'un toussa

« … crois." J'ai dit cela parce que je le croyais. »

Le juge dit que ça allait et appela Iris Browne.

Hooker alla s'asseoir et la regarda.

Au début, elle avait l'air nerveux. À présent, elle ne l'était plus du tout. Hooker lui sourit. Elle lui rendit son sourire.

Hooker pensa : « Gilbert lui a parlé du poème, à elle aussi. Et elle l'a cru. »

L'interrogatoire commença.

« Miss Browne... »

CHAPITRE XXI

ILS SE RETROUVÈRENT devant la porte d'entrée et attendirent.

Les voyant hésiter sur le seuil de cette manière, un observateur ordinaire eût pensé qu'ils n'habitaient pas là.

Et pendant un moment, cela parut vrai.

Mais Iris finit par s'enerver à rester ainsi debout, l'air perdu. Elle avança vers la porte verte, comme elle l'eût fait de l'intérieur pour accueillir quelqu'un.

« Bon, je rentre, prononça-t-elle d'une voix forte. Je vais faire du thé. »

Quelques murmures indistincts marquèrent de l'intérêt pour ses paroles, mais aucun n'atteignit le niveau d'une véritable réponse. Iris entra donc seule, sans rien ajouter.

Rosetta dit finalement : « Eh bien… voilà. » Elle soupira, leva les yeux vers la porte ouverte.

Le vestibule, sombre et vide, attendait.

Nicholas, les lèvres entrouvertes, les dents serrées, les paupières affaissées, regarda sa sœur d'un air dur, bizarre.

« C'était facile pour toi, hein ? » lança-t-il.

Elle lui rendit son regard mais ne répondit pas.

Hooker se contracta comme quelqu'un qui s'apprête à recevoir un coup. Son visage resta détendu en apparence, mais des crampes lui tordirent l'estomac.

Au bout d'un moment, Rosetta déclara : « Nous sommes à la maison, Nicholas. À la maison. Entrons. »

Nicholas la regarda encore, et à la voir examiner les massifs de fleurs avec sa petite tête ronde penchée sur le côté, il eut une quinte de toux. Elle était si... énormément petite, se dit-il. Une naine, sans doute. Il se récita mentalement un portrait en prose : « Je la regarde, avec son sourire perpétuel, biscornu, secret... Elle porte des chaussures à talons plats, des gants minuscules... Comme beaucoup de femmes aujourd'hui, elle est habillée en petite fille – alors qu'elle va avoir soixante ans... » Les mots cessèrent soudain de s'agencer d'eux-mêmes. Nicholas entra dans la maison. La prose le fatiguait. Penser le fatiguait. Son fils était mort.

Mais ceux qui le regardaient de l'extérieur ne virent que ses pieds plats, tournés en dehors, qui remplirent le vestibule d'énergie et de colère. Il n'enleva pas son chapeau, frappa durement le sol de sa canne pour s'arrêter, s'appuya sur le porte-canne.

« Je prendrai un verre de sherry », annonça-t-il à Rosetta.

C'était si peu dans ses habitudes, de s'exprimer ainsi en famille, que Hooker le dévisagea.

Rosetta entra dans le vestibule, posa son porte-monnaie bleu marine sur la table, au-dessous du miroir, qui reflétait une douzaine de fleurs bleues et blanches coupées dans le jardin. Elle enleva son gant avec grâce, rectifia l'arrangement des douze fleurs une par une, tira un mouchoir de sa manche, épousseta le dessus de la table – qui, naturellement, était déjà parfaitement propre – se moucha pour finir. Tout cela fut fait d'un geste unique, presque beau, pareil à celui d'un papillon qui replierait ensuite ses ailes.

Elle se tourna et considéra Nicholas.

Hooker entra à son tour. Il se dirigea vers la porte du salon et regarda ses chats s'extraire l'un après l'autre du profond canapé de chintz pour venir le saluer en bâillant, le dos arqué. Par habitude, il se tourna pour vérifier si Rosetta les avait vus. Non. Pas cette fois.

Soudain, Nicholas se raidit. Sa bouche, déjà pleine de salive, s'ouvrit et exprima quelque chose derrière ses dents jaunes et régulières tachetées de débris de tabac. Il ne prononça pas des mots mais des syllabes.

Il proféra plusieurs sons les dents serrées, une série de spasmes contrôlés.

Rosetta voleta vers lui.

« Allons, allons…, fit-elle aussi calmement que

possible. Je vais te débarrasser... Ce n'est qu'une quinte de toux... »

Nicholas continua à tousser, plus légèrement.

« Ce n'est rien... » dit Rosetta, ôtant le pardessus à la silhouette pétrifiée. « Nous allons nous asseoir un moment au salon. »

Elle lança un regard à Hooker.

« Aide-moi à débarrasser ton père », ordonna-t-elle.

Hooker s'approcha, prit la canne, le chapeau de feutre noir, le pardessus bleu-gris, les caoutchoucs inutiles, les gants.

Rosetta leva la main très haut pour effleurer le dos de son frère. Elle lui tapota légèrement l'épaule.

« Allons, allons..., fit-elle. Passons au salon. »

Ils traversèrent la pièce dans toute sa longueur – telle qu'elle était, éclairée par la lumière du jour, occupée par les chats... Nicholas murmura : « Je ne sais pas... Je ne sais pas.

– Oui, dit Rosetta. Pauvre amour. Bien sûr.

– À quoi rime tout ça ? dit Nicholas, fouillant pour trouver ses cigarettes.

– C'est ainsi... », dit Rosetta. Déjà, elle vérifiait l'emplacement des cendriers, tirait sur l'un des tapis avec le talon plat de sa petite chaussure pour effacer un pli. « Ensuite, le téléphone va commencer à sonner, probablement.

– Mais... ne pas savoir ce que les gens pensent vraiment..., commença Nicholas.

– Nick ! je ne veux pas le savoir. Je ne veux plus en entendre parler ! Nous avons fait notre devoir. Nous y sommes allés, nous nous sommes mis à leur disposition, nous avons répondu à toutes leurs questions. Même Hooker. Même Iris. À présent, c'est terminé. »

Nicholas alluma sa cigarette avec une allumette.

« Ne la jette pas par terre, je t'en prie... »

Nicholas laissa la flamme avancer jusqu'au bout de ses doigts.

« Je me sens si hypocrite..., prononça-t-il.

– Eh bien, tu ne l'es pas, coupa Rosetta.

L'allumette finit de se consummer, lui brûlant légèrement le pouce.

« Mais ai-je bien dit ce qui s'est passé ?

– Mieux que cela. Nous avons tous été très, très honnêtes. »

Quelque part, là-haut, ils entendirent le bruit menaçant des pas de Jessica.

« Qui est là ?

– Voyons ! dit Rosetta. Jessica ! »

Nicholas serra les dents. Un geste automatique d'anxiété.

« As-tu vu comme tout le monde me regardait ?

– Nicholas !

– C'est son père... C'était son père ! Comme si *moi*, j'avais tué !

– Mais enfin...

– Au nom du *Ciel* ! »

Hooker était dans la pièce mais il n'écoutait pas.

« Puis-je sortir..., demanda-t-il.

– Non, fit Nicholas. Pas maintenant. Pas aujourd'hui. »

Iris entra, poussant la table roulante avec les tasses, les bouteilles, les cuillers, une théière et un pot de crème.

« Miss Winslow, j'ai entendu marcher..., dit-elle

– Je sais, dit Nicholas. Nous avons entendu aussi.

– L'un d' nous va monter... ou quoi ?

– Nous attendrons.

– Vous savez qu' c'est pas normal ? Elle d'vrait pas être debout. Le docteur lui a donné un sédatif et... J'veux dire... »

Nicholas regarda Rosetta mais elle était occupée à s'installer sur le canapé.

« Eh bien, peut-être alors... feriez-vous bien de monter. »

Rosetta leva les yeux vers Nicholas.

« Nicholas ! Laisse Jessie tranquille !

– Allez-y, Iris.

– Bien, monsieur. »

Iris portait encore son chapeau noir avec la petite plume. Elle quitta la pièce et monta lentement l'escalier.

Nicholas contempla les bouteilles, en choisit

une, se versa un verre de sherry. Rosetta l'observait attentivement.

« Je vais prendre un whisky, dit-elle.

– Je pensais que tu voulais du thé », fit Nicholas.

Rosetta ne répondit pas.

Nicholas marcha vers l'une des portes-fenêtres et examina le jardin.

« Il fait froid, ici…, dit-il. Bon Dieu… Quelle chaleur il faisait dans cette foutue pièce… On aurait dit que tous les brasiers du monde étaient allumés. »

Rosetta sourit.

Hooker lui tendit la bouteille de whisky, un verre, puis recula vers la porte.

« Voyons…, fit Rosetta. Voyons Hooker… Ne me laisse pas ainsi avec la bouteille !

– Pourquoi pas ? » lança Nicholas avec un petit rire sec.

Rosetta se leva, replaça la bouteille sur le chariot. Elle versa de l'eau dans son verre.

Hooker aurait voulu écouter ce qui se passait là-haut. On entendait des voix.

Caché comme à son habitude dans les plis du rideaux, il tirait les peaux de ses ongles en jetant de temps à autre un regard dans le corridor. Il reprenait ensuite sa place et attendait, immobile.

« Pourquoi faut-il tant se soucier du regard de ces gens ?

– Il n'y a aucune raison. C'est notre nature, voilà tout ! Tu le ressens aujourd'hui, mais tu oublieras », fit Rosetta. Elle s'était rassise en attendant le retour d'Iris. Elle resserrait son filet. « Je ne peux penser à eux autrement qu'à des gens beaucoup trop... » Elle hésita entre un mot et un autre, y renonça finalement, dit : « Des gens dont je ne voudrais pour rien au monde me faire des amis. Et toi non plus. Ils éprouvent une curiosité perverse, voilà tout.

– Mais il s'est tué... » gémit Nicholas, comme si c'était la preuve cachée de ce que tous pensaient. « L'un de nous s'est tué ! »

Rosetta se mit à parler très vite.

« Écoute. Tu sais bien que c'était le genre de garçon qui a toujours donné une fausse image aux autres, dit-elle. Tu vois ce que je veux dire... » Et elle fit une grimace en direction de Hooker pour indiquer que la conversation en resterait là.

Là-haut, les voix atteignirent un paroxysme.

Hooker, qui avait commencé à avancer, se rejeta en arrière.

« Nom de Dieu ? Qu'est-ce qu'elles font ?

– Iris essaie sans doute de la calmer.

– C'est comme si j'avais un canon sur la tempe à longueur de vie.

– Nicholas ! »

Ils se turent.

Nicholas regarda Rosetta comme s'il attendait quelque chose, mais elle était toujours occupée avec ses épingles à cheveux. Il y en avait un tas sur ses genoux, brillantes et piquetées de soleil. Les doigts de Rosetta étaient fins, adroits – sans bagues, nus et rapides.

D'autres bruits leur parvinrent depuis l'étage.

Visiblement, Nicholas était pris entre la frustration et l'abattement. Il aurait voulu parler à Rosetta. L'accuser. Ou lui pardonner. Il ne fit ni l'un ni l'autre, se contenta d'agiter les mains.

« Je ne peux rien faire lorsqu'il se passe des choses comme ça..., murmura-t-il. Je suis incapable même de bouger. »

Rosetta continuait à se taire. Elle but une gorgée de whisky, brossa les petits cheveux blancs tombés sur ses épaules.

Nicholas s'assit enfin.

Tous trois demeurèrent immobiles. Nicholas soupira.

Hooker regardait son père en faisant bouger le rideau dans lequel il s'était enroulé. Gilbert s'était tué. On l'avait incinéré.

Dans un silence de plus en plus profond, tout en écoutant Jessica et Iris, en réalité ils pensaient à Gilbert, dans le feu... dans les feux... de son suicide, de sa crémation... Au juge d'instruction, à l'enquête et à sa conclusion : « Mort de sa propre main. »

Dans les plis du velours, Hooker essaya de ne pas penser au feu.

« Comment savent-ils qu'on est mort ? pensa-t-il. Je veux dire, il était mort, mais comment le savaient-ils ? Et s'il n'avait pas été mort ? Que serait-il arrivé ? Il aurait pu crier... et même se lever, frapper à la porte du fourneau... Personne n'aurait entendu, avec ce bruit... »

Il pensa aux crépitements qui lui avaient brûlé les mains. Aux pompiers. Pourquoi avaient-ils éteint un feu pour en allumer un autre ?

Puis il pensa aux boîtes.

Et si on se réveillait dans un cercueil ? Que faire ? On pouvait frapper au couvercle. Mais y avait-il seulement assez de place pour remuer les bras ? Comment trouver une bonne position pour frapper ?

Inconsciemment, il serra les mains très fort. Puis il fit des petits gestes avec les coudes dans les rideaux.

« Arrête ça », dit Nicholas.

Hooker se relâcha.

Et si on était dans une tombe ?

Si on réussissait à soulever le couvercle ? Il y aurait la terre, elle tomberait en mottes humides dans la bouche. On étoufferait. On ne pourrait plus respirer.

Là-haut, quelque part derrière les murs, il y eut encore un bruit lointain, reclus.

Les trois têtes se tournèrent pour écouter.

« Je suis sûr, pensa Hooker, qu'on ne peut

jamais, jamais… quoi qu'on fasse… réussir à sortir. »

Il resta debout sans bouger, et écouta – comme les autres.

CHAPITRE XXII

HOOKER ERRAIT…

Il était quatre heures de l'après-midi, le jour de l'enquête. Rosetta dormait sur le divan de son bureau. Sa robe noire et lisse était soigneusement tirée jusqu'aux genoux. Ses mains reposaient, comme des petits oiseaux morts, sur son giron. Ses pieds déchaussés pointaient en l'air.

Debout dans l'encadrement de la porte, Hooker la regarda franchement.

Le visage de Rosetta était blanc et rond. Ses cheveux dessinaient des cercles sous sa tête, sur l'oreiller. Ses paupières étaient grises. Le magazine dont elle avait recouvert son visage avait glissé sur le sol. Hooker eut envie de le replacer… mais il ne bougea pas.

De la chambre émanait une ancienneté qui ne tenait pas seulement à l'âge du mobilier ; elle était ancienne par l'air même qu'elle contenait, l'obscurité constante de ses angles, la qualité du souvenir que Rosetta avait insufflé à la surface de chacun des objets qui se trouvaient là.

Sur les étagères, des photographies soigneusement disposées – grises, sépia, noir et blanc, visages jaunis, mains couleur de rose, chaque silhouette se balançait au bord de l'éternité, gardant la pose à jamais, souriante... Morte.

Hooker lança un coup d'œil à sa tante et avança au centre de la pièce.

Il ressentit une fraîcheur intense.

L'odeur du savon lui parvint, indiscutablement propre et sans mélange. Il n'y avait pas d'odeurs compliquées, dans le bureau de Rosetta, comme celles qu'on respirait dans le reste de la maison. Seulement un arôme de propreté.

Hooker croisa ses mains derrière son dos et s'appuya sur la table pour examiner quelques photographies.

Des visages. Toute l'histoire de Hooker, qu'il pouvait toucher.

Les hommes de la famille étaient alignés... grands-pères... oncles... pères... et fils. Frères. Cousins... neveux... parents mâles de toutes sortes, à tous âges. Son bisaïeul barbu et froid, responsable des générations futures. Et aussi grand-père Winslow, grand, incroyablement jeune, impressionnant dans son costume avec gilet, palpant la chaîne de la montre en or coûteuse et resplendissante qui barrait son ample poitrine ; s'efforçant, semblait-il, d'imprimer dans l'esprit de la postérité que la vie était pour lui une chose morale et stricte. Mais ses yeux le trahissaient, témoignant de la souffrance de vivre. Ils avaient manifestement connu les plaisirs sans mélange de la nourriture, d'une épouse, d'une grande prospérité financière. Pourtant la bouche, un peu menaçante, détruisait ce que l'on pouvait considérer comme sa propension naturelle, le sourire. Ses dents étaient apparemment toujours serrées, sa mâchoire visible sous sa peau anormalement tendue – un peu comme Nicholas. Mais ce visage était de ceux que l'on n'oublie pas une fois qu'on les a aperçus. Il recelait tous les secrets de la tragédie, et la franchise d'une honnêteté sans complications. C'était le visage d'un homme tendrement aimé. Révéré en public pour sa force – caressé en privé pour sa faiblesse.

Hooker ne l'avait jamais connu.

Mémoire ancienne.

Et cependant il était là.

Rosetta parla dans son sommeil. Hooker recula et l'observa attentivement. Ses paupières s'étaient terriblement élargies comme si elle s'était réveillée sans ouvrir les yeux.

Mais son visage reprit bientôt ses traits paralysés comme une armée qui se retire dans ses tranchées. Elle ne bougea plus.

Gulliver se glissa dans la chambre par la porte ouverte. Il ressemblait à un chien, avec ses grosses pattes blanches, sa moustache à la Hitler, sa fourrure noire et blanche. Il cracha d'un air inquisiteur et avança à grands pas maladroits vers Hooker.

Prestement, Hooker le souleva et le garda contre lui pour l'empêcher de faire du bruit.

Hooker examina les autres photographies.

Certaines représentaient la ville telle qu'elle était autrefois – le quartier tranquille où ils vivaient à présent, où ils vivaient à l'époque, depuis la nuit des temps, lui semblait-il.

Sur les trottoirs de brique, les hommes portaient des cravates pour aller travailler, même en été. Ils rentraient chez eux en passant derrière les vieilles pelouses qui, comme aujourd'hui, sentaient le pétunia, le seringa, le caoutchouc des tuyaux aspergeant les pelouses d'une eau depuis longtemps oubliée. Hooker regardait les hommes se saluer, échangeant des noms inconnus, des compliments aujourd'hui dépourvus de sens… Morts. Ils avaient une façon de se comporter, moralement et physiquement, différente de celle qu'il voyait à présent dans les rues. Les femmes accompagnant les hommes effleuraient, à une distance délicatement possessive, les manches de popeline de leurs maris. Aucun d'eux ne parlait. Nul ne regardait directement l'appareil photo. Ils étaient tranquilles et différents. Ils paraissaient contents, satisfaits.

Ils se tenaient debout, ou ils marchaient devant les vieilles maisons – y compris, reconnut Hooker, celle des Harris – en partie cachées par de vieux arbres, séparées par des clôtures, des haies, ou la remarquable longueur de leurs pelouses. Les pelouses étaient toujours vides, à l'exception d'une bicyclette démodée et brillante oubliée parfois par un enfant. Ou d'un jardinier nonchalant occupé à faire bourdonner tard dans l'après-midi une tondeuse bruyante dernier modèle. Il semblait que l'heure fût toujours celle du coucher du soleil. Toutes les photographies étaient envahies d'ombres longues et menaçantes.

Un petit groupe d'hommes en bras de chemise, canotiers, nœuds papillon et pantalons serrés à taille haute, se tenaient dans un rayon de soleil à l'entrée d'une allée privée et se parlaient en souriant, regardant vers un jardin profond où des chiens, prostrés par la chaleur, gisaient le nez à l'ombre. On voyait aussi des chats, comme dans l'attente d'une « occasion », assis sur les fenêtres ouvertes.

Parmi ces jeunes gens, Hooker reconnut le visage souriant de John Harris. Et aussi celui, imprécis, de son père. Jeune. Nicholas. Jeune.

Sur l'étagère du dessous, une photographie montrait encore un jardin à la fin du jour. Des enfants s'attardaient sous leurs arbres favoris, se balançaient sur des balançoires immobiles en chantant des chansons muettes. D'autres rêvassaient le long des clôtures à claire-voie fraîches et blanches des porches et des vérandas de maisons que

Hooker identifia comme étant celles du bas de la rue. Sur ces images, les enfants étaient vêtus de costumes ombrés d'un blanc jauni. Ils ressemblaient à des papillons de nuit poussiéreux, planant, à jamais immobiles, à la lisière des ténèbres.

Parmi les visages enfantins, il reconnut plusieurs parents, tous des Winslow... Et, photographié encore et encore, le regard arrondi, inquiet, de tante Rosetta. Elle était habillée à la mode en triangle de l'époque, avec des chapeaux ronds et des rubans. Ses mains étaient toujours posées sur ses genoux, en attente, patientes. Une intelligence incroyable, une sorte de supériorité, distinguait son visage de celui des autres. Elle était belle, étrange et touchante. Mais Hooker savait que cela ne signifiait rien. Il était conscient que seule son attitude hautaine et triste donnait cette illusion. Il se tourna et la regarda, allongée sur le divan.

Était-ce possible ? Avait-elle jamais permis un mot flatteur, un compliment ?

Il en doutait. En tout cas, rien d'agréable ne pouvait lui être dit à présent. Elle ne désirait pas qu'on lui dise quoi que ce fût. Elle voulait seulement être à l'abri, c'est-à-dire froide, sûre, vraie, intacte. Était-ce cela qui avait rendu cet instant avec Gilbert inéluctable ?

Hooker serra Gulliver contre lui.

Il respira profondément. Il aurait voulu réveiller Rosetta. Finalement, il aurait voulu lui poser des questions sur l'amour..., sur John Harris..., sur son père... Mais la regardant encore, il sut que rien ne pourrait jamais briser son silence déterminé. Ses opinions avaient été fermement arrêtées un jour, dans les temps anciens, avant même que ne soient prises ces photographies. Alors qu'elle n'était encore qu'une enfant – effrayée, peut-être, comme lui, de grandir. D'être la prochaine sur la liste.

De retour dans le long vestibule sombre, Hooker posa Gulliver sur le sol et regarda la petite pointe blanche de la queue longue et mince disparaître dans l'ombre, tandis que le chat se dirigeait d'un pas tranquille vers une autre partie de la maison.

Tout était silencieux.

Il promena son index le long de la vieille tapisserie verte, avança à petits pas jusqu'à buter contre la porte de la bibliothèque.

Il vit Gilbert.

Il poussa la lourde porte de chêne. Une odeur d'humidité, de cuir et de tabac le repoussa et le maintint immobile. La lumière de la pièce était atténuée par les rideaux tirés, translucides, couleur ivoire. N'était-ce pas Gilbert, couché sur le canapé ?

Comme Rosetta, il avait enlevé ses chaussures, mais au lieu de les aligner soigneusement près de lui, il les avait jetées de l'autre côté de la pièce où elles gisaient, les semelles en l'air. Hooker sentit l'odeur des pieds et de la sueur. Il les regarda, vaguement conscient de tout ce qu'impliquait la scène – puis se souvint.

Qu'allait-il se passer maintenant ?

Pourquoi Gilbert devait-il rester couché là ? Il n'était pas paresseux – pas dans sa tête. Il l'était dans son corps, mais c'était plutôt par la force de l'habitude. Rosetta l'avait dit. Elle l'avait toujours dit. En pensée, Gilbert avait remué des phrases énormes, des discussions si puissantes que tous ceux qui l'entendaient étaient terrifiés, car ces pensées étaient toujours féroces, acérées, et parfois vraies. Il était impossible, la plupart du temps, de l'apaiser, et cependant il se plaignait perpétuellement de ce que personne ne voulût l'écouter, lui donner une chance de s'exprimer. Il voulait désespérément faire entendre ses paroles – sa voix, faire du bruit. Quelqu'un devait entendre ! Iris était son seul auditoire assuré. Et Hooker. Maintenant. Dans sa tête.

Parfois, ayant perdu un auditeur dans l'une des pièces, Gilbert se levait simplement et continuait le discours ailleurs, pour d'autres oreilles qui n'écoutaient pas. Souvent, il avait coincé Hooker pour l'obliger à l'écouter, absolument, en augmentant le volume de sa voix.

Leur mère disait toujours qu'il aurait dû être avocat ou homme politique, tant il parlait bien. Elle en était fière. Enfin, elle l'avait été. Avant.

Machinalement, Hooker regarda le plafond. Elle devait se reposer, maintenant. Comme cette maison était silencieuse…

Il aimait quand tout était tranquille comme ça. C'était agréable de se dire que personne ne savait vraiment où il était. À part Iris, qui, à cette heure-ci, dormait probablement elle aussi dans la cuisine.

Il revint dans la chambre de Gilbert, pensa aux photographies du bureau de Rosetta. Grands-pères… pères et fils. Modèles de visages. Le nez, le front large et haut. La taille, le poids.

Hooker avança.

Le souvenir de l'odeur du vin, des pieds, de la transpiration, lui donna le vertige. Il se sentit bizarre, débordant… Dans l'atmosphère sèche et confinée de la bibliothèque, les odeurs sucrées semblaient hors contexte, mêlées à la voix de son frère. On eût dit qu'on avait laissé Gilbert couché là, n'importe comment, sur le sofa. Mais ce n'étaient que la vieille couverture et l'oreiller.

À côté d'eux, sur le sol, près de l'endroit où se tenait maintenant Hooker, traînaient des papiers que Gil avait écrits quelques jours plus tôt… Gilbert avait l'habitude d'établir des listes interminables, lorsqu'il s'enfermait avec sa bouteille de vin. Des listes de dates, des listes de lieux… De noms de stars du hockey, du cinéma, de personnages historiques. De batailles, de généraux, de victoires. De noms de poètes, d'écrivains de théâtre, d'auteurs. Des listes d'événements réels ou imaginaires – anniversaires, commémorations, jours fériés. Indicateurs d'horaires.

Tout cela mêlé à des profils gauches masculins, incisifs, noircissant d'interminables tas de papier.

Hooker lut la feuille du dessus, déplaçant un bout de crayon cassé pour voir ce qui était écrit.

« Gilbert Hugo Winslow, lut-il. 1940-1964. Qu'il repose en paix dans l'oubli. »

> « L'unique demeure ; la plupart changent
> [et passent ;
> La lumière des cieux à jamais brille,
> les ombres de la terre fuient ;
> La vie, tel un dôme en verre de nombreuses
> [couleurs,
> Offusque le blanc rayonnement de
> [l'éternité,
> Jusqu'à ce que la Mort la réduise
> [en fragments. – Meurs.
> Si tu veux être avec ce que tu cherches,
> Suis donc où tout a fui ! »

Hooker pensa aux photographies de Rosetta – à tous les morts.

> « Suis donc où tout a fui.
> Fuis.

Fuis Gil H. Winslow – espèce d'enculé
battu à plate couture
Fuis donc en paix, là où tout est…
Ding-dong le chat est mort le vieux chat
[celui du gosse
vieux chat ding-dong le méchant vieux chat
[est…
Achète un chien au gosse !

R. I. – Pisse ! »

Puis :

« 18 heures ? Foutre les boules à Nick.
18 heures 30 ? Réveiller Mère.
Quelque part – dans la soirée ? Le matin ?
[Le soir ? Dormir !
Hooker finalement accroché. (Ha ! ha !)
2 heures : Finir la première bouteille R.
Commencer N. Deux. »

Suivait une ébauche artistique élémentaire, l'esquisse d'un visage complètement hors perspective, et pour finir ces mots :

« C'est la Peur, ô Petit Chasseur – c'est la
[Peur.
Rudyard Kipling – R. I. Pisse. »

Hooker plia la feuille et la prit.

Il replaça le morceau de crayon cassé. Un moment, il contempla les rangées de livres :

Le Vent dans les saules... Clausewitz en guerre... Copains 39... Copains 40... Copains 41... Le Duc...

Dans la cuisine, Iris posa les bras sur la table, très lasse, et regarda le jardin poussiéreux par la fenêtre.

Elle avait pleuré, assise, seule, pendant une heure. Elle était épuisée.

« Si seulement le bébé avait vécu, pensa-t-elle. J'aurais quelque chose à faire. »

Mais elle n'avait qu'à se reposer.

Hooker traversa le vide immense du vestibule.

Nicholas était dans le salon, dans le même costume lourd et sombre qu'il portait à l'enquête.

Absolument immobile. Il était assis devant la plus éloignée des portes-fenêtres, les yeux ouverts, et fixait la perspective de la pelouse et du jardin.

Hooker s'éloigna sur la pointe des pieds pour ne pas être vu ni entendu.

Sur la table, les fleurs de Rosetta avaient relevé la tête et luttaient pour trouver de quoi respirer entre les nappes d'air chaud.

Nicholas toussa.

« C'est toi ? » dit-il.

Il ne se retourna pas. Il y avait quelque chose

d'étrange dans le maintien de sa tête. Elle était parfaitement droite, comme s'il l'avait fichée dans un bâton pour la soulever des profondeurs du fauteuil où il était assis.

« N'entre pas », dit-il.

Hooker écouta encore. La voix était faible, tendue, apeurée.

« Va… va dans ta chambre. Tu ne devrais pas être en bas. »

Il se retourna.

Hooker eut un mouvement de recul.

Son père avait l'air effrayé dans tout son être.

Son visage avait pris la teinte verte des murs et des traits que Hooker ne lui avait jamais vus – comme des coups de ciseaux douloureux. Ses yeux, presque sortis des orbites, étaient parcourus de filaments rouges et jaunes – et noir de jais là où ils auraient dû être bleus.

Graduellement, lignes, traits et plans se recomposèrent et reprirent l'apparence que Hooker connaissait.

« Tu es là ?

– Oui, Père.

– Qui ?

– Hooker, Père. »

Nick tourna la tête presque sans la bouger, reprit sa position initiale, les yeux fixés devant lui. Un relâchement progressif descendit comme une onde vers le bas tendu de son cou.

Un long moment passa, comblé par l'immobilité de Hooker et un soupir de Nicholas.

« Tu crois une chose qui n'est pas vraie », dit Nicholas.

Hooker se tut.

« Et je te préviens... »

La phrase demeura inachevée.

« Approche. »

Hooker obéit. Il vint se placer derrière le fauteuil de son père.

« Ici, devant. »

Hooker fit le tour du fauteuil et tourna le dos à la lumière.

« Tu me vois ? »

Hooker opina. « Oui.

– Que vois-tu ?

– Tu pleures.

– Oui. »

Embarrassé, Hooker se dandina nerveusement.

« Puis-je faire quelque chose ?

– Non. »

Ils se turent encore.

Nicholas sortit un paquet de cigarettes et défit l'emballage avec des gestes maladroits. La cellophane crépita comme de la mitraille, il dut déchirer tout le paquet pour couper le timbre. Après avoir allumé la cigarette commença l'inévitable triturage de l'allumette.

Hooker sentit ses pieds bouillir dans ses baskets

et comme sur le point de fondre. Il toussa faiblement. Les yeux de Nicholas se posèrent brusquement sur lui.

« Que se passe-t-il ? » dit son père.

Encore une question ridicule. Le cerveau de Hooker se bloqua, incapable de produire une pensée cohérente pour répondre ou pour s'échapper. Il regarda simplement son père d'un air stupide, qui parut à Nicholas caractéristique et calculé.

« Le *chat* t'a mangé la langue ? » dit-il. C'était l'une de ses réponses aux catastrophes. L'humour. Hooker se souvenait d'une photo, sur un journal, qui montrait un homme étendu, mort, sur les cendres d'un feu. Son père avait considéré la photo un moment et commenté : « Drôle d'endroit pour prendre un bain de soleil ! » puis laissé échapper un petit rire.

« As-tu compris l'enquête ? demanda Nicholas.

– Oui.

– As-tu compris les questions qui t'ont été posées ? »

La voix de Nicholas flottait sur une note unique, comme un bateau qui glisse sur une eau huileuse – lisse, pleine de profondeurs grasses.

« Oui.

– Hum… Qu'as-tu pensé des conclusions ? »

Toujours le même ton étrange.

Le cerveau de Hooker s'engourdissait.

« Hooker ?

– Père ?

– Qu'as-tu pensé des conclusions ? Étaient-elles justes ?

– Oui, Père. »

Pause.

« Je vois... Es-tu monté voir ta mère ? »

Nicholas fixait le bout de l'allumette.

« Non.

– Vas-tu y aller ? »

Il glissa le bout de l'allumette sous un de ses ongles.

« Je croyais qu'on ne devait pas.

– On ne doit pas. » Il toussa. « Je me demandais seulement si tu l'avais fait.

– Non... Je ne l'ai pas fait. »

Autre pause..., un peu d'adrénaline avait jailli en chacun d'eux. L'estomac de Nick brûlait. Il ferma les yeux jusqu'à ne laisser voir qu'une fente, puis il parla d'un ton soigneux, en enfonçant l'allumette sous son ongle doucement, délicatement, jusqu'à la chair.

« Que sais-tu exactement ? »

Hooker eut peur.

« Gilbert était...

– Je ne parle pas de cela. »

Ne me fais pas peur... voulut prononcer Hooker. Ne me fais pas si peur...

Il était aphone, la voix absente. Il respira.

« Tu as onze ans, dit Nicholas.

– Oui. Presque douze.

– Onze ans. Tu as onze ans. » Nicholas semblait dérouté. « Vraiment, tu as onze ans ? » Pour une fois, c'était une question absolue, une question qui exigeait une réponse sans sourire.

« Oui. j'ai onze ans. C'était mon dernier anniversaire. Onze ans.

– Humm... hum... » Nicholas regarda l'extrémité de l'allumette, la fit rouler légèrement entre ses doigts.

Au bout d'un moment il déclara d'une voix mesurée : « Je suis désolé pour cet été. Tout est complètement gâché. Ta... mère. Ton frère. Tout ça...

– Ce n'est rien, ça ira. »

Nicholas frappa légèrement du pied et regarda autour de lui, cherchant apparemment à trouver un mot, une façon d'exprimer quelque chose. Il finit par dire en s'éclaircissant la gorge : « Es-tu... euh – satisfait de tout savoir sur ce qui est arrivé à Gilbert ?

– Il s'est tué », dit Hooker.

Les yeux de Nicholas chavirèrent désespérément.

« Nous le savons tous, Hooker. Mais *comprends*-tu réellement ? Sais-tu, par exemple, pourquoi il l'a fait ? »

Cela impliquait, bien sûr, que Hooker ne le

savait pas – il n'était pas censé savoir quoi que ce fût, tout simplement… Hooker se mit à respirer d'une drôle de façon. Il se sentait coupable, vaguement conscient que son père avait besoin de sa réponse pour une raison précise.

Les eaux huileuses. La souillure.

« Ton frère n'était pas comme tout le monde. Tu le savais ?

– Non. » La bonne réponse était : « Oui. »

Le gouffre s'élargissait.

Son père changea apparemment de sujet.

« Je constate que tu n'as pas d'amis », fit-il. Il attendit une réponse, cessa de l'attendre, ne chercha pas non plus à donner d'explication.

« Où vas-tu lorsque tu es seul ? »

Il s'efforçait de parler d'un ton dégagé.

« Dehors…, répondit Hooker. Je me promène.

– Seul ?

– Parfois… »

Nick leva les yeux.

« D'habitude, un de mes chats… Gulliver… Little Bones…, dit Hooker, vient avec moi.

– Et où ont lieu ces… promenades ? »

Hooker ne voulait pas le dire.

« Dans différents endroits.

– Dans le bois ?

– Oui.

– Dans ces champs, là derrière…, nos champs ?

– Oui.

– En ville ?
– De temps en temps.
– Dans le parc ?
– Quel parc ? »
Nicholas s'en tenait à son approche tranquille.
« Le parc. Le parc – le *parc.* » Il eut un geste large.
« Non, fit Hooker.
– Tu es allé au zoo ?
– Ben... oui.
– C'est ce que je voulais dire, voilà. Là-bas. Ce parc.
– Oui, j'y suis allé.
– Où vas-tu avec Iris ?
– En ville.
– Ailleurs ? Dans d'autres endroits ? »
Prudemment, Hooker fit semblant de chercher à se souvenir. « Une ou deux fois.
– Qu'avez-vous fait ?
– Nous avons rencontré une de ses amies.
– Qui ?
– Alberta. »
Nicholas demeura silencieux.
Hooker ajouta : « Perkins. »
Nicholas tira sur sa cigarette et la posa sur l'accoudoir du fauteuil.
L'air remua avec la fumée – élastique et chaud, précaire. L'idée que quelque chose allait de travers... que ça clochait complètement...

« Pourrais-je t'accompagner un de ces jours ? »

Hooker blêmit. C'était ça. La question. Exactement comme il l'avait su. Il se sentit malade et vieux.

« Non, » dit-il.

Il entendit le son : « non, non, non ! » – se répercuter au fond de lui. Nicholas soupira.

Il ne parlerait plus jamais à personne. Il ne parvenait pas à se faire entendre. Les mots justes restaient dans son cerveau, là où il les plaçait entre les phrases qu'il prononçait à voix haute. Il ne parlerait plus jamais. Il ne parlerait plus jamais à personne.

Il finit par poser l'allumette.

« J'ai peur... » (« De notre calme. »)

Il écrasa sa cigarette, se déplaça légèrement dans son fauteuil.

Le mouvement était toujours le signal de la fin de la conversation. Mais Nicholas n'en était pas conscient, il ne le faisait pas sciemment.

« Quand on grandit..., murmura Nicholas, que l'on a un enfant... »

Il avait jeté les avirons et dérivé au loin, dans le brouillard, à travers une vaste étendue d'eau...

(« Quand on réalise tout ce que l'on doit affronter... que l'on voit son enfant grandir en s'éloignant de la vie... que rien de ce que l'on dit n'importe à personne, que l'on crie au secours, ou attention ou prends garde, et que nul n'écoute...

alors… alors… alors, c'est différent, Hooker. Lorsqu'il y a le sexe, et la perfidie, et la frustration, et la mesquinerie… partout… pour te piéger… »)

Hooker le regardait.

« Puis-je t'apporter quelque chose ? » demanda-t-il.

Un sourire léger et triste s'imprima sur les traits de Nicholas puis s'effaça. Il sentait maintenant en lui une réelle tristesse. Le bateau avait dérivé si loin du rivage… en un lieu où même les hauts-fonds de la fatalité ne pouvaient plus être dangereux…

« Je pense que je vais rester ici un moment… » dit-il doucement.

Hooker le regarda. Nicholas ne dit plus rien.

Hooker quitta la pièce. Nicholas se dit qu'il était vain, complètement vain, d'essayer d'être tout, et pour tous. Il s'endormit.

Lorsque Hooker entra dans la chambre de Jessica, elle était remplie de soleil.

Jessica était assoupie dans son fauteuil. Elle portait sa robe de chambre bleue. Ses pieds, enfermés dans des chaussures noires, étaient à peine visibles sous une couverture de tricot. Ses mains étaient croisées sur les pages d'un livre ouvert.

Hooker la regarda furtivement et referma la porte d'un geste preste, silencieux. Au bruit sec de la serrure succéda la vibration creuse de l'air immobile, clos.

Hooker défit ses chaussures en les faisant glisser par les talons et traversa la chambre, pieds nus, vers le lit.

Il resta sans bouger, les doigts écartés sur le couvre-lit. Il commença à respirer plus facilement. Dans le salon avec son père, il avait presque suffoqué de peur et de honte.

Il s'allongea sur le lit.

De sa place, en se tournant, il pouvait voir sa mère assise dans son fauteuil. Il la distinguait très bien à travers la pièce, bien qu'il somnolât légèrement et que le reste de son corps fût déjà presque endormi. Il clignait des yeux pour éviter le chatoiement de la lumière que les fenêtres renvoyaient. Jessica ressemblait à une statue de glace sur le point de fondre.

Il contempla son visage.

Elle était si pâle… La sueur perlait à son front, sa bouche avait l'air dur et malheureux. Comme si ses lèvres essayaient de s'inverser pour disparaître. Elle ressemblait à une personne qui a peur de parler de crainte de perdre une chose précieuse cachée sous sa langue. Le secret de sa retraite.

Hooker ne bougeait pas.

Les yeux de Jessica étaient clos sous des paupières d'ombre violette, sans veinules – des paupières de marbre liquide, d'une pureté totale. Le reste de son visage avait la texture du plâtre et semblait prêt à se défaire, à s'effriter.

Malgré sa dureté et son mystère, le visage de sa mère lui parut triste et beau. Hooker ne comprenait pas bien pourquoi, mais il y voyait la marque de la paix détruite. Jessie avait presque trouvé son havre lorsque violemment, ils l'en avaient chassée.

« Ma mère veut être bonne, pensa Hooker. Et peut-être Gilbert voulait-il être bon, lui aussi. »

Dans sa tête, il y eut un long silence. Puis…

Il se demanda si c'était ce qui les avait rendus fous.

L'après-midi commençait à se retirer au-delà des fenêtres… Dehors, une brise taquina les feuilles des arbres puis, plus sérieusement, des branches entières. Il fit presque frais, encore qu'à l'intérieur, on ne le perçût pas.

Hooker contemplait sa mère.

Un moucheron effrayé bourdonna bruyamment contre la moustiquaire.

Mort.

Hooker regardait Jessica, longuement, âprement.

Il regardait ses bras, les bracelets d'argent avec les traces de dents. Les poignets minces.

Les mains posées sur le petit livre, le vieux carnet qui contenait des poèmes et des choses qu'elle avait écrites, qu'elle chérissait en secret. Alors il se souvint.

Un jour, Hooker avait lu ce carnet. Et à l'instant où il fermait les yeux, les mots revinrent.

De sa drôle d'écriture tremblée, sa mère avait écrit :

« Si tu as une pensée affreuse,
Ne la partage pas avec un faible.
Chuchote-la au pommeau de ta selle
Et chevauche au galop en chantant. »

Écrit par le roi (Alfred), avait-elle noté, 849-901.

Une dernière fois, Hooker regarda le visage de Jessie.

Il avait une pensée affreuse.

Le moucheron cessa de se débattre et Hooker s'endormit.

Épilogue

DANS L'ÉCURIE, l'enfant et le chat eurent enfin une réponse.
« Hook ! »

Ça commençait.

Hooker tira la boîte, l'ouvrit. Il prit le revolver et le souleva à hauteur de ses yeux.

Huilé, prêt à servir, le revolver lui renvoya un reflet. Hooker y plaça six balles, prépara six autres balles sur la soie violette et chiffonnée. Il visa le chemin qui conduisait de la véranda au jardin. Pour cela, il dut prendre le revolver à deux mains.

Iris apparut à la porte de la véranda.

« Hook ! »

Elle disparut derrière la moustiquaire et retourna dans la maison.

Hooker entendit leurs voix, Rosetta et Iris. L'une d'elles s'approcha.

Rosetta.

« Allez chercher Mr. Winslow. »

Elle était derrière le brouillard métallique, en robe de chambre, étreignant son corps de ses bras.

« Je suis sûre qu'il n'y a aucune raison de s'inquiéter », dit-elle en bâillant.

Elle appela :

« Hooker ? »

Jessica parut à sa fenêtre.

« Qu'y a-t-il ?

– C'est Hooker.

– Quoi ?

– Hooker n'est pas dans sa chambre, voilà tout. Iris s'inquiète. »

Cet échange se fit dans le calme. Rosetta était derrière la moustiquaire, et Jessie, assise dans son fauteuil près de la fenêtre, ne fit aucun effort pour se pencher à l'extérieur ou regarder en bas. Derrière leurs voiles respectifs de métal et de tissu, elles n'étaient que deux silhouettes vagues, imprécises, enveloppées de robes de chambre et de sommeil.

« Regarde sous la véranda, dit Jessica.

– Grands dieux ! Sous la véranda ?

– Les enfants se cachent toujours sous les vérandas, Rosetta.

– C'est ridicule.

– Si, si. Ils se cachent sous les vérandas, Rose. Moi-même je l'ai fait. »

Rosetta ne répliqua pas.

Nicholas apparut, tel un personnage officiel arrivant à une cérémonie. Il écarta sa sœur et sortit dans le jardin. Rosetta apparut soudain en pleine lumière, comme un personnage brutalement éclairé par des projecteurs, sur une scène. Son recul, ses gestes hésitants indiquèrent qu'elle n'appréciait pas cette révélation impitoyable de sa personne en tenue de nuit. Elle fit la grimace.

Nicholas continuait à parler : « … Pas dans sa chambre ! disait-il. Eh bien… il est allé se promener ! Bon Dieu ! Avons-nous besoin de bondir toutes les fois qu'il décide d'aller se promener ?

– Mais cette fois, mon ami, il est sept heures et demie du matin.

– Quelle différence ?

– Eh bien… ça ne lui ressemble pas. Voilà tout. »

Du bout de sa pantoufle, Nicholas tapa dans un caillou, émit un grognement désapprobateur mais ne dit rien.

Rosetta courba les épaules comme si elle avait froid.

« Iris l'a appelé. Il n'est pas dans l'écurie. » Sa voix même semblait glacée.

Une troisième voix se joignit aux leurs.

« Bonjour, Nicky. »

Nicholas regarda Rosetta d'un air interrogateur.

Rosetta haussa les épaules et fit un geste vers le haut.

Nicholas leva les yeux.

« Bonjour, Jessie, fit-il.

– Regarde sous la véranda. Les enfants se cachent toujours sous la véranda. Moi-même je l'ai fait.

– Écoute, Jess... »

Jessica s'énerva.

« Nicky ! Si tu ne regardes pas là-bas, et si Rosetta ne veut pas y aller, dit-elle, j'irai moi-même ! »

Sa silhouette se dressa et disparut derrière les rideaux. Nicholas chercha sur le visage de sa sœur le moyen d'échapper à la crise imminente.

« Laisse-la descendre, fit Rosetta. Il n'y a aucun danger. Ignore simplement sa colère. »

À présent, tous deux étaient dans le jardin, attendant en silence. Plus préoccupés, semblait-il, par l'arrivée de Jessica que par la disparition de Hooker.

Enfin Jessie parut, dans sa robe de chambre bleue.

Le soleil soulignait les contours d'un éclat particulier.

« Avez-vous regardé sous la véranda ? demanda-t-elle.

– Pas encore, chérie.

– Bon. J'y vais.

– J'apporte du café », dit Rosetta. Elle entra dans la maison.

Les parents de Hooker restèrent seuls dans le jardin, attendant leur fils parmi les massifs et les arbustes poussiéreux.

Jessie était toute petite. On eût dit le portrait d'une reine en miniature. Elle se pencha sur l'herbe sèche, morte, ramassa une baguette de roseau qui servait de tuteur à un pied de dahlias jaunis et en explora le dessous de la véranda.

« Hookie ! Hookie ! cria-t-elle. Sors, chéri, sors, chéri… Sors de là ! Sors de là ! »

C'était la première fois qu'elle prononçait son nom depuis des mois.

Il n'y eut pas de réponse.

« C'est curieux, dit Jessie en se redressant. Il n'est pas là.

– Nous allons le retrouver, dit Nicholas.

– Je me suis enfuie de chez moi, une fois… » dit Jessie, serrant contre elle les plis de sa robe de chambre bleue.

« Hum… hum…

– Si ! si ! » dit-elle, pensant qu'il ne la croyait pas. « Je suis allée à Port Hope. Avec Jérôme, mon frère.

– Port Hope ?

– Oui. Je suis allée là-bas…, j'avais pris une petite valise pleine d'habits de poupée… »

Elle sourit. « Mais j'ai oublié la poupée. »

Elle rit.

« Qui t'a ramenée à la maison ? demanda Nicholas.

– Mon père. » Elle baissa le ton. « Il m'aimait beaucoup, en ce temps-là.

– Quel âge avais-tu ?

– Oh mon Dieu... Je devais avoir sept ans... T'es-tu jamais enfui de chez toi ? »

Jessie eut un petit rire doux, presque inaudible. Elle se mit à marcher dans le jardin, se servant du roseau comme d'une canne.

« Lorsque sainte Thérèse était petite », dit-elle, ignorant le fait que son mari ne lui avait pas répondu, « elle s'est enfuie avec son frère pour devenir une martyre de l'Église. Elle devait avoir huit ans... Ils voulaient aller en Afrique. Au Maroc, je crois. Je viens juste de le lire, vois-tu. »

Elle s'arrêta près d'un lilas, tendit une main vers les branches, continua à parler à Nicholas pardessus son épaule.

« T'ai-je raconté comment elle a aspergé le démon d'eau bénite et comment le démon s'est enfui ? Sainte Thérèse...

– Non.

– À l'église. » Jessie prit un ton sérieux tout en faisant rouler les feuilles entre ses doigts. « Elle était à l'église. Seule, je crois. Puis le démon est arrivé. Il a essayé de la tenter... Elle priait. Il a tout fait pour qu'elle s'arrête de prier ! »

Nicholas soupira, alluma une autre cigarette.

« Sainte Thérèse a pris de l'eau bénite et lui a dit de s'en aller. Lorsqu'elle a lancé l'eau dans sa direction, il a disparu. Disparu ! Dans un nuage de fumée. C'était un miracle. » Elle contempla ses pieds. « Bien sûr, elle parle de cela d'une façon légère, dans son livre, comme si c'était une chose banale... Mais c'est parce qu'elle est modeste. En réalité, c'était un miracle. Parce que le démon n'est jamais revenu. »

Il y eut une pause. Jessica regarda son mari avec un sourire bizarre.

Elle lâcha la branche, qui se mit à se balancer, se dirigea vers l'arbre suivant.

« Gilbert... »

Nicholas tendit l'oreille.

« ... est mort. »

Nicholas la regarda attentivement.

« N'était-ce pas un joli jardin..., reprit-elle, avec tous ces arbres en fleurs ?

– Oui.

– Te souviens-tu, chéri ? La petite azalée, les lilas, le buisson de seringa ?

– Le buisson de seringa ?

– Le faux oranger, chéri... Celui de notre mariage. Il a été planté pour notre mariage. Par ton père. Ou par Rosetta. Ton père est mort, n'est-ce pas ? Oui... Et tous ces magnifiques lys de mai... »

Ensemble, Nicholas et Jessie fixèrent le sol.

Rosetta reparut, portant un plateau avec des tasses de café.

« Voilà, dit-elle en les servant.

– Qu'est-ce que c'est ? dit Jessica.

– Du café, chérie.

– Non. Non… Ce bruit.

– Quel bruit ?

– Ce bruit. Clic ! Clic !

– Je n'entends rien, chérie.

– Chut… tais-toi. »

Rosetta se tut et mit sa main libre en visière.

Nicholas s'assit sur la marche de la véranda et se mit à fumer en buvant son café.

Jessica tendit l'oreille.

« Là… Vous entendez ? »

Rosetta regarda la trappe ouverte de l'écurie et le grenier sombre à l'arrière-plan.

Elle sursauta.

« Oh mon Dieu… »

Hooker fit feu.

Nicholas et Jessie tanguèrent sous le choc de l'explosion. Lorsqu'ils rouvrirent les yeux, Rosetta était agenouillée sur le sol.

Il semblait qu'elle eût renversé son café car elle pétrissait désespérément des deux mains le devant de sa robe. Sa tasse était tombée à côté d'elle.

Nicholas voulut se lever.

Le bruit revint, violent, énorme.

Nicholas tomba à la renverse. Son pied se prit dans la fente entre les planches de la marche.

Jessica agita les bras d'un air étonné.

« Que se passe-t-il ? Que se passe-t-il ? demanda-t-elle. Est-ce l'orage ? Je... »

Elle regarda la poussière qui montait à ses pieds.

« Ce doit être un orage, je ne sais pas pourquoi... Rosetta ? Rose... ? »

Soudain, Rosetta tomba en avant, comme un samouraï qui s'est fait hara-kiri. Tout le temps que dura sa chute, elle regarda Hooker. Elle était morte. Son dos était pourpre.

Nicholas tenta une fois encore de se lever.

Le soleil se cacha, immobile et froid.

Un troisième bang s'ajouta aux autres, explosant contre les murs et les barrières, se répercutant durement dans leurs oreilles blessées.

Du fond de sa surdité, Nicholas hurla :

« Sauve-toi. Sauve-toi. Sauve-toi. Sauve-toi. Sauve-toi. Sauve-toi. Sauve-toi. »

Iris traversa la cuisine. Elle courut jusqu'à la véranda.

« Sauve-toi. Sauve-toi. Nom de Dieu. Sauve-toi. »

Jessica regarda Rosetta affaissée dans la poussière et l'herbe, son mari sur les marches. Consciente enfin de ce qui pouvait se passer, elle se tourna vers l'écurie et vit la trappe ouverte. Son visage prit l'expression d'un enfant à qui l'on a menti en un moment grave.

Une fois encore le revolver tira.

Un bruit atteignit Jessie à travers les branches du lilas, comme un froissement d'ailes. Frappée, pensa-t-elle, par une main qui lui prenait le cœur. Elle chercha sa voix mais ne la trouva pas. Elle la chercha encore. Sa voix lutta au fond de son cerveau pour lui obéir puis erra, sans but, perdue dans le silence.

Nicholas, sur la marche, reçut une seconde balle dont il essaya de se protéger de la main. Mais elle traversa les chairs de son visage et s'enfonça dans son cerveau. Il bascula dans une immobilité brutale.

Jessie, en tombant, garda les yeux fixés sur le ciel, sur les feuilles qui s'éloignaient en sens inverse. Le bleu immense, incroyable, se déploya enfin largement au-dessus d'elle, ses mains retombèrent, de plus en plus proches, jusqu'à la recouvrir et se poser sur ses lèvres en un geste de soulagement incrédule.

Tout devint tellement silencieux qu'Iris, arrivée en courant, entendit le chuintement de la cigarette de Nicholas au bout de son bras quand sa main la laissa tomber dans la tasse de café.

Elle se mit à appeler.

Elle franchit la porte, croisa Nicholas sur les marches, fonça vers l'écurie.

Elle atteignit le haut de l'échelle.

« Hookie ? »

Il ne bougea pas.

À quatre pattes, insensible aux piquants de la paille qui s'enfonçaient dans ses genoux, Iris rampa jusqu'à lui. Elle ne pensa pas une seconde, à cet instant, qu'il pourrait tirer sur elle. Elle le regarda, simplement.

« Hook ? »

Elle lui prit le revolver des mains.

« Là... mon cœur..., dit-elle. Là... là... Ça y est. Te voilà... Là... »

Il se laissa faire lorsqu'elle le prit dans ses bras.

« Ça va aller, maintenant, dit Iris. Tu l'as fait. C'est fini... »

Elle le serra contre elle un long moment, lui pressant les oreilles de ses mains, redoutant qu'un bruit discordant ne ramène la peur.

Ils restèrent assis dans la paille.

C'était fait.

Elle le gardait contre elle, au milieu de la flaque de soleil, essayant de le réchauffer avec les parcelles de lumière dorée. Sans quitter des yeux son visage.

Pour la première fois de toute sa vie, les questions ne le tourmenteraient plus.

Plus jamais elle n'aurait besoin de lui répondre.

Les médecins conseillèrent à Iris de ne pas chercher à le voir à l'hôpital psychiatrique. Ils dirent que Hooker ne la reconnaîtrait pas. Et pour cette raison elle accepta, car elle ne supportait pas l'idée qu'il ne la reconnaisse pas. Le mieux serait de penser à lui comme s'il était mort.

Plus tard – il n'avait pas encore plu mais le temps avait une chance de changer – Iris alla dans le champ de Hooker. Elle resta debout à l'orée du bois.

Elle regarda les oiseaux rassemblés de l'autre côté, sur l'herbe. Ils s'étaient envolés avec légèreté à son arrivée, puis, une fois rassurés, s'étaient réinstallés sur leurs branches pour l'observer.

Iris serra les lèvres. Un souffle d'air lui caressa les tibias. Elle se sentit rafraîchie, calme. Sa robe noire était piquetée d'ombres vertes et jaunes.

Elle regarda autour d'elle. À ses pieds, la tombe de Clémentine, celle de l'écureuil, les tombes des souris, des oiseaux, des crapauds et des grenouilles s'étendaient, sèches, poussiéreuses, couvertes d'herbe. On eût dit une seule tombe. Un seul silence.

Iris s'abrita les yeux avec sa main. Elle regarda le champ une dernière fois.

« Oh, Seigneur..., pensa-t-elle. Comme c'est terrifiant, de se dire que tout doit avoir une fin. »

Elle baissa la tête. Elle aurait souhaité prier mais elle ne pouvait pas.

Dans le ciel, il n'y avait que le bruit des oiseaux.

Le changement de saison était enfin arrivé.

Au loin, un chien aboya. Plus loin encore, une voix humaine, faible, appela le chien d'un nom banal et débonnaire, troublant le lieu sauvage où elle se trouvait.

Iris regardait.

Sur la première crête basse de la colline, un vol d'oies sauvages apparut. Les oies voyageaient, venant du nord lointain, en formation triangulaire, très haut dans le ciel.

Iris se mit à fredonner. Puis elle chanta :

« Frankie et Johnnie s'aimaient !
Oh, Dieu, ce qu'ils pouvaient s'aimer… »

Iris chanta la chanson comme elle la chantait autrefois, parce qu'elle aimait les paroles et qu'elle adorait cet air.

Tout là-haut, les oies sauvages reconnurent le champ mais continuèrent à voler droit devant elles. Peut-être parce qu'elles savaient qu'un long voyage les attendait… Ou peut-être parce que le champ était devenu soudain si vivant avec Iris chantant, et que l'herbe était balayée par les mouvements de sa lente et sombre silhouette, les plis de son manteau dans le vent, tandis qu'elle le traversait pour continuer son voyage à elle.

Quelle que fût la raison, cela n'avait pas d'importance. L'année prochaine ou l'année suivante, elles reviendraient.

Le champ serait toujours là pour les accueillir.

TABLE

Collection
MOTIFS

1 - MARTIN AMIS, *Le Dossier Rachel*

2 - ÉMILE OLLIVIER, *Mère-Solitude*

3 - MARINA WARNER, *Un père égaré*

4 - SERGI PÀMIES, *Aux confins du fricandeau*

5 - MARGARET ATWOOD, *Faire surface*

6 - PATRICK BOMAN, *Le Palais des Saveurs-Accumulées,*
suivi de *Jakarta*

7 - EDILBERTO COUTINHO, *Onze au Maracanã*

8 - ALBERT LONDRES, *Terre d'ébène*

9 - WILSON HARRIS, *Le Palais du paon*

10 - VELIBOR ČOLIĆ, *Les Bosniaques*

11 - KENJI MIYAZAWA, *Traversée de la neige*

12 - ALBERT LONDRES, *Pêcheurs de perles*

13 - TIMOTHY FINDLEY, *Guerres*

14 - QUIM MONZÓ, *... Olivetti, Moulinex, Chaffoteaux et Maury*

15 - JAMES PURDY, *Je suis vivant dans ma tombe*

16 - ALBERT LONDRES, *Le Chemin de Buenos Aires*

17 - LYGIA FAGUNDES TELLES, *Un thé bien fort et trois tasses*

18 - BERROYER, *Je vieillis bien*

19 - CÒSTAS HADZIARYÌRIS, *Le Peintre et le Pirate*

20 - BENJAMIN TAMMUZ, *Le Minotaure*

21 - KENJI MIYAZAWA, *Train de nuit dans la voie lactée*

22 - ALBERT LONDRES, *Marseille, porte du Sud*

23 - JEAN GALMOT, *Un mort vivait parmi nous*

24 - ABDOURAHMAN A. WABERI, *Le Pays sans ombre*

25 - MARCEL ROUFF, *La Vie et la Passion de Dodin-Bouffant, gourmet*

26 - GOBINEAU, *La Danseuse de Shamakha*

27 - RAYMOND COUSSE, *Stratégie pour deux jambons*

28 - JAMES PURDY, *Chambres étroites*

29 - JEAN GALMOT, *Quelle étrange histoire*

30 - ADAM SHAFI ADAM, *Les Girofliers de Zanzibar*

31 - VELIBOR ČOLIĆ, *Chronique des oubliés*

32 - MARCEL ROUFF, *Les Devoirs de l'amitié*

33 - TIMOTHY FINDLEY, *Le Dernier des fous*

34 - OCTAVE MIRBEAU, *Contes de la chaumière*

35 - SAINTINE, *Picciola*
36 - LYGIA FAGUNDES TELLES, *L'Heure nue*

37 - ALBERT LONDRES, *Tour de France, tour de souffrance*

38 - NATSUME SÔSEKI, *Botchan*

39 - EMMANUEL DONGALA, *Jazz et Vin de palme*

40 - CLAUDE TILLIER, *Mon oncle Benjamin*

41 - KJELL ASKILDSEN, *Les Dernières Notes de Thomas F.*

42 - REINALDO ARENAS, *Adiós a Mamá*

43 - ALBERT LONDRES, *La Chine en folie*

44 - ALBERT LONDRES, *Chez les fous*

45 - ALBERT LONDRES, *Les Comitadjis*

46 - OLIVIER SAISON, *Lux*

47 - OCTAVE MIRBEAU, *Dingo*

48 - MATS WÄGEUS, *Scène de chasse en blanc*

49 - MARCEL ROUFF, *Au Grand Léonard*

50 - THÉO VARLET, *Le Roc d'Or*

51 - NKEM NWANWKO, *Ma Mercedes est plus grosse que la tienne*

52 - AMINATA SOW FALL, *Le Jujubier du patriarche*

Imprimé et relié sur les presses
de Bussière Camedan Imprimeries
à Saint-Amand (Cher)

Dépôt légal : avril 1999
Numéro d'impression : 992004/1
Imprimé en France